SA DERNIÈRE CHANCE

DU MÊME AUTEUR

Chez le même éditeur

La Femme manquée, roman, 2000
Baigneuse nue sur un rocher, roman, 2001
Helena Vannek, roman, 2002
Le Conseiller du roi, roman, 2003
Les Fausses Innocences, roman, 2005
Les Mystères de sainte Freya, roman, 2007
Tu ne jugeras point, roman, 2009
Les Eaux amères, roman, 2011
Loin des mosquées, roman, 2012
Le Bon Coupable, roman, 2013
Dans la gueule de la bête, roman, 2014
De regrettables incidents, roman, 2015
Et je serai toujours avec toi, roman, 2016
En son absence, roman, 2017
Une femme que j'aimais, roman, 2018
Une drôle de fille, roman, 2019
La Disparue de l'île Monsin, roman, 2020

Chez d'autres éditeurs

De la salade !, récit, Memor, Bruxelles, 2000
La Femme de saint Pierre, nouvelles, Labor, Bruxelles, 2004
La Reine des Spagnes, récit, Memor, Bruxelles, 2006
Le Commandant Bill, roman, Mijade, Namur, 2008
Les Lunettes de John Lennon, roman, Mijade, Namur, 2010
La Malédiction de l'abbé Choiron, récit, Weyrich, Neufchâteau, 2011
Sept histoires pas très catholiques, nouvelles, Weyrich, Neufchâteau, 2016
La Mort pour marraine, théâtre, De Boeck, Louvain-la-Neuve, 2016
L'Évasion de Socrate, théâtre, Samsa, Bruxelles, 2017
Le Concile de Jérusalem – Le Frère du fils prodigue – L'Ange Gabriel, théâtre, Éditions jésuites, Namur-Paris, 2018

Armel Job

SA DERNIÈRE CHANCE

roman

Robert
Laffont

ISBN 978-2-221-25153-9
Dépôt légal : février 2021
Éditions Robert Laffont – 92, avenue de France 75013 Paris

Καὶ ἐπῄνεσεν ὁ κύριος τὸν οἰκονόμον τῆς ἀδικίας, ὅτι φρονίμως ἐποίησεν·

Le Seigneur loua l'intendant de son escroquerie, parce qu'il avait agi avec bon sens.

Luc 16, 8

1.

Si vous interrogiez Fred, l'ancien garçon de la brasserie Le Belle-Vue, il pouvait vous parler des clients célèbres qu'il avait servis en son temps. Par exemple M. Cools, le ministre assassiné en 1991. Il vous montrait près de la vitrine le siège qu'il avait l'habitude d'occuper. M. Cools l'appelait par son prénom, il lui donnait une tape dans le dos, parfois il lui lançait une boutade en wallon. En partant, il lui serrait la main et, ce faisant, il lui laissait un billet de cent francs plié en quatre au creux de la paume. Une dringuelle royale de la part d'un socialiste !

Fred avait connu également M. Van der Biest, l'autre ministre, le jeune mêlé à l'assassinat. Il prétendait même qu'il avait pressenti son suicide. Selon lui, Van der Biest broyait du noir. Il ne s'appuyait pas contre le dossier de la chaise, il remplissait le cendrier de cigarettes à moitié fumées, il ne buvait pas, il avalait coup sur coup. Un jour même, s'il fallait en croire Fred, il avait pleuré en silence. Ses yeux étaient tout rouges. Comme Fred lui demandait si tout allait bien, il avait invoqué une conjonctivite. D'accord, c'était l'hiver et la bise glaciale qui, certains jours à Liège, peut prendre la Meuse en écharpe s'était levée ce matin-là. Mais, tout de même, sans être ophtalmologue, Fred savait distinguer infection et affection.

En revanche, Fred a toujours juré ses grands dieux qu'il n'avait aucun souvenir d'Élise Dubois. Pourtant, elle fréquenta le Belle-Vue quelques années après Cools et Van der Biest, en 2009 pour être précis. À ce moment-là, il approchait de la retraite, il prétendait qu'avec le temps il s'était usé, il était devenu moins observateur.

Quand, en 2016, Benoît Michiels, le reporter de *La Dernière Heure,* entreprit la rédaction de son célèbre recueil de faits divers, *Récits des bas-côtés,* il tenta de lui tirer les vers du nez en lui montrant la photo d'Élise. Néanmoins, Fred répéta que ce visage ne lui disait rien du tout. Michiels était un type très perspicace. Des témoins, il en avait interrogé des milliers dans sa carrière. Il savait quand un témoin savait, mais qu'il ne dirait rien. Il n'insista pas. En fait, il avait un faible pour les discrets. Des gens d'exception, alors que des bavards, on en trouve à tous les coins de rue.

Donc il laissa tomber. Il donna à Fred la même tape que Cools accordait à ses épaules, où déjà perçait le squelette. Il était sûr que, dès qu'il aurait refermé la porte de la chambre du Soir paisible où il était venu le rencontrer, Fred, dans son relax, fermerait les yeux et retrouverait aussitôt Élise derrière ses paupières, telle qu'elle figurait sur la photo, avec son grand regard triste et sa petite bobine de musaraigne. Michiels était un journaliste, pas un romancier. Ce qui passerait par la tête de Fred, il ne pouvait pas le savoir.

Sur Cools ou Van der Biest, Fred était tout prêt à se lâcher. C'étaient des hommes publics, des présomptueux qui, toute leur vie, avaient cherché à ce que l'on parle d'eux. Même six pieds sous terre, ça devait leur faire plaisir. Élise, au contraire, tout ce qu'elle désirait, c'était passer inaperçue. Fred respectait la clientèle.

La première fois qu'elle était entrée au Belle-Vue, il s'en souvenait parfaitement. Ce fut un lundi après-midi, au début du printemps. Elle portait un manteau d'hiver, comme si elle hésitait à se fier aux premiers beaux jours. En général, elle ne devait pas se fier à grand-chose, il l'avait senti tout de suite. Le manteau était assez chic, mais démodé, style années nonante. Bien cintré, il lui seyait à merveille, elle était mince. Elle aurait pu être attrayante si elle avait montré un peu plus d'assurance. Il avait vu quantité de laides entrer dans son café, qui avaient bien assez de leur dégaine pour paraître belles. Elle penchait la tête de côté. On aurait dit qu'elle avait honte de son visage, qui, de ce fait, ne s'était pas épanoui et avait gardé un air enfantin, trop resserré pour son corps. Il était couvert de taches de rousseur. Peut-être était-ce ce détail que d'autres auraient trouvé charmant qui lui gâchait l'existence.

Les bons jours dans un café, c'est la fin de semaine, surtout le vendredi soir, quand les gens ont devant eux la perspective du week-end. Le lundi, on s'y presse rarement. Les clients dépriment, le dimanche a été décevant, ils se retrouvent face au même travail dont ils avaient cru se débarrasser deux jours plus tôt.

Raison pour laquelle Élise était seule. Fred également. Pas la peine de mobiliser trois ou quatre garçons comme au bout de la semaine.

Au moment d'entrer, elle était d'abord restée sur le seuil, en arrêt devant la salle déserte. Il y a des gens qui font demi-tour quand ils constatent qu'il n'y a personne. Même s'ils sont décidés à s'isoler, ils ont besoin du bourdonnement des conversations, du choc des verres, du crissement des tasses sur les soucoupes ponctué du tintement des petites cuillers. Les bruits forment la cloche sous laquelle ils se sentent protégés. Se retrouver seul dans un café avec le barman, c'est comme pénétrer dans une église où il n'y a que Dieu.

Fred connaissait cette crainte. Derrière le zinc, à côté des pompes à bière, il épluchait sa gazette. Il leva la tête et lui lança : « Entrez donc, madame ! »

Elle s'avança, hésitant sur la table où s'installer, et finit par s'asseoir au fond, de biais contre la vitre qui donne sur la place Verte. Qu'est-ce qu'elle allait boire ? Elle demanda un diabolo avec un point d'interrogation dans le bref regard qu'elle hissa jusqu'à Fred, comme si elle avait besoin de son accord et qu'elle lui indiquait qu'elle était tout à fait disposée à changer de consommation si ce breuvage ne convenait pas.

Tandis qu'il préparait la petite bouteille et le verre au comptoir, il l'observa du coin de l'œil. Elle se tortillait sur sa chaise. Elle ne fréquentait pas les bars, c'était évident. Elle ne savait quelle contenance adopter. À quoi peut-on s'occuper, seul, attablé devant un marbre vide ? Elle ouvrit son sac, fourragea dans le contenu, en retira à tout hasard un Kleenex qu'elle passa sous ses narines qui ne lui avaient rien demandé, puis déboutonna trois boutons du haut de son manteau avant d'en reboutonner deux.

« On a du beau temps, suggéra Fred en la servant, afin de la mettre à l'aise.

— Oui, oui, en effet », souffla-t-elle.

Sa main droite remonta jusqu'aux boutons indécis de son col. Sans doute avait-elle cru que l'anodin propos de Fred constituait une allusion ironique à sa tenue. Un peu de rose teinta ses joues. Pour ne pas l'embarrasser davantage, il s'était replié à son poste, s'était penché de nouveau sur son journal, tout en continuant à la suivre en coulisse.

Elle regardait par la vitrine, consultait sa montre, puis levait les yeux vers l'horloge Martini au-dessus de la porte, qui sans doute lui confirmait l'heure. À l'évidence, elle attendait quelqu'un. Elle buvait à petites gorgées, nerveusement.

Au bout de dix ou quinze minutes, quand elle se rendit compte que son verre était vide, une lueur d'affolement traversa ses yeux, comme si elle avait commis une maladresse. Elle ne pouvait s'attarder là sans consommer. D'autre part, avaler deux diabolos à la suite alors qu'elle n'avait même pas soif, ce serait absurde et même suspect.

Elle leva vers Fred un œil d'élève pris en défaut. À son sourire immédiat, elle constata qu'il la lorgnait depuis le début, comme elle le redoutait.

« L'addition ! » murmura-t-elle en levant à demi le bras.

Puis, avec un temps de retard : « S'il vous plaît. »

Fred lui apporta le ticket, elle s'évertua à lui fournir le compte exact en retirant les plus petites pièces d'un porte-monnaie en cuir mauve apparu après une nouvelle fouille de son sac.

« Vous attendiez quelqu'un ?

— Qui ? Moi ?

— Oui, excusez-moi, je vous observais.

— Non, non, je... D'ailleurs...

— Ça ne me regarde pas. C'est façon de parler, vous savez. »

Le rose de ses joues vira au rouge. Il semblait s'être dilué au point d'absorber ses taches de son. Brusquement, elle se redressa et, d'un air bravache inattendu, elle déclara, haussant le ton, encore que modérément : « Vous avez raison, cela ne vous regarde pas ! »

Sur quoi elle prit la porte et disparut à pas pressés du côté du boulevard de la Sauvenière.

Fred aurait pu oublier cet incident, bien qu'il l'eût affecté. On s'imagine trop facilement que tous les garçons de café sortent du même moule. En fait, il y a dans cet emploi autant de variété que dans n'importe quel autre. À côté des garçons arrogants qui considèrent tout client comme un enquiquineur potentiel, il y a ceux qui, comme Fred, aiment le métier et ne pensent qu'à faire plaisir. Effet de la bêtise humaine, les premiers ont droit aux égards, les autres, trop souvent, au mépris.

Fred s'était fait une raison depuis longtemps. De ses relations, il ne gardait que les bons souvenirs, genre Cools ou Van der Biest. Ce jour du 30 mars 2009 devait cependant rester gravé dans sa mémoire car, trois quarts d'heure après la sortie fracassante d'Élise Dubois, alors que le Belle-Vue était toujours aussi dépeuplé, un homme fit son apparition à contre-jour sur le seuil.

Vêtu d'un complet anthracite, chemise blanche, cravate, il tenait, repliée sur un bras, une gabardine beige. Son visage était glabre, ses traits réguliers mais quelconques, ses cheveux coiffés en arrière grisonnaient. S'il avait porté un chapeau, il aurait pu tout aussi bien sortir d'un film de série B des années cinquante en noir et blanc.

Tout comme Élise, il jeta un coup d'œil circulaire à la salle, puis se dirigea vers le comptoir, où il se jucha sur un tabouret.

« Pour monsieur ?

— Une Jupiler. »

Quand Fred posa le demi devant lui, il remarqua ses yeux d'un bleu délavé, presque transparent. L'homme avala une gorgée, inspecta une nouvelle fois les lieux et, s'étant arrêté sur l'horloge Martini, demanda : « C'est l'heure juste, ça ?

— Oui, je l'ai réglée hier matin. Pour le passage à l'heure d'été. »

Il releva la manche de sa veste jusqu'à sa montre.

« Ah, ben, c'est ça ! J'ai oublié de la changer ! »

Il la détacha, donna un tour aux aiguilles.

« J'avais rendez-vous à quinze, j'arrive à seize, c'est malin ! Quelqu'un est passé ? Une femme... ? »

Fred hésita un instant. Il n'était pas censé rencarder le premier venu sur les gens qui fréquentaient son café. D'un autre côté, il constatait sans déplaisir qu'il avait vu juste à propos d'Élise : elle attendait bel et bien quelqu'un, elle aurait pu se dispenser de le rembarrer.

« Oui, une jeune femme s'est présentée tout à l'heure », dit-il, mais, aussitôt, il se reprocha l'espèce de médiocre revanche que lui procurait cette indiscrétion. Pour se rattraper, il rectifia sur-le-champ : « J'ai bien cru qu'elle était là pour quelqu'un, en fait, elle m'a dit qu'elle n'attendait personne.

— Ah oui ? répliqua l'homme, le sourcil droit relevé sur son œil liquide, comme s'il n'était pas plus dupe que Fred de ce petit mensonge.

— Elle est restée là (Fred désignait la table contre la vitrine) une dizaine de minutes, puis elle est partie.

— Fâchée ?

— Ah oui, plutôt », confirma Fred en se gardant bien de préciser qu'elle était irritée contre lui et non, ainsi que l'homme l'imaginait certainement, contre celui qui lui avait posé un lapin.

Le type hocha la tête, avala une ou deux gorgées supplémentaires. Puis, comme saisi d'un doute soudain : « Elle était comment, cette femme ? demanda-t-il.

— Je ne sais pas. Qu'est-ce que vous voulez dire ?

— Quel genre ? Bien ?

— Vraiment très bien », renchérit prudemment Fred. Il ne pouvait savoir dans quelle relation elle était avec le monsieur, mais il devinait que c'était ce qu'il espérait.

« Jolie ? »

L'autre lui adressait la mine de complicité du sexe fort quand il évalue le soi-disant faible.

« Pas mal du tout », assura-t-il, même s'il sentait que c'était tout à fait exagéré. Il détestait ce genre de connivence.

L'homme sembla rassuré, il esquissa un sourire, non pas égrillard, comme Fred s'y préparait, mais presque ému et reconnaissant. Il plongea la main dans la poche intérieure de sa veste, en sortit une enveloppe d'où il tira une feuille de papier pliée en quatre. Il l'ouvrit sur le zinc, la poussa devant Fred.

C'était une photo en couleurs d'assez mauvaise qualité, tirée sur une imprimante certainement. Un visage de femme d'une trentaine d'années, entre le rose et le jaune, s'efforçait de sourire. L'expression, malgré tout, ressortait, elle donnait l'impression d'une sorte d'interrogation confuse devant l'objectif. Les yeux s'excusaient, aurait-on dit, de la prétention ridicule que la personne avait trouvée à se faire tirer le portrait.

Bien sûr, c'était la cliente de quinze heures, c'était Élise Dubois, avec l'attitude qu'elle présentait en arrivant – contenue –, sans rapport avec celle qui avait jailli comme un diable hors de sa boîte quand elle était partie.

« C'est elle ? demanda l'homme.

— Oui, je la reconnais. »

Il reprit la feuille, dodelinant de la tête, content de soi. Il la replaça dans l'enveloppe, qu'il se mit à tapoter dressée entre ses doigts sur sa longueur.

« Je l'ai rencontrée sur Internet. »

Il guettait la réaction de Fred, qui, bien entendu, n'avait l'intention de n'en manifester aucune. Qu'à cela ne tienne, il avait trop envie d'expliquer.

« Ça paraît curieux comme méthode, je sais. Je ne prétends pas que ce soit très romantique. On peut toujours s'imaginer qu'il suffit de s'asseoir sur un banc dans un parc, le parc de la Boverie, tiens, c'est plein de monde le dimanche. Et là, vous attendez qu'une belle fille solitaire vienne prendre place à côté de vous, comme ça, pour nourrir les moineaux par exemple. Vous la regardez, elle vous regarde, vous souriez, elle sourit, et c'est le coup de foudre ! Hein ? Essayez toujours ! À plus forte raison à partir d'un certain âge. Je ne considère pas que je sois vieux, mais tout de même… Quel âge vous me donnez ?

— Disons trente-cinq, trente-six, mentit Fred.

— Ha ! ha ! vous êtes gentil ! Mettez-en dix de plus. Naturellement, je pourrais me contenter de quelques bonnes fortunes. J'en ai eu, vous pensez bien. Mais, ce que je voudrais maintenant, c'est quelque chose de stable, du solide, quoi. Alors pourquoi pas Internet ? Au moins on sait à quoi s'en tenir l'un comme l'autre, pas vrai ?

— Vous avez raison. »

L'homme replaça l'enveloppe dans sa veste, en profita pour en extraire son portefeuille et fit glisser une pièce de deux euros jusqu'à Fred.

« Gardez la monnaie. Tenez plutôt. »

Il lui tendit une carte de visite, un carton très classe, façon parchemin, avec une fausse écornure dans le coin supérieur gauche. Fred lut, en caractères calligraphiés :

Pierre Fauvol
Antiquités – Tableaux – Bijoux anciens

L'adresse était rue des Clarisses, non loin de la cathédrale.

« Poussez la porte, si vous passez par là.

— Moi, monsieur ? Les antiquités ? Je n'ai pas les moyens !

— Pas nécessaire d'être riche. On peut tomber sur de vraies occasions, vous seriez surpris. Vous achetez pas cher et, le jour venu, vous revendez, et vous empochez le paquet. Un placement en béton. »

Comme Fred croisait les bras d'un air sceptique, en se penchant, il ajouta à mi-voix : « C'est pareil pour les femmes. Il suffit d'avoir l'œil. »

Là-dessus, il descendit du tabouret, prit soin de le replacer dans l'alignement et salua Fred de la main, deux doigts levés.

Quelques minutes plus tard, Fred l'aperçut encore sur la place Verte en conversation avec un passant en imperméable bleu qui venait de l'accoster. Ils se connaissaient, car l'autre, à un moment donné, lui posa une main pâle et molle sur l'épaule. Fred était sûr que Fauvol lui racontait son rendez-vous manqué, ce qui semblait lui susciter un certain mécontentement. En tout cas, le passant avait de l'ascendant sur Fauvol, qui baissait la tête d'un air contrit.

Contrito était d'ailleurs l'adjectif qui se présenta à l'esprit de Fred, un mot remonté de son enfance lointaine au Portugal, quand sa mère l'envoyait à confesse le samedi à l'église Santa Maria et qu'il chuchotait son acte de contrition à genoux, dans la pénombre du confessionnal. L'âme d'un enfant de chœur doit être aussi pure que la face des anges pour servir la messe du dimanche. (Fred avait commencé jeune dans le métier de serveur.)

Cette réminiscence ajouta aux épisodes de l'après-midi une coloration d'ancienne culpabilité, d'humiliation, de péché contre la chair. De ce fait, s'il avait consenti à s'exprimer quand Benoît Michiels l'interrogeait, Fred aurait pu ajouter sans forfanterie qu'il avait pressenti dès ce moment qu'il se préparait quelque chose de pas très catholique entre ses deux curieux clients.

2.

La sœur d'Élise Dubois, la doctoresse Marie-Rose Dubois, était – et est toujours – une personne unanimement appréciée. Elle exerçait comme gynécologue à l'hôpital Saint-Jean et, en privé, à son domicile, rue Ortsmans, au centre de Verviers.

En 2009, elle avait quarante-trois ans mais, à la vérité, personne, à commencer par elle, ne se serait jamais préoccupé de son âge. Elle se trouvait dans cet espace de la maturité qui n'appartient plus aux vertes années, tout en restant éloigné encore des premières flétrissures de la vieillesse. Questionné, le personnel de Saint-Jean aurait répondu sans doute que Mme Gayet-Dubois était une femme « d'un certain âge », période terne qui fut le lot intermédiaire du plus grand nombre des femmes aux siècles passés, avant la course éperdue à l'éternelle jeunesse.

De nos jours, on ne rencontre plus cette catégorie de « chère madame » que chez des non-conformistes qui, comme Marie-Rose, n'attribuent que peu d'importance à leur physique. Dévouée du matin au soir à sa profession, devant son miroir, Marie-Rose estimait qu'elle avait d'autres chats à fouetter. Si elle n'était pas grosse, elle était loin d'être maigre. « Bien en chair » aurait parfaitement défini son type, car elle avait une instinctive affection pour les corps, le sien d'abord, auquel elle accordait de bonne grâce de quoi lui faire plaisir (elle avait un faible pour le chablis et le chocolat Galler), puis celui de ses patientes, qu'elle traitait avec une douceur maternelle.

Les femmes qui se confiaient à ses soins l'aimaient. C'étaient, pour la plupart, des personnes délicates qui d'emblée répugnaient à livrer la part la plus intime d'elles-mêmes à un gynécologue qui n'était pas de leur sexe. La femme, dans leur médecin, les mettait à l'aise et son air de matrone, qu'elle assumait avec élégance, achevait de les rassurer. Elles se disaient que, si c'était pour devenir comme Marie-Rose, après tout, elles pourraient s'accommoder des dégâts inévitables que la maternité inflige à la beauté.

À cela s'ajoutait que Marie-Rose avait quatre enfants. Elle savait de quoi elle parlait quand elle invitait une parturiente à poser les pieds dans les étriers du fauteuil d'accouchement. Les gynécologues à moustache ont beau vous expliquer que tout ira bien, pas de panique, ils sont comme les stratèges en chambre qui envoient la troupe au casse-pipe. Les quatre rejetons à la file, de quatorze à huit ans, d'une mère aussi épanouie que Marie-Rose constituaient une sorte de gage pour celles qui mettaient au monde un premier. L'expérience, certainement, serait tellement gratifiante qu'elles n'auraient qu'une hâte, celle de recommencer.

Et quand elles recommençaient, Marie-Rose, en les retrouvant, s'enquérait naturellement de la santé de l'aîné. Est-ce qu'il avait fait ses dents ? Marchait-il déjà ? Avait-il eu la varicelle ? S'il y avait un problème, elle apaisait les angoisses en se reportant à sa propre progéniture qui avait eu quatre fois l'occasion de connaître le même.

« Alors, il ne parle pas encore ? Ne vous faites pas de souci. Mathieu, mon deuxième, n'a pas ouvert le bec avant quatre ans. »

Si bien qu'elle faisait office de pédiatre pour les enfants et pour les mères, de psychologue.

Beaucoup se demandaient comment elle arrivait à mener de front avec une telle aisance sa charge de médecin et sa vie de famille. Quand on connaissait son mari, Édouard Gayet, on devinait qu'il n'avait guère le loisir de la seconder. Son agence immobilière – Gayet Immo –, spécialisée dans les belles demeures verviétoises héritées de l'époque fastueuse de l'industrie lainière, se développait d'année en année. Comme il se plaisait à le répéter, dans l'immobilier, il ne faut jamais rester immobile. De fait, il était rarement chez lui avant neuf ou dix heures du soir.

Donc, Marie-Rose était au four et au moulin. Et, bien qu'elle n'en fît jamais mention, comme si elle n'avait pas assez de ses quatre enfants, elle avait par surcroît pris sous son aile sa sœur cadette, Élise.

À trente-neuf ans, Élise était toujours célibataire. Elle habitait avec la famille dans la grande maison de la rue Ortsmans. On ne la voyait pas beaucoup. Si elle franchissait la grille du parc, c'était pour faire les courses. Dans ses déplacements, le plus souvent, elle passait encore inaperçue car elle utilisait le break Volvo que chacun savait à Marie-Rose. Comme le pare-brise affichait un caducée et qu'un carton « Médecin en visite » était posé en permanence par-dessus le tableau de bord, elle en profitait. Elle se garait n'importe où, en général carrément sur le trottoir, en double file même à l'occasion – la police fermait les yeux.

Elle était familière de certains petits commerces, la boulangerie de la rue du Manège, la boucherie de la place du Marché et quelques autres où elle passait en coup de vent. Pour l'observer à l'aise, il fallait la repérer au supermarché Delhaize, avenue de Spa. On avait de bonnes chances de l'y trouver le mercredi dès l'ouverture, une heure où il y avait peu d'affluence, à laquelle, rue Ortsmans, Marie-Rose commençait ses consultations privées du matin, ce qui libérait le break jusqu'à midi.

Il n'y avait pas femme plus différente de Marie-Rose qu'Élise. Si, au chapitre précédent, Marie-Rose l'avait accompagnée au Belle-Vue, Fred, pour prendre à témoin quelqu'un qui ne les connaissait ni l'une ni l'autre, n'aurait jamais cru qu'elles eussent les mêmes père et mère. Autant Marie-Rose était ronde et pour ainsi dire tassée, autant Élise lui avait semblé déliée et svelte. Le visage de Marie-Rose rayonnait en permanence, celui d'Élise, comme un astre à son déclin, s'efforçait de contenir sa lumière. Si Marie-Rose affichait avec désinvolture sa parfaite indifférence à son apparence, Élise, au contraire, s'y montrait très attentive, non pas, comme Fred l'avait noté, pour la mettre en valeur, mais pour la fondre de son mieux dans le décor.

À part ça, tant que l'on considérait Élise seule, elle passait simplement pour un peu coincée, on en souriait. C'était seulement si on la comparait à sa sœur que la différence devenait tellement criante qu'on ne pouvait s'empêcher de supposer que quelque chose ne tournait pas rond dans sa tête.

Élise, murmurait-on, était dépressive. Le diagnostic ne venait pas de Marie-Rose, mais de l'opinion publique. La dépression, pratiquement inconnue à Verviers jusqu'à la récession industrielle, était depuis très en vogue. Elle allait à Élise comme un gant. Aux clients du Delhaize, elle offrait sur un plateau une explication à son comportement bizarre quand son bras, avec la précision d'un robot sur une chaîne de montage, retirait exactement les mêmes articles des mêmes rayons, les casait méthodiquement dans son caddie puis les disposait sur le tapis roulant, le code à gauche vers la caissière, qu'elle réglait en cash jusqu'au dernier centime en puisant dans son porte-monnaie en cuir mauve. Les dépressifs sont maniaques, c'est bien connu.

Certaines personnes qui suivaient l'histoire de la famille depuis longtemps pouvaient rappeler qu'Élise n'était pas idiote pour autant. Elle avait un diplôme, bien sûr nettement moins prestigieux que celui de Marie-Rose, quelque chose dans le médical aussi, aide-soignante, peut-être même infirmière. Lorsqu'elle était stagiaire en gynécologie à l'hôpital Saint-Jean, Marie-Rose avait réussi à la faire engager, mais hélas, la direction n'avait pas été longue à s'apercevoir qu'avec son caractère, la pauvre fille ne convenait pas du tout. Elle plombait le moral des malades, elle se lamentait avec certains, mais pouvait tout aussi bien en morigéner d'autres, sinon les mêmes, avec une brusquerie subite. Au bout d'un an, elle avait été remerciée.

La déconvenue de Marie-Rose, on peut se la figurer. Après cela, rien d'étonnant qu'elle préférât ne jamais aborder la situation de sa sœur. Chaque famille a ses plaies, que l'on préfère lécher à l'abri des regards. Dans son infortune, Élise avait bien de la chance d'avoir une sœur comme Marie-Rose qui, on l'imaginait, lui prodiguait au centuple l'affection qu'elle accordait si généreusement à ses patientes.

Cela dit, ce qu'il en était au juste de l'affection de Marie-Rose pour sa sœur, personne ne le savait réellement. Pour en juger, il aurait fallu les observer quand elles se trouvaient ensemble en public, ce qui n'arrivait jamais. Ou alors faire partie des privilégiés qui recevaient quelquefois une invitation à dîner à la maison de la rue Ortsmans. Et encore ! Tout le monde sait comme les gens qui reçoivent peuvent jouer la comédie devant leurs invités. L'unique vraie solution aurait été de se métamorphoser en ce minuscule animal dévoré de curiosité que l'on invoque quand on s'exclame : « Qu'est-ce que j'aimerais être une petite souris pour savoir ce que tu fais quand je ne suis pas là ! »

Le minuscule rongeur, en l'occurrence, aurait été pas mal édifié le soir du lundi où Élise rentra de son rendez-vous manqué au Belle-Vue.

Il était six heures vingt. Devant le perron, elle avait constaté la présence de la Volvo de Marie-Rose, qui pourtant ne devait pas rentrer de l'hôpital avant sept heures. Elle accrocha son manteau d'hiver dans la penderie du hall. Par la porte entrebâillée du living lui parvenaient les rires enregistrés qui ponctuaient la sitcom américaine que les enfants n'auraient manquée sous aucun prétexte à cette heure-là. Elle passa la tête, pour jeter un coup d'œil.

Sur le canapé, face à la télé, il n'y avait que Marie-Rose, déchaussée, les pieds sur la table basse, la jupe de son tailleur retroussée au-dessus de ses genoux de légionnaire romain, un verre de vin blanc à la main. Dès qu'elle aperçut Élise, elle reposa ses pieds par terre, pivota, déposa son verre au cours de la manœuvre et s'exclama : « Enfin ! Où étais-tu ? »

La question tomba au milieu d'une salve de rires, si bien qu'elle s'empara de la télécommande, coupa le son et répéta : « Où étais-tu passée ? »

Au lieu de lui répondre, Élise s'inquiéta tout de suite : « Les enfants ne sont pas descendus ?

— Non, ils sont dans leurs chambres.

— Pourquoi ? Qu'est-ce qui se passe ?

— Tu ne sens rien ?

— Non…

— Avance, avance ! Respire à fond. »

Élise s'approcha. Marie-Rose dressait le cou, reniflait comme un chien qui prend le vent.

« Alors ?

— Alors, quoi ?

— Tu ne sens pas une odeur de tabac ?

— Ah oui, peut-être. »

Elle s'imagina qu'elle avait rapporté ce vague relent du Belle-Vue.

« Eh bien, puisque tu veux le savoir, voilà ce qui s'est passé, Élise ! Quand je suis rentrée, ils étaient tous les quatre scotchés devant leur ânerie américaine et ça empestait le tabac. Ils ont eu juste le temps de jeter les mégots dans la cheminée. Pas seulement les trois dadais, hein, même la petite avait fumé, tu imagines ? Elle était blanche comme un cachet d'aspirine. À huit ans ! C'est du joli ! Ça, c'est ce qui arrive quand on les laisse livrés à eux-mêmes ! Je te les confie, tu es responsable ! Où étais-tu passée, bon sang ?

— Je leur avais bien dit ce matin que je ne serais pas là quand ils rentreraient de l'école. Les deux grands m'avaient promis de s'occuper de tout.

— Ben, voilà le résultat ! Ces idiots ont acheté des cigarettes. Tu me feras le plaisir de leur confisquer le paquet. Je ne sais pas où ils l'ont planqué.

— Oui, oui, d'accord. Ils ont fait une bêtise. Mais, tout de même, ce n'est pas la fin du monde.

— Ça, bien sûr, tu vas les défendre ! Toi, tu leur passes tout. C'est tellement plus facile. »

Elle opéra un quart de tour en direction de son verre et avala le fond. Du même coup, ses yeux retombèrent sur la télé muette, où l'épisode s'était poursuivi derrière son dos. Dans une chambre d'étudiant, deux comédiennes échangeaient des propos sans doute peu amènes. Tandis que l'une remuait les lèvres, la caméra zoomait en gros plan sur les mimiques effarées de l'autre qui, selon le standard hollywoodien, devaient déclencher de minute en minute une des cinq variétés d'hilarité du public fantôme.

Elle étendit la main vers la zappette et éteignit. Cette attrapade ridicule à l'écran lui suggérait peut-être que celle qu'elle infligeait à sa sœur ne valait guère mieux.

« Tu veux boire quelque chose ? demanda-t-elle, soudain radoucie.

— Non, merci. Je vais préparer le souper. »

Élise passa à la cuisine, décrocha son tablier pendu avec les essuies de vaisselle, ouvrit le frigo et, après une brève hésitation, en retira quelques œufs. Marie-Rose la rejoignit, son verre vide à la main. Elle le remplit à la bouteille de chablis entamée qu'elle avait laissée sur la table. Sans chaussures, sa silhouette bien tassée évoquait une statuette de déesse de la fécondité.

« Qu'est-ce que tu vas nous préparer ?

— Des crêpes. »

C'était le menu préféré des enfants, celui des récompenses. Marie-Rose soupira.

« Tu n'aimes pas ? demanda Élise sèchement.

— Si, si, bien sûr. Je m'informais, c'est tout. Ça ne sera pas trop long ?

— Pourquoi ? Tu as déjà faim ? C'est pour ça que tu es rentrée si tôt de Saint-Jean ?

— Je dois y retourner. On me bipera. Un accouchement compliqué, un siège. Je vais essayer par voie basse, mais il faudra peut-être une césarienne. Je suis revenue parce que j'avais envie de me détendre un peu avant. Je n'ai pas spécialement faim. »

Élise lui tournait le dos. Elle versait la farine dans un plat. Marie-Rose posa un coude sur le plan de travail, près de l'évier. Elle la regardait de profil.

« Tu ne m'as toujours pas dit où tu étais passée, Élise.

— … Je suis allée à Liège.

— À Liège ? Mais… mais comment ?

— En train, tout simplement.

— En train ? Tu prends le train maintenant ?

— Vu que je n'ai pas de voiture.

— Et qu'est-ce que tu allais fabriquer à Liège ?

— Rien.

— Rien ? Tu te moques de moi !

— J'avais envie d'y aller, c'est tout. J'ai bien le droit.

— Comme ça, soudain ?

— Pourquoi pas ?

— Bon, bon. N'empêche, tu aurais pu prévenir.

— J'avais prévenu les enfants.

— Je te parle de me prévenir, moi. Ils auraient pu fiche le feu ! Ce sont des gosses, Élise. C'est toi qui serais responsable.

— Oui, oui, d'accord !

— Si tu me l'avais dit ce matin, je me serais arrangée pour…

— Ah oui ? Je connais ça ! Tu m'aurais interdit d'y aller, point à la ligne.

— Pas du tout ! Je me serais débrouillée pour être là.

— Première nouvelle ! Tiens, c'est comme si je t'entendais : "Tu t'imagines que je peux me libérer comme ça ? En claquant des doigts ? Mais, ma pauvre Élise, tu n'as pas le sens des réalités." »

Elle s'empara des œufs un à un, les cassa sur le bord d'un grand bol et se mit à les battre rageusement. Pas la peine d'insister ! Marie-Rose la regarda faire un moment, ne sachant plus que dire. Quand Élise versa le bol dans le puits qu'elle avait ménagé dans la farine, elle posa son verre dans l'évier et suggéra presque humblement : « Je dresse la table ?

— Si tu veux. »

Marie-Rose disposa les verres, les assiettes et les couverts, puis se mit à ouvrir les tiroirs à côté d'Élise.

« Qu'est-ce que tu cherches ?

— Les serviettes.

— Pas là ! Au-dessus du frigo. »

Elle n'avait pas touché à quoi que ce soit dans les placards depuis une éternité. Le seul rangement qu'elle aurait pu trouver les yeux fermés, c'était celui des verres à vin, dans la vitrine conservée de l'ancienne disposition des lieux, avant l'installation de la cuisine équipée.

Une fois les serviettes distribuées pour elles et les enfants – il ne fallait pas compter sur Édouard –, elle s'approcha d'Élise, lui passa la main dans le dos, comme elle s'y serait prise avec une patiente catastrophée d'apprendre tout à coup qu'elle est enceinte.

« Excuse-moi, Lisette, je t'ai brusquée. Mais, tout de même, tu as toute la journée pour te rendre à Liège si ça te chante. Tu pouvais bien t'arranger pour être de retour à l'heure.

— Non.

— Pourquoi non ?

— Parce que !

— Mais enfin, explique !

— … Parce que je ne pouvais pas repartir plus tôt.

— Tu étais au cinéma, c'est ça ?

— Pas du tout !

— Tu avais un rendez-vous !

— Ah ! fiche-moi la paix. »

Élise secoua les doigts de Marie-Rose qui lui pressaient doucement la nuque. Ses épaules étaient agitées de petits tressaillements. Marie-Rose comprit soudain qu'elle sanglotait. Elle la prit par la taille, la força à se retourner. Deux grosses larmes se frayaient un chemin sur le visage d'Élise. L'une glissa le long de sa mâchoire et tomba dans la pâte. Marie-Rose l'attira contre elle, contre sa bonne poitrine de nourrice et fit ployer sa tête, qui dépassait la sienne à demi, contre sa joue.

« Qu'est-ce qui se passe, ma Lisette ? Dis-moi ce qu'il y a ! »

Son cœur chavirait. Elle n'avait pas vu Élise, toujours d'humeur si égale, pleurer une seule fois depuis des années. Tout à coup, elle retrouvait sa petite sœur comme autrefois quand elles s'étaient raccrochées l'une à l'autre au milieu du naufrage de la famille.

Un soir à table, le père avait déclaré qu'il quittait la mère, parce qu'ils ne s'aimaient plus comme des amoureux. Il faut ça pour vivre ensemble. Le père allait habiter ailleurs, seul dans un appartement, comme avant de se marier avec maman. De cette façon, c'en serait enfin fini des disputes entre eux, c'était mieux pour les enfants.

Marie-Rose avait seize ans, c'était déjà une petite femme. Élise n'en avait que douze. Elle s'était écriée : « Je pars avec toi, papa ! »

Non, ce n'était pas possible. Le juge avait accordé la garde à la mère, une femme triste comme un jour d'hiver pourtant, alors que, dès que papa rentrait, le soleil entrait avec lui par la porte. Marie-Rose, pour sa part, pouvait choisir. Elle avait décidé de rester pour ne pas abandonner Élise seule dans les ténèbres et le froid de la maison.

La nuit, souvent, Élise quittait son lit quand la mère était montée se coucher depuis assez longtemps. Elle se glissait sous la couette de Marie-Rose, se pressait contre elle qui lui caressait les cheveux et lui chuchotait à l'oreille les petits noms caressants que papa inventait en la bordant.

Se souvenant d'un de ces mots doux, Marie-Rose répéta : « Qu'est-ce qu'il y a, mon petit bouchon ?

— Rien, rien, Mirose… », murmura Élise avec une esquisse de sourire. Elle se dégagea et versa la première louche de pâte dans la poêle.

3.

Le magasin d'antiquités de Pierre Fauvol, rue des Clarisses, non loin de la cathédrale Saint-Paul, a disparu de nos jours. Longtemps des panneaux d'aggloméré, mâchurés de graffiti à peine qu'ils furent posés, sont restés cloués sur la vitrine désormais occupée par les mannequins chauves d'une enseigne de vêtements italienne.

Le temps qui s'enfuit donne le vertige ! Quand on songe qu'il y a seulement une douzaine d'années, au moment de notre récit, Fauvol Antiquités semblait une institution quasi immuable, étant installée à cet endroit depuis 1803, et qu'aujourd'hui les lycéens qui se rendent à l'athénée Charles Rogier n'en ont pas plus de souvenir que du séjour de Bonaparte dans la cité l'année même de son ouverture.

En 2009, les passants s'arrêtaient souvent pour jeter un coup d'œil à la devanture. Dans la boutique, qui avait les dimensions d'une salle à manger bourgeoise, étaient exposés des meubles anciens dans le style liégeois ou hollandais, des dinanderies, des étains, de la porcelaine allemande, des armes de Herstal, plus un grand nombre d'autres bibelots en tout genre. Aux murs, des tableaux à touche-touche, principalement de petits maîtres du XVIIIe et du XIXe siècle.

Si on passait la porte, ne fût-ce que pour un renseignement, Pierre Fauvol apparaissait, mais au bout de trois ou quatre minutes seulement, comme s'il voulait laisser au visiteur tout le loisir d'examiner l'objet qui, de la rue, avait attisé sa curiosité et, comme il l'espérait, sa convoitise. Une marque de confiance aussi, car, après tout, le quidam aurait pu s'emparer d'un article et prendre illico la poudre d'escampette à travers les petites rues avoisinantes. Mais chez Fauvol Antiquités n'entraient, cela va de soi, que des gens honnêtes.

Au fond à droite, contre le mur, il y avait un escalier en colimaçon muni d'un garde-corps de ferronnerie. Fauvol pouvait en descendre s'il se trouvait dans son appartement à l'étage. Le plus souvent cependant, il sortait d'une pièce dont la porte se situait à l'autre bout de la paroi et il restait encore un moment dans l'encadrement.

Si notre amateur de vieilleries était entré dans cette arrière-salle le soir du lundi qui nous occupe – mais le lundi était jour de fermeture hebdomadaire et, de toute façon, même les jours d'ouverture, personne n'y pénétrait jamais –, c'est là qu'il aurait trouvé Pierre Fauvol.

Au premier abord, il aurait été étonné sans doute par le bric-à-brac extraordinaire qui se serait offert à ses yeux à travers le local, dont la surface était double de celle du magasin. Au milieu, des meubles étaient entreposés à la va-comme-je-te-pousse tandis que des dizaines de breloques étaient éparpillées sur de hautes étagères fixées aux murs. En se frayant un chemin dans ce souk, il serait parvenu au bout de la pièce et, contre le mur du fond, il aurait certainement remarqué une sorte d'estrade montée sur des tréteaux réservée à des objets de culte, calices en or, en argent, ciboires incrustés de pierres, crucifix, statuettes, tableaux de genre. C'est là aussi qu'il aurait trouvé Fauvol, assis à un scriban, le dos entrelardé par les barreaux d'une chaise pivotante, baissant alternativement la nuque vers le clavier d'un ordinateur et la redressant en direction de l'écran scintillant d'un vieux moniteur cathodique.

Fauvol rédigeait un message dans une case en forme de papier à lettres à l'en-tête du site de rencontres Âmes sincères, dont l'appellation calligraphiée couronnait deux cœurs unis par les oreillettes sous lesquels on pouvait lire : « Heureux les cœurs purs ! »

Chère Rachel,

Je suis bien venu au rendez-vous que nous nous étions fixé au café Le Belle-Vue. Je tremble à l'idée que vous ayez pu croire que je vous avais fait faux bond. Rassurez-vous, chère Rachel, loin de moi un tel comportement ! J'aurais préféré me faire écraser par une voiture plutôt que de vous causer une déception. C'est, en effet, ce qui a failli se produire car, dans mon empressement à vous rejoindre, j'ai franchi un passage pour piétons au feu rouge. Je n'ai jamais vu de si près le capot d'une Mercedes !

Mon erreur, mon erreur inqualifiable, c'est que je me suis trompé d'heure. Plus exactement, je n'ai pas changé d'heure hier matin pour le régime d'été. Cela m'a complètement échappé. Je suis resté seul chez moi toute la journée à m'occuper de ma comptabilité comme je le fais tous les dimanches. Habituellement, je vais dîner dans le quartier, mais je ne suis pas sorti. Je n'avais pas faim. Dois-je vous l'avouer ? Je ne songeais qu'à notre rencontre et j'avais l'estomac noué.

Toute la soirée, vous avez occupé mes pensées, chère Rachel. J'écoutais Beethoven, le premier concerto pour piano. Je ne saurais dire pourquoi, mais Beethoven a le pouvoir de vous rendre présente à moi. C'est ainsi. J'essayais de lire je ne sais plus quel méchant roman de Simenon (je viens d'acquérir la collection complète des éditions Rencontre pour sa reliure qui est très belle), mais j'étais absent. Et aujourd'hui, depuis le matin, mon cœur caracolait en tous sens. L'heure d'été était bien le dernier de mes soucis.

Voilà comment je suis arrivé soixante horribles minutes en retard. J'ai montré votre photo au barman, il m'a confirmé que vous étiez venue. Pouvez-vous me pardonner ?

Je me faisais une telle joie. Je vous avais apporté un bouquet d'œillets. À présent, il dérive au fil de l'eau, sur la Meuse. J'espérais tant de cette rencontre au cours de laquelle nous devions nous révéler nos véritables noms. Je ne cesse de scruter votre visage en tentant d'imaginer celui qui vous conviendrait aussi bien que Rachel, qui restera pour moi le sésame magique qui m'a ouvert l'aurore d'un nouvel avenir.

Chère Rachel, j'ai réglé ma montre cette fois. Voyons-nous au plus tôt, je ne puis plus attendre, au même endroit, je vous en prie, sinon je ne pourrai plus passer devant le Belle-Vue sans que ma monumentale gaffe me revienne en plein cœur.

Répondez-moi vite, je ne saurais fermer les yeux cette nuit sans un signe de vous.

Votre Tristan

Fauvol se recula contre les barreaux de la chaise, relut le message, supprima « le capot d'une Mercedes », remplaça par « la calandre d'une Mercedes » qui lui sembla plus expressif, transforma plus loin, pour le même motif, « sur la Meuse » en « vers Maastricht » et hocha la tête. Il était assez satisfait du résultat. Il cliqua sur l'icône « Envoyer ».

Ensuite, il resta un moment devant la photo de Rachel à l'écran, celle-là même qu'il avait montrée à Fred au Belle-Vue. D'un coup de molette de la souris, il l'agrandit. Il imaginait la déception qui avait dû rendre plus timoré si possible le petit visage empreint de réserve. Qu'est-ce que Rachel avait dû gamberger… Elle s'était figuré certainement qu'il avait renoncé, qu'il ne viendrait pas et, peut-être pis encore, qu'il s'était moqué d'elle. Il y a de sales types qui aguichent de pauvres filles sur Internet pour s'amuser, comme ça, bêtement. Ils font des paris à qui dégotera la plus moche et décernent des prix de laideur au fond d'une taverne, entre deux esclaffements et deux tournées de bière.

Pauvre Rachel ! Il ne voulait pas qu'elle souffre. Si peu d'estime qu'il eût pour lui-même, il se savait incapable de méchanceté. À l'égard d'une femme a fortiori. Avec Rachel, il fallait que tout se passe en douceur.

Au fait, pourquoi s'était-elle donné le pseudonyme de Rachel ? Un prénom d'actrice anglaise ou américaine.

Rachel Weisz par exemple. Il l'avait vue, quelques mois plus tôt, dans *The Constant Gardener*, un film qui lui avait plu au point qu'il avait acheté le DVD afin de le revoir chez lui – pas tellement pour Rachel d'ailleurs, plutôt pour Ralph Fiennes dans le rôle si émouvant de Justin. Les femmes autrefois fantasmaient sur les héroïnes de roman, mais aujourd'hui ? Mme Bovary se serait peut-être rêvée en Emma Thompson ? ou Emma Watson ? Qui sait ?

Quant à lui, il était de la vieille école. Il avait choisi Tristan, au débotté, sans réfléchir. Toutefois, maintenant qu'il y réfléchissait, peut-être bien que, quelque part au fond de lui-même, la lecture de *Tristan et Iseut* dans sa jeunesse lui avait laissé une raison secrète d'adopter ce nom. Pour que Tristan tombe amoureux d'Iseut, n'avait-il pas fallu que la servante d'Iseut lui verse un philtre d'amour ? Serait-ce que, pour conclure avec Rachel, il aurait besoin d'un aphrodisiaque, lui aussi ?

Il réduisit sa photo et la renvoya dans l'angle droit de l'écran. Aucune réponse encore. Il haussa les épaules et cliqua sur « Démarrer-Arrêter ».

Il se leva et vint se placer devant l'étalage des objets sacrés. Il n'arborait plus son beau costume anthracite de l'après-midi. Son jean flasque, son pull à grosses mailles et sa veste de velours avec des rondelles en cuir aux coudes lui faisaient maintenant une allure décontractée, presque relâchée.

Il se pencha, s'empara d'une boîte à chaussures close et la déposa au bord de l'estrade pour l'ouvrir. Il la débarrassa d'abord de quelques feuilles de papier journal froissées, puis il en dégagea une petite statue.

C'était un buste en argent, une tête d'évêque exactement, coiffée de la mitre, les épaules couvertes d'une chape au centre de laquelle se trouvait une minuscule cavité fermée par un morceau de verre taillé. Il porta la figurine à ses lèvres, lui appliqua un baiser, puis lui caressa les joues du bout des doigts en murmurant : « Salut, cher vieil Adalbert ! Salut, très, très cher Adalbert ! » Il gloussa, content de sa plaisanterie, et ajouta : « Je t'emmène en visite, mon pépère, à tout de suite ! » avant de le recoucher dans son modeste écrin.

Il remit les chiffons en place – des pages d'un journal allemand avec la photo ratatinée d'Angela Merkel –, replaça le couvercle et l'arrima à l'aide d'une ficelle qu'il s'escrima à faire passer par les quatre côtés de la boîte.

Un quart d'heure plus tard, vêtu de son imperméable beige, il appuyait sur la sonnette du deuxième étage d'un immeuble au coin du quai Roosevelt. Le portail s'ouvrit, il prit l'ascenseur et sortit sur le palier. Devant lui se tenait l'homme avec lequel Fred l'avait vu converser l'après-midi quand il était sorti du Belle-Vue.

« Je vous attendais, Pierre », dit-il et il le fit entrer dans l'appartement dont l'éclairage par la porte ouverte dessinait un trapèze lumineux sur le lino du couloir.

Fauvol se trouva dans la partie longue d'un living en L meublée d'une bibliothèque, de deux vitrines remplies de bibelots, et de fauteuils massifs autour d'une table basse encombrée de livres et de revues. L'autre partie était une salle à manger décorée de trois tableaux anciens, tous représentant des madones.

« Assoyez-vous, Pierre ! »

L'homme lui désignait un fauteuil, tout en dégageant un espace devant lui sur la table basse.

« Un whisky ?

— Pourquoi pas ?

— Je vais demander à Mme Blanmont de nous apporter ça. Posez donc votre paquet ! »

Il repoussa encore quelques livres. Ses yeux considéraient la boîte à chaussures de Fauvol avec l'impatience d'un enfant le jour des cadeaux de saint Nicolas. Il s'empressa jusqu'à la salle à manger, entrebâilla une porte et glissa rapidement : « Madame Blanmont, apportez-nous deux Lambertus, je vous prie. »

Il revint s'asseoir face à Fauvol qui avait déposé le colis sur la table, retiré la ficelle, décalé légèrement le couvercle et retroussé un peu le papier en sorte de dévoiler juste le socle du buste en argent qui brillait sous la lampe. Un éclair de concupiscence traversa les pupilles de l'autre. Ce n'était plus un regard d'enfant, plutôt celui d'un client de club privé quand il mate une strip-teaseuse qui vient de laisser choir sa robe sur le sol.

« Est-ce la petite chose que vous m'avez annoncée tout à l'heure ?

— Exactement, monsieur le chanoine. »

Sans cette cérémonieuse apostrophe, personne, en présence de l'interlocuteur de Fauvol, n'aurait d'emblée deviné qu'il s'agissait d'un ecclésiastique. Le chanoine, en effet, n'affichait aucun signe de son état. Il était en chemise, sans col romain, les manches retroussées même sur ses bras maigres, car l'appartement était surchauffé. Néanmoins, une fois l'oiseau identifié, toutes les personnes qui connaissent un peu le milieu sacerdotal lui auraient à coup sûr reconnu la tête de l'emploi, ce mélange particulier de bienveillance délibérée et d'orgueil mal rentré.

« On peut voir ?

— Mais certainement. »

Fauvol déposa le couvercle, retira un à un – c'était vraiment des façons d'effeuilleuse – les papiers ornés de la tête chiffonnée d'Angela Merkel et mit le buste à nu. Il le souleva doucement de la boîte et l'installa sur la table.

« Seigneur, quelle merveille ! » souffla le chanoine.

Il avança ses deux mains blanches avec précaution, comme si le prélat risquait de s'effaroucher, puis le saisit par les épaules pour le porter à hauteur de ses yeux éblouis.

« Reliquaire rhénan du XIVe siècle, monsieur le chanoine.

— Splendide, splendide ! »

À ce moment, la dame qu'il avait nommée Mme Blanmont fit son entrée, apportant sur un plateau une bouteille de whisky Lambertus, deux verres et un siphon d'eau de Seltz. Le chanoine se retourna et ne put se contenir : « Regarde-moi ça, Julia ! » s'écria-t-il en exhibant la statuette comme un trophée.

Mme Blanmont bomba le torse et fronça les sourcils avec dignité, exactement comme si un malotru l'avait sifflée dans la rue.

« Très joli, monsieur le chanoine », articula-t-elle d'un ton pincé.

Le chanoine reporta ses yeux confus sur Fauvol qui faisait semblant de rien.

« Bonsoir, madame Blanmont.

— Bonsoir, monsieur Fauvol. On peut dire que vous avez le don de mettre M. le chanoine dans tous ses états. »

Le chanoine branla la tête et murmura en guise d'excuse : « Je... Oui... C'est un tel chef-d'œuvre... »

Mme Blanmont déposa le plateau sur la pile des revues et se retira sans accorder un regard au chef-d'œuvre.

« Une nouvelle marmite l'aurait plus intéressée, commenta le chanoine quand il entendit la porte se refermer. Buvez, Pierre ! »

Lui-même déposa le buste et choqua son verre contre celui de Fauvol. Il avala une rasade, puis reprit l'évêque et approcha un œil de la cavité dans la chape.

« Malheureusement, la relique a disparu, dit Fauvol.

— Aucune importance. Un morceau d'os, un bout de couenne : sans intérêt ! Je vérifiais seulement.

— Volée sans doute. Les voleurs des siècles passés attribuaient plus de poids à la relique qu'au reliquaire, je ne vous l'apprends pas. C'est ainsi qu'un contenant en argent se retrouve sur le marché. Il n'avait plus aucune valeur.

— Heureusement pour nous ! Dites-moi, où l'avez-vous trouvé ?

— Secret professionnel... »

Fauvol lui opposa un sourire qu'il espérait énigmatique. Son acquisition, il l'avait faite auprès d'un correspondant qu'il avait à Cologne, un type très évasif sur ses trouvailles. Il préférait ne pas savoir où il dénichait les quelques trésors qu'il lui avait déjà procurés. De temps à autre, l'Allemand lui envoyait une photo par MMS. Fauvol, s'il était intéressé, se rendait sur place et payait toujours en espèces.

« Le saint qui est représenté, vous savez qui c'est ?

— Pas avec une certitude absolue », dit Fauvol, bien que le vendeur lui ait affirmé que l'effigie était identifiée dans le *Verzeichnis der Kultgegenstände des Rheinlandes* comme celle de saint Adalbert. Mais, à ce saint obscur, Fauvol devinait que le chanoine aurait préféré saint Hubert, saint Servais ou, mieux encore, saint Lambert, patron du diocèse. Comme il avait devant lui la bouteille brune de Lambertus, il avança prudemment : « J'ai tout de même de bonnes raisons de penser qu'il s'agit de saint Lambert...

— Non ! Vous croyez ? Vraiment ?

— Il faudrait le soumettre à un expert. J'imagine que vous le ferez avant de le déposer à la cathédrale.

— Nous verrons, nous verrons... »

La tête du chanoine oscillait de gauche à droite sans prendre garde que Fauvol n'avait pu manquer de remarquer dans les vitrines quelques objets qu'il lui avait déjà vendus pour la cathédrale.

« Il faudrait d'abord que nous nous entendions sur le prix. L'Église dispose seulement de moyens très modestes, vous le savez.

— Je vous le ferai au prix qu'il m'a coûté. Je ne veux rien gagner dessus.

— Bien, bien ! Concrètement ?

— Deux mille.

— Deux mille francs ?

— Non, deux mille euros, bien entendu.

— Mais c'est énorme ! Vous êtes certain ?

— Je peux vous montrer le virement bancaire de mon achat.

— Non, non, bien sûr, je ne me permettrais pas.

— Je voudrais que ce soit une sorte d'ex-voto, pour la grâce que Dieu m'a faite de la rencontre avec la jeune personne que vous savez.

— Rencontre, vous voulez dire la quasi-rencontre. Vous avez manqué votre rendez-vous tout à l'heure.

— Je lui ai envoyé un message pour m'excuser dès que je suis rentré chez moi. Je suis convaincu qu'elle comprendra, c'est quelqu'un de tellement délicat. Je ne remercierai jamais assez le Ciel de me l'avoir fait connaître. Le Ciel et vous, bien entendu, monsieur le chanoine.

— Mon unique souhait est de vous voir marié au plus tôt, Pierre. Le mariage est une institution divine. Quand vous aurez une bonne épouse, c'en sera fini de vos errements. Cela dit, sans vous jeter la pierre… et sans jeu de mots, pardon. Nous avons tous nos faiblesses. »

Fauvol baissa la tête comme l'aurait fait un pénitent. Il savait combien le chanoine tenait à lui jouer la scène du bon pasteur, inquiet de ses brebis et, plus particulièrement, de la brebis égarée, pour ne pas dire du mouton noir dont les mœurs le préoccupaient.

Depuis le jour où le chanoine était entré dans sa boutique et avait demandé à examiner de plus près une Vierge en bois polychrome du XVIe exposée dans la vitrine, à sa façon sensuelle de manipuler la pièce, au léger tremblement de ses mains, à la fébrilité soudaine de son souffle qu'il percevait à ses côtés, il avait compris qu'il était en passe de ferrer un gros client s'il savait s'y prendre.

D'abord, à titre d'investissement, il lui avait cédé la statuette à un prix dérisoire et, lorsqu'il sut à qui il avait affaire – un prêtre en charge du patrimoine religieux –, il avait conjecturé qu'il se l'attacherait invinciblement en lui confiant son âme. Depuis deux ans, chaque fois qu'il rencontrait le chanoine, il se mêlait toujours à leur négoce quelques moments de spiritualité qui, en quelque sorte, exorcisaient la vénale atmosphère.

« Vous ne pouvez servir à la fois Dieu et Mamon », dit l'Écriture. De cette manière, ils ne servaient pas Dieu et Mamon à la fois, mais successivement. Avec le dernier mot, le plus souvent, pour Mamon.

« Revenons à notre saint Lambert, Pierre. Un véritable ex-voto devrait vous coûter un peu.

— Eh bien, disons mille huit cents euros.

— Soit. »

De toute façon, à l'Allemand, il avait donné quinze cents.

4.

Le jeune couple auquel Édouard Gayet, le mari de Marie-Rose, avait fait visiter la grande villa Art nouveau qu'il mettait en vente avenue des Tilleuls était encore indécis. Le prix, naturellement, méritait qu'on y regarde à deux fois. Monsieur était un avocat frais émoulu qui s'était fait la main dans quelques affaires de divorce et qui venait de découvrir le beurre que les recouvrements de créances pouvaient mettre dans ses épinards. Madame, que l'on aurait plus volontiers appelée « mademoiselle », était blanchisseuse, non pas dans une laverie, dans une banque luxembourgeoise où elle rendait à certains capitaux la virginité qui sied aux paradis fiscaux. L'un et l'autre avaient de beaux jours devant eux mais, tout de même, quatre cent mille euros, sans compter les aménagements d'isolation indispensables, cela ne se trouve pas sous le pas d'un cheval.

Néanmoins, si ce n'était pas donné, c'était probablement correct. Madame, en tout cas, ne pouvait douter de l'honnêteté du mari de sa gynécologue, en laquelle elle mettait une confiance absolue. Encore étudiante, elle avait confié à Marie-Rose le soin de lui éviter des surprises de fin de soirée. Non pas qu'elle ne voulût pas d'enfant – elle voyait bien que cela aurait déplu à Marie-Rose qui, depuis son mariage, revenait régulièrement sur le sujet –, simplement, il n'y avait pas d'urgence. Elle était jeune et, avant de s'encombrer de couches-culottes et de biberons (la fonction biologique des seins lui répugnait), elle voulait profiter, verbe qu'elle utilisait sans complément, comme un absolu.

Édouard lui-même avait évoqué la question des enfants. « La maison idéale pour une famille nombreuse », avait-il mentionné sans avoir l'air d'y toucher. Si elle n'avait été certaine qu'il ignorait que son épouse était son médecin, tout comme Marie-Rose ignorait qu'elle était en affaire avec Gayet Immo, elle aurait pu croire qu'ils s'y mettaient à deux pour l'encourager à la maternité.

Mais l'allusion n'était sans doute que la simple boutade d'un homme qui respirait la même bonhomie que son épouse. Quant au prix de la villa, puisque Marie-Rose s'en tenait aux honoraires conventionnés, on pouvait donc postuler sans crainte que son mari pratiquait le juste tarif.

Au moment de se séparer après le tour des lieux, Édouard leur avait serré la main, à l'avocat d'abord, puis à la blanchisseuse, plus longuement. En plongeant avec un regain de franchise ses yeux dans les siens, comme s'il avait deviné que c'était elle qui emporterait la décision, il avait conclu : « Réfléchissez bien. Il y a beaucoup de choses dans la vie : le travail, la carrière, les relations. Mais chaque soir, on se retrouve au même et unique endroit. L'existence, finalement, se confine dans quelques mètres carrés. Il faut les choisir avec soin. »

Madame s'était persuadée qu'Édouard s'était fendu de cette péroraison à sa seule intention, par l'effet de la séduction que, sans même le vouloir, elle exerçait sur tous les hommes, alors qu'il aurait pu la réciter à l'envers, vu qu'il terminait chaque visite avec le même refrain.

Avant de s'engouffrer dans leur Audi, elle le suivit des yeux pendant qu'il regagnait sa voiture garée plus loin entre deux tilleuls. Elle se le représentait rentrant à la maison auprès de l'apaisante Marie-Rose, tandis que les cinq enfants (son imagination généreuse accroissait la tribu) accouraient pour lui administrer une joyeuse fricassée de museaux. Elle s'entrevit elle-même, dans la villa Art nouveau, à la tête d'une volée d'angelots tombés du ciel. Le tableau lui fit brièvement envie, à la façon d'une page de publicité dans un magazine, sur laquelle on s'attarde un instant avant de passer à la suivante.

La vraie scène du retour aux pénates d'Édouard, cependant, ressembla à ses élucubrations autant que le désert au paradis terrestre.

Pour l'accueillir, personne. La Volvo de Marie-Rose ne stationnait pas devant le perron, elle était donc retenue à l'hôpital Saint-Jean. Une ou deux fois par mois, un accouchement de nuit requérait sa présence. Les enfants, dans leurs chambres. Tous les soirs à neuf heures, ils montaient.

Une règle établie par Élise, qui veillait à ce qu'ils se couchent suffisamment tôt. Elle-même s'était retirée dans ses quartiers.

Un arôme de crêpes traînait jusque dans le hall. À la cuisine, il en trouva quelques-unes sur une assiette recouverte d'une serviette. Il les passa au micro-ondes, décapsula une Jupiler et s'assit par habitude au haut bout de la table, à sa place quand tout le monde était là, le dimanche midi au moins. Il engloutissait à grands coups de fourchette, faisait descendre les bouchées à la file en s'envoyant des rasades de bière, comme s'il mourait de faim. En fait, il n'avait pas le moindre appétit. Il expédiait.

Les soirées quand Marie-Rose était absente à son retour lui faisaient horreur. Si elle avait été là, elle se serait assise en face de lui ; elle n'aurait pas mangé – elle soupait presque toujours avec les enfants –, elle aurait bu un verre de chablis, histoire de l'accompagner. Ils auraient causé. Il avait besoin d'elle. Rien à voir avec l'amour pourtant, – après seize ans de mariage, ce n'est plus la peine de rêver en couleurs. C'était plutôt qu'elle exerçait une sorte de protection sur lui, voire de contrôle, qui le rassurait.

Lorsqu'elle se trouvait à ses côtés, il ne devait plus s'inquiéter de ce qu'il allait faire. Elle le téléguidait. Par exemple, maintenant qu'il avait rangé son assiette dans le lave-vaisselle, elle lui aurait suggéré : « Va donc embrasser les enfants ! » et il y serait allé, le cœur tranquille. Alors qu'à présent, il allait s'y rendre de toute façon, c'était bien le moins – il les voyait si peu –, mais il sentait une vague angoisse enserrer peu à peu ses entrailles.

Il monta à l'étage. Il poussa la porte de Marc d'abord, l'aîné des quatre, qui était penché sous la lampe de son bureau bien rangé. L'élève modèle, jamais rien à lui remontrer, sauf peut-être qu'il en faisait trop. Pas comme Mathieu, dans la chambre voisine, qui avait les oreilles collées sur son baladeur, encore moins comme Luc, dans celle d'en face, plongé dans la seule étude qui l'intéressait, celle des mangas. Ces deux-là n'en fichaient pas une secousse, mais comment leur reprocher d'être ce que lui-même avait été à leur âge ? Encore heureux, ils passaient de classe en classe, par la petite porte, qui leur suffisait.

Aux trois, il rappela de se coucher. Contre toute attente, ils s'exécutèrent sans rouspéter, d'où il présuma qu'ils avaient sans doute quelque chose à se faire pardonner. Pour l'instant, il ne voulait pas savoir de quoi il s'agissait, il n'avait pas envie de jouer au père Fouettard.

Il ne s'attarda que dans la quatrième chambre, où la petite Marie dormait à poings fermés. Il s'agenouilla à son chevet dans la faible lueur de la veilleuse sans laquelle elle n'aurait pu fermer les yeux. Ses longs cheveux étaient éparpillés sur l'oreiller. Il y passa les doigts, lui caressa la joue, comme Fauvol avait caressé la joue en argent de saint Adalbert. Mais quel métal, si précieux soit-il, rivaliserait avec la chair d'un enfant ?

Un léger gémissement sortit des lèvres de la petite fille, sa tête se vira sur le côté, comme si la caresse de son père l'avait fait rêver d'une fourmi sur la peau. Il aurait dû en sourire, il se sentit repoussé. Il borda la couverture et s'en alla en silence.

Au bout du couloir, perpendiculaire aux chambres des enfants à gauche et à droite, se trouvait l'appartement d'Élise. Elle était très bien installée, un séjour, une chambre à coucher et même une petite salle de bains pour elle seule, qu'on avait aménagée à sa demande l'automne dernier. Certainement, elle avait entendu les pas d'Édouard, les portes qu'il avait ouvertes et refermées, mais elle ne se montrait pas.

Édouard revint sur le palier devant les escaliers au milieu de l'étage. De l'autre côté du couloir, il y avait la chambre conjugale, deux chambres d'amis et la grande salle de bains. Il éteignit les lampes. Sous la porte d'Élise, une barre de lumière blanche apparut dans l'obscurité.

Qu'est-ce qu'elle fabriquait ? Il l'imaginait, l'oreille aux aguets, dans l'attente du craquement des marches. Quand Marie-Rose était là, Élise redescendait après avoir couché les enfants, elle venait regarder la télé avec sa sœur. En l'absence de Marie-Rose, elle ne bougerait pas, il le savait.

Il descendit quelques degrés en y pesant de tout son poids, puis s'arrêta, hésitant, indécis. Alors, il remonta silencieusement.

Lorsque Marie-Rose rentra vers une heure du matin, Édouard se réveilla avant même qu'elle ne gagne la chambre. Depuis qu'il s'était couché, il était resté suspendu dans un demi-sommeil. Une part de sa conscience refusait de s'abandonner. Sa tête était envahie de visions qui s'entrechoquaient.

De la salle de bains lui parvenaient les gargouillis du lavabo, les claquements de porte des armoires, les chocs du verre à dentifrice. Marie-Rose ne se rappelait jamais à la discrétion qu'en pénétrant dans la chambre, sur le bout des orteils, sans allumer les lumières, d'où, quelquefois, une collision contre un pied du lit qui lui arrachait un cri de douleur. De toute façon, même sans accident, une fois couchée, lorsqu'elle avait collé ses pieds glacés contre les mollets d'Édouard, elle ne pouvait s'empêcher de demander : « Tu dormais ? » À quoi, même quand il dormait, il répondait : « Non, je t'attendais », puisqu'il était réveillé.

Entre les draps, elle introduisait l'odeur de pharmacie qui se dégageait de ses avant-bras et de ses mains. À la lumière du jour, ils conservaient une certaine rougeur à cause de la brûlure des antiseptiques. Comme elle aimait bronzer l'été, mais qu'elle perdait son hâle à peine revenue à l'hôpital, souvent elle disait en plaisantant : « Au moins là, je suis basanée même en hiver. »

« Tu as opéré ? demanda Édouard.

— Une césarienne. Un bon gros petit gars. La maman, une fermière, je ne te dis pas comme elle était fière. Et toi, tu es rentré tard ?

— Neuf heures, à peu près.

— Tu as parlé aux enfants ?

— Un peu, oui.

— Élise t'a expliqué ?

— Expliqué quoi ? Je n'ai pas vu Élise. Elle était chez elle.

— Je m'en doutais qu'elle ne dirait rien. »

Seule la lueur des aiguilles du réveille-matin posait deux faibles hachures de lumière dans le noir épais de la chambre. Ils s'étaient mis à causer avec l'attention particulière qu'on accorde aux inflexions de la voix quand on ne peut juger de l'effet des paroles sur le visage de l'autre. Il la sentait contrariée, et elle le sentait crispé.

« Il s'est passé quelque chose ?

— Quand je suis rentrée, figure-toi qu'ils avaient fumé.

— Quoi ? Les enfants ?

— Mathieu et Luc, en tout cas. Et même la petite, “rien qu'une bouffée”, elle m'a dit, mais tout de même !

— Un joint ?

— Édou ! Non, quand même pas. Une cigarette, c'est bien assez !

— Bon, ce n'est pas la fin du monde non plus.

— Ah ben voilà ! C'est exactement ce que m'a rétorqué Élise. Vous vous êtes donné le mot, ma parole !

— Je te répète que je n'ai pas vu Élise.

— Évidemment, elle n'avait garde de te mettre au courant, vu que ça ne serait pas arrivé si elle avait été là. Mais mademoiselle n'était pas à la maison quand les enfants sont rentrés de l'école.

— Où était-elle ?

— À Liège !

— À Liège ? Qu'est-ce qu'elle fichait à Liège ?

— Elle n'a pas voulu me le dire. Elle avait chargé Marc de veiller sur les autres, mais tu imagines bien que Mathieu et Luc l'ont renvoyé à ses chères études. Je suis rentrée à six heures, ça empestait le tabac. Je leur ai passé un de ces savons, ils s'en souviendront. À six et demie, qui voilà ? Élise. Je te jure que je lui ai sonné les cloches. »

Le corps de Marie-Rose s'était réchauffé. À présent, il baignait aux côtés d'Édouard dans la même tiédeur matrimoniale. En l'amollissant, la chaleur lui rendait peu à peu la bêtise des enfants moins dramatique. Sa remontrance à Élise, déjà, elle venait de l'évoquer avec une pointe d'humour. Tout compte fait, elle avait peut-être grossi l'incident, et même, elle avait été injuste avec sa sœur.

Elle se tut un moment, puis posa la main sur le bras d'Édouard.

« Je me fais du souci pour Élise, Édou.

— Pourquoi ?

— Ce n'est pas normal, ce qu'elle a fait. Jamais elle n'a abandonné les gosses comme ça.

— Abandonné ! Tu en rajoutes. Ils sont restés seuls une heure. Marc pouvait s'en occuper, il va avoir quinze ans.

— Ça n'est jamais arrivé. Je comptais sur elle. Depuis la naissance de Marc justement, c'est la première fois qu'elle quitte la maison sans prévenir.

— Les enfants grandissent. Elle a bien droit à un peu de liberté.

— Elle peut se promener toute la journée si ça lui chante, quand ils sont à l'école. Et, en plus, quelle lubie d'aller à Liège !

— Besoin de prendre un peu du champ. Voir les magasins. S'acheter des vêtements pour l'été.

— Il n'y a pas assez de magasins ici ?

— Pour en voir d'autres, tiens !

— Puis, elle, des vêtements ? Tu ne l'as jamais bien regardée, Édou ! Elle est toujours fagotée comme l'as de pique. Tu sais ce qu'elle avait sur le dos en rentrant ? Un vieux paletot d'hiver à moi, quand je faisais deux tailles de moins. Elle se fiche éperdument de la mode.

— Elle a quand même peut-être acheté une petite chose pour aller à la mer avec toi la semaine prochaine. Elle ne l'a pas rapportée parce qu'il y avait des retouches à faire, voilà tout !

— Ça m'étonnerait.

— Elle t'a demandé de l'argent ?

— Elle n'a pas besoin de m'en demander, elle prend ce qu'elle veut, tu le sais bien. »

S'il y avait bien quelque chose qui laissait Marie-Rose indifférente, c'était l'argent. Elle s'en souciait comme de sa première chemise. Les dépenses du ménage, elle en confiait la gestion à Élise. Dans un des placards de la cuisine, il y avait une boîte à biscuits De Beukelaer dans laquelle elle laissait les honoraires de ses consultations. Quand ça débordait, elle chargeait Édouard de transférer le trop-plein à la banque. Elle ne tenait aucune comptabilité. Élise puisait dans la boîte, elle réglait tout en cash. Si elle s'en servait pour ses propres besoins, quelle importance ? Pour ce qu'elle dépensait !

À part cela, Élise disposait d'une petite fortune. En 1993, leur père s'était tué dans un accident de voiture en Lituanie. Il avait gagné de l'or en barre en vendant des berlines allemandes d'occasion aux pays baltes. Les anciennes Républiques soviétiques venaient d'obtenir leur indépendance et se ruaient sur le standing occidental. Après son divorce d'avec leur mère, il ne s'était pas remarié. Marie-Rose et Élise avaient donc hérité de tout. Marie-Rose avait placé sa part dans l'acquisition de la demeure bourgeoise de la rue Ortsmans où ils étaient à présent. Élise, qui vivait toujours chez leur mère, l'y avait bientôt rejointe.

Depuis toute petite, Élise était fragile. La disparition de leur père, qu'elle adorait, son échec à la même époque comme infirmière à l'hôpital Saint-Jean l'avaient profondément perturbée. Marie-Rose lui offrait le gîte et le couvert, elle la protégeait. Élise n'était pas capable de se débrouiller toute seule. Son héritage, elle ne s'en occupait pas elle-même. C'est Édouard qui s'en chargeait, comme des finances de Gayet Immo et des revenus de Marie-Rose, qu'il gérait en bon père de famille.

Avec sa sœur, Marie-Rose n'avait jamais pu se fâcher plus d'une demi-journée. Les larmes d'Élise, tandis qu'elle préparait la pâte à crêpes, lui restaient sur le cœur. Pleurait-elle à cause des reproches qu'elle lui avait adressés ? Élise n'avait pas voulu s'expliquer. Pendant le repas, c'est à peine si elle avait desserré les dents pour avaler trois bouchées. Aux enfants, pas un mot, et eux, forcément, pour une fois, bouches cousues, vu qu'ils s'imaginaient qu'elle leur faisait la tête parce qu'elle n'avait pas pu compter sur eux.

À l'hôpital, la parturiente avait mobilisé toute son attention, elle n'avait plus songé à Élise. Mais maintenant qu'elle venait de relater l'épisode à Édouard, il lui semblait que sa sœur n'avait pas pu se mettre à pleurer comme une Madeleine à cause d'une simple prise de bec avec elle. Il y avait autre chose.

« Tu sais ce que j'ai dans l'idée, Édou ?

— Dis-moi.

— Élise avait un rendez-vous à Liège.

— Comment ça ?

— Quand je lui ai fait remarquer qu'elle aurait pu rentrer plus tôt, elle m'a répliqué que ce n'était pas possible. Donc, elle devait se trouver sur place à une certaine heure et pas n'importe quand comme si elle avait fait les magasins.

— Mais un rendez-vous avec qui ? Avec un homme ? »

Dans la voix d'Édouard à travers l'obscurité, une touche d'ironie n'aurait pas été pour surprendre Marie-Rose, mais elle y perçut plutôt de la déconvenue, voire un rien d'appréhension.

« Que veux-tu qu'elle fasse avec un homme, Édou ? Ça ne l'intéresse pas. En tout cas, pas comme tu l'imagines. Ce que je pense, moi, c'est qu'elle allait voir un médecin.

— Marie-Rose ! Enfin, elle a un médecin à portée de la main, chez elle, sa propre sœur ! Et elle irait consulter un autre ?

— Pourquoi pas ? C'est plus facile parfois de se confier à un inconnu. Il y a peut-être des choses qu'elle préfère ne pas me dire. Par pudeur. Ou alors pour ne pas m'alarmer. Ce serait encore plus inquiétant.

— Elle n'a pas l'air plus malade que moi.

— Peut-être. Je trouve qu'elle a changé depuis quelque temps. Depuis l'été dernier, je dirais. Elle n'est plus comme avant.

— Qu'est-ce que tu me racontes ?

— Depuis qu'elle est toute petite, j'étais sûre de la connaître comme ma poche. On a toujours vécu l'une près de l'autre. Et maintenant j'ai l'impression qu'elle se détache de moi.

— Tu te fais des idées.

— Non, il y a quelque chose qui s'est détraqué en elle.

— Arrête, Marie-Rose ! Tu te tracasses pour des prunes. Dormons maintenant ! »

Édouard bascula sur le côté. Peut-on partager ses pressentiments ? Le dos d'Édouard répondait à la question qu'aurait pu se poser Marie-Rose.

L'idée qu'Élise puisse souffrir, soudain, la tourmentait. Pourquoi avait-elle choisi de devenir médecin ? Ce genre de profession, on l'embrasse par altruisme sans doute, mais, dans son cas au moins, il y avait eu une autre raison. Elle l'avait décidé au moment du divorce de leurs parents. Pendant des mois, Élise et elle avaient été malheureuses comme les pierres. Élise surtout. Si Marie-Rose avait résolu de faire médecine, c'était inconsciemment pour évacuer cette douleur. Le médecin repousse le mal ailleurs, chez les autres. Il s'en protège de cette façon. Le médecin, c'est celui qui n'est pas malade. Ensuite, elle avait incité Élise à devenir infirmière. Pour les mêmes motifs obscurs sans doute, adaptés au peu de goût de sa sœur pour les études.

Maintenant, est-ce que la souffrance venait la narguer dans sa propre maison ? C'était intolérable. Dès demain, elle aurait une conversation avec Élise. Il fallait qu'elle sache.

Elle se tourna à son tour et s'emboîta à Édouard. Tendrement, elle posa sa main contre son cou. Elle sentait le sang battre à ses veines. Pour un homme qui s'apprêtait à dormir, il avait le pouls bien rapide.

5.

Les suppositions d'Édouard à la vue du rai de lumière sous la porte d'Élise dans l'obscurité du couloir et de son âme, à savoir qu'elle était à l'affût de ses pas, qu'elle se demandait, le cœur serré, si oui ou non il allait redescendre l'escalier, n'étaient que le fruit douteux du malaise où le laissait l'absence de Marie-Rose. Le trait lumineux indiquait bien qu'Élise n'était pas couchée, encore qu'elle fût en pyjama et allongée, mais seulement sur le canapé de son petit salon – la pièce principale de son appartement –, les reins calés contre des coussins, son ordinateur portable ouvert sur les genoux. Pour le reste cependant, si elle avait, de fait, entendu Édouard rentrer, elle le laissait à ses divagations, elle avait mieux à penser. Avant qu'il ne monte à l'étage, elle avait sauté de sa place et, à toutes fins utiles, bouclé sa porte à double tour.

Aussitôt elle s'était remise à taper le texte auquel elle était occupée et, maintenant, elle le relisait en souriant.

Son visage n'avait plus rien de commun avec celui qu'elle avait offert à Fred au Belle-Vue, timide, effarouché, pas plus qu'avec la mine ravagée qui avait tellement inquiété Marie-Rose tout à l'heure à la cuisine. Elle-même, d'ailleurs, aurait été étonnée de son expression épanouie, elle n'avait jamais eu l'occasion de l'apercevoir. De sa figure, elle ne connaissait que les traits figés qu'elle retrouvait sans plaisir chaque matin devant sa glace, condamnés d'avance par la conviction définitive qu'elle était moche. On peut passer sa vie avec une image reniée de soi sans réfléchir que ce n'est pas celle que l'on donne à voir aux autres.

Devant son ordinateur, ses traits estompés par la réverbération de l'écran avaient acquis, malgré leur indiscutable âpreté, quelque chose d'attendrissant qu'elle n'aurait jamais soupçonné. C'est, comme nous le savons tous, que les pensées, les sentiments ont le pouvoir de transformer la physionomie. Qui aurait pu, comme nous, pénétrer dans l'âme d'Élise aurait compris pourquoi son visage s'était tout à coup adouci.

Le poids qu'Élise avait sur la poitrine, en effet, venait de se volatiliser. À sa place rayonnait un bonheur si complet qu'elle se demandait comment elle avait pu être tellement malheureuse quelques minutes seulement auparavant. Elle leva les yeux vers la fenêtre obscure qui donnait sur le parc et hocha la tête, presque amusée, en repensant à l'impression désastreuse qu'elle avait dû faire à Marie-Rose.

Le souper avec les enfants avait été d'un sinistre ! Après les grandes eaux de Versailles dans les bras de sa sœur, elle avait encore les yeux rouges. Pour la tirer d'embarras et, du même coup, faire flèche de tout bois contre les enfants, Marie-Rose avait déclaré d'une voix venimeuse : « Vous voyez l'effet de vos sottises sur tati Lise ? Depuis que je lui ai raconté que vous avez fumé comme des gamins des rues, elle n'arrête pas de pleurer. Vous n'avez pas honte ? »

Même si la honte n'avait pas été jusqu'à couper l'appétit des trois garçons, ils n'avaient plus osé lever le nez de leur assiette. Seule Marie était incapable d'absorber quoi que ce soit. Elle n'avalait que ses larmes, mais comme elle était assise à côté d'elle, tati lui avait filé une petite caresse consolatrice sur les jambes par-dessous la table.

Quand Marie-Rose était retournée à Saint-Jean en réexpédiant toute la troupe dans les chambres, elle avait rangé la vaisselle puis, comme chaque soir, s'était occupée de la toilette de la petite. Tandis qu'elle lui démêlait ses longs cheveux sans qu'elle ose se plaindre, brusquement elle s'était jetée à son cou.

« Pardon, tati. Tu es toujours triste ?

— Oui, je suis triste, Marie, mais ce n'est pas à cause de vous.

— Pourquoi alors ? Pourquoi tu es triste ?

— Parce que… parce que personne ne m'aime. »

C'est curieux comme on peut mentir sans vergogne aux enfants, à la façon dont Marie-Rose venait de le faire, puis l'instant d'après leur assener une vérité si abrupte, pour ne pas dire si ridicule, qu'on n'oserait la dire à personne.

« Mais ce n'est pas vrai ! Je t'aime, moi, tati !

— Oui, avait-elle répondu en réprimant ses larmes prêtes à revenir en force, mais ce n'est pas pareil.

— Pourquoi ce n'est pas pareil ?

— Parce que toi, tu es si gentille que tu aimes tout le monde.

— Tu voudrais que quelqu'un de méchant t'aime ?

— … Oui. »

Alors, elle avait pressé la petite contre sa poitrine, elle l'avait soudain dévorée de baisers, non pas comme une tante, comme une nurse, plutôt comme si elle était sa vraie mère. Mais, loin de la consoler, l'illusion qu'elle tentait de se donner lui broyait plus encore le cœur.

Enfin, elle l'avait couchée, était passée chez chacun des garçons, leur avait assuré que l'histoire des cigarettes était oubliée – d'ailleurs elle y avait à peine pensé –, puis s'était retirée chez elle.

Si Marie-Rose n'avait pas dû repartir, elle serait redescendue au salon, où sa sœur se faisait une obligation de regarder les infos à la télé, de peur, disait-elle, de se laisser enfermer dans sa popote de médecin. Marie-Rose aurait demandé : « Tout est en ordre ?

— Oui, tu peux monter leur dire bonsoir. »

Avant d'y aller, elle aurait attendu la fin du journal et, à son retour, elle aurait essayé une nouvelle fois de la cuisiner sur son escapade à Liège. Au moins elle échapperait à la prétention de sa sœur d'éplucher les moindres faits de sa vie ou plutôt elle y surseoirait, car il n'y avait pas d'illusion à se faire, Marie-Rose reviendrait à la charge jusqu'à ce qu'elle lui fasse cracher le morceau.

Dans son appartement, d'abord, elle s'était assise sur le canapé, s'était pris les tempes entre les mains et préparée à pleurer encore un peu à son aise. Les larmes, cependant, qui accourent si promptement quand on ne leur a rien demandé, refusèrent toute collaboration. C'était sans doute que la désillusion de son rendez-vous manqué au Belle-Vue, déjà bien arrosée de ses pleurs, se desséchait peu à peu et virait au ressentiment. Ce qu'elle éprouvait désormais, c'était une ardente colère, en effet, qui montait en elle contre l'homme qui lui était passé sous le nez.

Ce goujat s'était débiné in extremis. Marie avait raison, elle voulait se faire aimer d'un méchant. La vérité sort de la bouche des enfants.

Des mois d'obstination se trouvaient réduits à néant. Cela faisait presque un an qu'elle avait décidé de se dégoter un homme au plus vite. Rencontrer quelqu'un par les moyens ordinaires, dans une soirée, en vacances, n'importe où, par hasard : aucune chance. Premièrement parce qu'elle était empêtrée jusqu'au cou dans les tâches domestiques de la famille, en permanence sous les yeux de Marie-Rose, ou d'Édouard, ou des enfants, ou de tous ; deuxièmement parce que dans les rares moments où elle leur échappait, quand elle faisait les courses le mercredi matin, par exemple, elle s'était raidie dans un personnage si rébarbatif que personne ne se serait risqué à l'aborder.

Donc, elle avait décidé de s'en remettre à Internet.

Jusque-là, son PC – un cadeau d'anniversaire d'Édouard et Marie-Rose – ne lui avait guère servi. Elle détestait tous les gadgets technologiques. Elle n'avait même pas de portable. Marc lui avait créé un compte courriel sans intérêt : elle n'avait que deux noms dans le carnet d'adresses, le sien et celui de Marie-Rose. Puis il lui avait montré comment se servir d'un moteur de recherche.

« Tu vois, tati, tu peux même voyager sans sortir de ta chambre. »

Il lui avait fait une démonstration de Google Street View, l'avait baladée dans quelques villes touristiques, l'avait fait entrer dans les musées, visiter les sites historiques.

« C'est facile, tu cliques ici.

— Non, c'est trop compliqué pour moi. »

Elle faisait semblant que cela ne l'intéressait pas. Ensuite, cependant, quand elle s'était retrouvée seule, elle s'était mise à faire des recherches sur la Lituanie. Elle repéra quelques villes dont son père parlait autrefois et finit même par dénicher l'endroit exact où il était mort dans une collision frontale, au kilomètre 52 de la route 220 au nord d'Alytus.

Comment les algorithmes avaient-ils découvert qu'elle frisait la quarantaine et qu'elle était toujours célibataire ? Mystère. Toujours est-il que des annonces de sites de rencontres apparurent bientôt dans la marge, à côté de la sinistre route 220.

Jusqu'au jour où elle enclencha sa chasse à l'homme de sa vie, elle n'y avait prêté aucune attention. Elle les balayait d'une chiquenaude de la souris. Mais, une fois sa résolution prise, elle avait cessé ses pèlerinages virtuels en Lituanie et avait commencé à ouvrir des pages aux noms accrocheurs, tels En route pour l'amour, Elite meeting, Succombons enfin.

Elle s'était inscrite sur Choisissons demain sous le pseudonyme Pénélope. Première démarche : remplir un test de personnalité, une kyrielle de questions extravagantes.

— *En quoi voudriez-vous vous réincarner : en hérisson ou en lapin ?*

— *Quel cadeau vous ferait le plus plaisir : un roman de Guillaume Musso ou une boîte à musique ?*

— *S comme Secret ou comme Simplicité ?*

Le reste à l'avenant. Elle avait coché le plus souvent au hasard. Résultat : elle était « émotive, non active, secondaire ». En résumé : « sentimentale ». Le dernier caractère qu'elle se serait attribué !

En suite de quoi le coach informatique, représenté par la photo d'une jeune femme coiffée d'un micro-casque (on pouvait téléphoner en cas de difficulté au tarif de cinquante centimes la minute), lui avait conseillé de choisir plutôt parmi les prétendants dont le caractère « se mariait » avec le sien. La liste était générée en cliquant simplement sur l'icône des deux cœurs embrochés par une flèche.

Elle pouvait également préparer sa fiche de présentation et de motivation. Elle avait droit à vingt lignes. « Un conseil : soyez sincère, nul n'est parfait ! » Faute d'inspiration, elle utilisa moins de dix lignes.

Pénélope. J'ai trente-neuf ans. Célibataire. Je n'ai jamais été mariée, ayant travaillé dans une famille de quatre enfants comme gouvernante. (Elle n'avait jamais pensé à qualifier son rôle, le mot lui accourut sous les doigts comme une révélation.) *J'aime les enfants.* (Ceci pour expliquer cela.) *Je puis être indépendante financièrement. Je souhaite rencontrer quelqu'un de sérieux, attentionné, en bonne santé (âgé de moins de cinquante ans), célibataire ou divorcé sans enfants.* (Pas question de laisser espérer un recyclage de son emploi de gouvernante, la page était tournée.) *Je suis mince, soignée et d'un naturel très gai.* (Unique dérogation à la sincérité qu'elle s'autorisa.)

Le coach recommandait encore vivement de joindre une photo récente « de bonne résolution ». Elle avait cru comprendre que la résolution en question indiquait la ferme intention qu'elle avait d'aller de l'avant dans son projet. Donc, il fallait absolument envoyer une photo. Un petit encadré s'affichait pour la réclamer. Comment faire ? Le bec de gaz ! Elle avait dû recourir une nouvelle fois à son neveu. Marc lui avait scanné un cliché qu'elle avait réalisé au Photomaton du Delhaize et le lui avait transféré non sans demander d'un air goguenard : « Tu veux te créer un blog, tati ?

— Euh… oui, répondit-elle bien qu'elle n'eût pas la moindre idée de ce qu'était un blog.

— Le blog d'une jeune fille rangée ?

— C'est ça ! »

Bien sûr, elle avait compris l'allusion à Simone de Beauvoir. Elle n'était pas aussi idiote que l'imaginait cet ado boutonneux qui se prenait déjà pour un intellectuel. Elle avait lu *Mémoires d'une jeune fille rangée* au lycée, sur les injonctions de sa professeure de rhétorique, une femme laide à faire peur, qui fumait comme un dragon, même en classe, et, à peine entamée, écrasait cigarette sur cigarette dans la boîte à craies comme si elle écrabouillait des pénis.

Elle avait détesté Beauvoir autant que sa prof l'adulait. Cette bourgeoise qui voulait transformer les femmes en hommes lui répugnait autant que les hommes qui singent les femmes. Elle savait bien qu'elle était coincée, maladroite, attachée à sa sœur comme une chèvre à son piquet, mais elle était née femme et se sentait féminine des doigts de pied à la pointe des cheveux. Maintenant qu'elle partait à la chasse aux mâles, son instinct naturel, qu'elle avait laissé dormir pendant presque quarante ans, grondait au fond d'elle-même.

Très vite, Choisissons demain lui avait servi une réponse. Un certain Pinocchio, quarante-neuf ans, divorcé, sans enfants, habitant Bruxelles, bonne situation, voulait faire plus ample connaissance. Il affirmait que ses yeux pleins de mélancolie sur la photo du Delhaize l'avaient touché. Lui-même était quelqu'un de sentimental, privé de tendresse depuis toujours. Contraint de vivre dans la jungle des affaires, il aspirait à se créer un havre de paix.

Dans l'encadré du portrait, son visage sombre était de n'importe qui, le genre qu'on ne reconnaît pas le lendemain qu'on l'a rencontré. « Mon cœur est couvert de bleus », écrivait-il, ce qui l'avait presque émue.

Elle lui avait proposé un rendez-vous. C'était trop tôt, il n'était pas prêt. L'idée de se trouver en sa présence le paralysait. Encore quelques échanges et il viendrait. Avait-elle eu une enfance heureuse ? Quel genre de musique écoutait-elle ? Est-ce qu'elle aimait la nature ?

Elle répondait, quoique à contrecœur, jusqu'au jour où il lui sollicita une ultime faveur, un gage de confiance, après quoi il viendrait à son rendez-vous. C'était un peu embarrassant, mais elle ne devait pas se méprendre sur ses intentions, il s'agissait juste de s'assurer qu'elle était disposée à une relation sans réserve. Pouvait-elle lui envoyer une photo d'elle… nue ? Jusqu'à la taille, bien entendu, cela suffirait, quelque chose d'esthétique, il n'était pas voyeur.

C'est ainsi que le nez de Pinocchio s'était dévoilé en pleine érection. Après cela, elle avait eu envie de jeter son PC par la fenêtre dans le parc et, pendant quelques jours, elle avait bu le calice jusqu'à la lie.

Ensuite, un autre portail lui était revenu à la mémoire. Elle l'avait aperçu au cours de ses premières recherches, mais elle était passée dessus à pieds joints parce qu'il annonçait s'adresser aux personnes de religion catholique. Elle se représentait les petits saints qui devaient s'y inscrire à la recherche d'une grenouille pour leur bénitier.

Entre elle et Dieu, cela n'allait plus du tout depuis qu'elle L'avait supplié autrefois de réconcilier ses parents au bord du divorce, puis, faute de mieux, de rappeler sa mère à Lui puisque, de toute façon, elle n'avait aucun goût pour la vie, ce qui lui aurait permis d'aller vivre chez son père. Dieu n'avait pas bougé le petit doigt. Au contraire, Il avait d'abord envoyé un poids lourd à cent à l'heure contre la voiture de son père avant de se décider, deux ans plus tard, à mettre la pagaille dans les cellules du pancréas de sa mère.

Au moins, un catholique ne lui demanderait pas une photo contraire au sixième commandement. Son inscription sur Âmes sincères fut expédiée en deux temps trois mouvements. Elle maîtrisait désormais la procédure. Elle avait pris un autre pseudonyme. Elle avait choisi Rachel, le prénom qu'elle se serait donné si elle avait pu en changer, parce qu'on lui avait *arraché* sa vie, alors qu'Élise lui évoquait une *élision,* comme si elle s'était effacée elle-même de l'existence par une sorte de déférence, pour céder la place aux autres.

D'abord un mois sans aucune réaction. Puis, du jour au lendemain, elle avait été contactée par un Tristan, Liégeois, célibataire sans enfants, quarante-cinq ans, commerçant (sans autre précision), mais surtout amoureux des belles choses. La photo de Rachel, toujours le cliché du Photomaton scanné par Marc, l'avait frappé à l'instar de certains visages de la peinture hollandaise du XVIIe siècle. Ce qu'il en était de ce genre de peinture, elle l'ignorait. Hollandaise, en tout cas, donc calviniste, conclusion : pas dévêtue.

La photo de Tristan, pour sa part, aurait pu être celle de son premier prétendant teint en poivre et sel, mais le sourire auquel il se forçait éclairant ses yeux d'un bleu très clair semblait touchant de bonne volonté.

Vu son premier fiasco, elle n'avait pas osé lui proposer un rendez-vous. Ils avaient échangé quelques dizaines de messages. Elle recyclait en copiés-collés ses échanges avec Pinocchio. Néanmoins, elle constatait que, peu à peu, elle s'attachait à cet homme modeste et délicat.

Chaque soir, elle consultait son écran dans l'espoir d'y trouver quelques mots de lui. Et s'il y en avait, elle devait se faire violence pour ne pas y répondre sur-le-champ. Trop d'empressement aurait donné d'elle une image d'agitée.

C'est Tristan qui avait organisé la rencontre au Belle-Vue. Il l'avait proposée un vendredi pour le lundi. Le dimanche midi, elle avait charbonné le rôti dominical. Elle ne savait plus où elle en était. Et ce lundi matin, une fois les enfants à l'école, après être allée chercher la trousse à maquillage de Marie-Rose dans sa chambre, elle était restée deux heures devant la glace de sa salle de bains. Tout y était passé : fond de teint, blush, rouge à lèvres, crayon à sourcils. À la fin, elle ressemblait à une geisha. Elle avait tout enlevé en s'éraflant la peau, avait choisi un manteau dans le dressing de Marie-Rose et avait pris le train pour Liège. Tout ça pour rien : Tristan avait déserté !

Tandis qu'assise au bord du canapé elle cherchait tout à l'heure vainement quelques pleurs, elle lui aurait volontiers tordu le cou. Quelle poule mouillée, ce crétin ! Brusquement, elle s'était précipitée jusqu'à son ordinateur, l'avait rapporté, posé sur ses genoux et l'avait allumé avec la ferme intention de lui dire ses quatre vérités avant de l'envoyer paître.

Mais, aussitôt, un message de Tristan s'était affiché. Il se jetait à ses pieds, bredouillait des excuses, il s'était tout simplement trompé d'heure ! C'était elle, alors, l'idiote qui n'avait même pas songé au changement d'heure qui abuse tant de gens, pas fichue d'attendre quelques minutes au Belle-Vue. Combien de temps y était-elle restée ? Dix minutes, un quart d'heure tout au plus. Pour qui se prenait-elle ? Pour la reine ?

Elle ne s'imaginait que trop bien le malheureux qui avait failli se faire écraser pour la rejoindre déboulant hors de souffle dans le café, son gros bouquet d'œillets sur les bras. Il restait planté là, sur le seuil, aussi dépité qu'elle l'avait été devant la salle vide, sous l'œil narquois du garçon.

« Monsieur avait un rendez-vous ?

— Euh… oui.

— Une jeune femme élégante, vêtue d'un manteau trois-quarts, peut-être ?

— Je… sans doute.

— Une personne un peu vive, si je puis me permettre, monsieur. Elle est partie, il y a plus d'une demi-heure, vers quinze heures trente.

— Comment ? Quinze heures… Mais il est… »

Il consultait sa montre et tout à coup se frappait le front, malgré le bouquet qui aurait eu bien besoin de ses deux mains.

« L'heure d'été ! Mon Dieu, comment ai-je pu l'oublier ? »

Il avait rebroussé chemin, sans entrer. Il avait parcouru les boulevards à la recherche de son visage dans la foule. Finalement, les jambes en compote, il avait échoué contre la rambarde des quais de la Meuse, avait jeté son bouquet et l'avait regardé dériver lentement vers la Hollande. C'était pitoyable et presque comique en même temps.

Elle devait le rassurer sans plus attendre. Il était devant son écran, incapable de s'en détacher. «Je ne saurais fermer les yeux cette nuit sans un signe de vous», disait-il. Elle avait tapé son texte à la hâte.

Cher Tristan,

Quel bonheur de lire votre message! Comment pouvez-vous imaginer que j'aie conçu le moindre ressentiment à votre égard? Pas un instant, je n'ai douté de vous. Mon cœur me disait que vous aviez eu un empêchement ou, peut-être, qu'il s'était passé quelque chose de plus grave. J'imaginais le pire. J'étais plus morte que vive. Vous aviez été victime d'un accident en courant vers moi. Et voilà que vous me dites qu'un peu plus, vous passiez sous la calandre d'une Mercedes! Si ce n'est pas ce qu'on appelle l'intuition féminine! Je suis si soulagée!
Vous avez raison, réparons cela au plus vite. Même endroit, une heure plus tôt si possible. J'accourrai. Dites-moi quel jour.
Et maintenant, mon ami, je vais me coucher. Je sais que ma nuit sera douce sachant que la vôtre le sera.

Votre Rachel

Maintenant qu'elle avait relu, elle ne se décidait pas à appuyer sur l'icône « Envoyer ». Quelque chose la retenait. Elle se demandait si le moment n'était pas venu de franchir une étape. Soudain, elle ajouta trois petits cœurs à côté de sa signature et cliqua pour l'envoi.

Le message disparut. Elle ferma l'ordinateur.

Elle allait se coucher quand elle avait entendu gratter doucement mais avec insistance à sa porte.

6.

Le jeudi de la même semaine, lorsque Pierre Fauvol entra au Belle-Vue un peu avant quatorze heures, Fred, bien sûr, le reconnut aussitôt. Même costume anthracite, même chemise blanche, même cravate bordeaux que lundi. Plus d'imperméable néanmoins, mais pour cause : il faisait un temps superbe au point que Fred, pour la première fois de la saison, avait arrimé au sol la porte grande ouverte à l'aide du petit verrou prévu à cet effet, auquel il avait administré une goutte d'huile. La seule différence digne de mention était le gros bouquet d'œillets blancs que Fauvol tenait à la main.

Sur les tabourets du zinc se tenaient deux clients isolés et, aux tables, quelques couples dont la conversation se diluait dans le bruit de fond de la circulation du boulevard qui pénétrait dans la salle.

Fauvol jeta un regard circulaire sur l'assistance, puis s'avança jusqu'au bar.

« Pas encore arrivée ? interrogea-t-il.

— Pardon ? fit Fred, comme s'il ne comprenait pas.

— La jeune personne de l'autre jour.

— Ah !... Non, monsieur.

— Cette fois, j'ai apporté des arguments, ajouta-t-il avec un clin d'œil en désignant de l'index son bouquet de fleurs. Vous savez ce que les œillets signifient dans le langage des fleurs ? "Je vous offre un amour pur et fidèle..." Joli, non ? »

Fred s'obligea à un sourire.

« Vous prendrez quelque chose tout de suite ?

— Une Jupiler. Servez-moi là-bas, près de la fenêtre. »

Du menton, il désignait la table du coin où Élise s'était assise trois jours plus tôt.

Il s'y dirigea sans s'occuper des mines amusées des deux jeunes à côté desquels il passa, un garçon et une fille des Beaux-Arts avec des cartons à dessin, qui imaginaient déjà le rendez-vous de ce vieux beau avec une dame enfarinée de poudre de riz sous un chapeau à voilette.

Surprise donc quand Élise se présenta quelques minutes plus tard, mais encore avant quatorze heures, car elle aussi était en avance : pas de fard, pas de bibi sur la tête, mais une légère robe printanière qui découvrait de jolies jambes et un sac sur une hanche dont la lanière passait en baudrier au milieu de sa poitrine, dont elle dégageait le plaisant relief. Sans doute, ce n'était pas un perdreau de l'année, mais son visage agrémenté de grains de beauté aurait valu le coup de crayon. Si elle avait levé le front au lieu d'afficher un air réservé pour ne pas dire craintif, même sans grands atouts, elle aurait pu jouer sa carte.

C'est d'ailleurs à quoi elle s'apprêtait probablement, comprirent les deux crayonneurs, quand ils la virent prendre place à la table de Fauvol. Lui s'était levé dès qu'elle avait paru à la porte et il lui avait avancé la chaise en face de la sienne.

« Rachel, Rachel ! Quel bonheur de vous rencontrer enfin !

— Très heureuse, moi aussi, Tristan, murmura-t-elle.

— Vous êtes si... Vous êtes tellement... Si je m'attendais ! Qu'allez-vous prendre ?

— Prendre ? ...

— Comme boisson ?

— Ah oui ! Un diabolo peut-être.

— Certainement ! Excusez-moi, je suis déjà servi. J'aurais voulu attendre. Le garçon m'a pour ainsi dire forcé à commander. »

Il leva le bras en direction du bar. Fred quitta son poste mais, avant même qu'il ne parvienne à leur hauteur, il lui lança d'un air impérieux : « Garçon, un diabolo ! » Puis, tandis que Fred tournait les talons, il se recomposa une mine enamourée, qui s'excusait d'avoir laissé s'exprimer un instant son autorité naturelle.

Il se saisit du bouquet d'œillets qu'il avait couché sur la table voisine dans son emballage plastique.

« Je vous ai apporté quelques fleurs.

— Il ne fallait pas. C'est trop gentil. »

Il les lui fourra dans les mains. Elle les respira. Ensuite, ne sachant qu'en faire, elle les reposa sur la même table.

« Au moins celles-ci n'iront pas à Maastricht », s'enhardit-elle à plaisanter.

Fauvol fronça les sourcils. Il ne comprenait pas. Il avait déjà oublié les fariboles qu'il lui avait écrites le lundi soir.

« Comme celles de l'autre jour, que vous avez jetées dans la Meuse, précisa Élise.

— Ah oui ! Où ai-je la tête ? J'aurais pu m'y jeter moi-même, tellement j'étais désespéré. J'ai passé une soirée affreuse, seul devant mon ordinateur, à attendre votre réponse. J'espère que vous m'avez pardonné.

— Mais bien sûr. »

Fred apporta le diabolo.

« Content de vous revoir, madame. »

Il tenait à lui indiquer qu'il ne lui gardait pas rigueur du mouvement d'humeur sur lequel elle l'avait quitté la première fois. Mais elle ne lui prêta aucune attention. Elle ingurgita la moitié du verre d'un seul trait, nerveusement, avala de travers et toussa en arrosant la table de postillons. Fauvol se pencha, il allait peut-être lui donner de petites claques dans le dos, mais elle le prévint d'un geste de la main.

« C'est passé !

— Ah, tant mieux ! Vous étiez un peu essoufflée. Vous êtes venue à pied ?

— Non, j'ai pris un taxi à la gare.

— À la gare ? Si je puis me permettre, où habitez-vous ?

— À Verviers.

— Verviers ! Mais vous n'avez pas l'accent. »

Elle avait sorti un Kleenex et épongeait discrètement ses bulles de salive devant elle. Tant qu'à faire, elle venait de décider de se montrer maladroite. Qu'il fasse les frais de la conversation, ça lui donnerait le sentiment de tenir la queue de la poêle.

« Et, comme ça, vous êtes gouvernante ?

— Oui.

— Ce n'est pas banal, de nos jours.

— En fait je m'occupe des enfants de ma sœur et de son ménage. Ma sœur est médecin, elle est très occupée.

— Je comprends. Du coup, vous êtes restée célibataire.

— C'est ça.

— Mais les enfants… enfin si… si vous vous mariez, est-ce que…

— Oh, ils sont assez grands maintenant. Ils peuvent se débrouiller.

— N'empêche, votre sœur doit être un peu triste, non ?

— Elle comprend. J'ai ma vie, tout de même. »

Par le col de sa robe, une bouffée de chaleur passa de sa poitrine à son cou et grimpa jusqu'à ses pommettes. Allait-il s'apercevoir qu'elle mentait ? En réalité, Marie-Rose ne comprenait pas quelle mouche l'avait piquée et la dernière chose qu'elle lui aurait jamais concédée, c'est qu'elle pût avoir une vie à elle.

Mardi soir, elle avait remis son absence de la veille sur le tapis. Après avoir été embrasser les enfants, elle était redescendue près d'elle sur le canapé et avait coupé la télé.

« Maintenant tu vas me dire quel rendez-vous tu avais à Liège. Tu es allée consulter un médecin, c'est ça ?

— Un médecin ? Tu es folle, je ne suis pas malade !

— Avec qui avais-tu un rendez-vous alors ? »

Était-ce le moment de tout avouer ? Elle venait de recevoir le message de Tristan qui lui proposait une nouvelle entrevue pour jeudi. Elle était si contente qu'elle aurait pu attraper Marie-Rose par la taille et faire un tour de valse avec elle autour du canapé. Après tout, à un moment ou à un autre, il faudrait bien la mettre au courant.

« Je suis allée voir un homme.

— Un homme ? Qu'est-ce que tu me racontes ? Quel homme ?

— Un individu de sexe masculin, si tu vois ce que je veux dire.

— Mais... mais c'est qui, cet individu ? Je le connais ?

— Non. C'est quelqu'un que j'ai rencontré sur Internet.

— Quoi ! Tu as perdu la tête ! Tu n'as jamais entendu parler de toutes les femmes qui se font arnaquer sur Internet ?

— Rassure-toi, j'ai pris mes renseignements. Je me suis adressée à un site de rencontres catholique, tout ce qu'il y a de plus convenable.

— Élise, Élise ! Je... Enfin... »

Elle ne savait plus que dire. Elle soufflait comme si elle allait suffoquer. Elle s'était arrachée au canapé et était allée jusqu'à la cuisine, d'où elle revint quelques instants plus tard, un verre de vin à la main.

« Excuse-moi, j'ai besoin d'un remontant. »

Elle avait repris place non plus sur le canapé, mais dans le fauteuil, en face. Pour autant, elle ne regardait pas Élise.

La tête penchée sur le côté, elle semblait fixer quelque chose par terre. Tout à coup, elle reprit, les yeux soudain remplis d'inquiétude : « Quand tu dis “site de rencontres”, cela veut dire quoi au juste ? Mariage ?

— Notamment.

— Tu veux te marier !

— Minute, Mirose ! Comme tu y vas ! Quand tu as rencontré Édouard, tu voulais te marier ? Vous avez mis un certain temps à vous décider, si je me souviens bien. Tu voulais seulement sortir avec un garçon, comme toutes les filles. Moi c'est pareil, tu vois. Sauf que j'ai attendu d'avoir presque quarante ans pour courir ma chance.

— Justement !

— Justement, quoi ?

— Ben, justement, je ne te comprends pas. Tu es avec nous. Tu fais partie de la famille autant que chacun d'entre nous. Les enfants t'adorent. Je peux bien te le dire, tu es une mère pour eux, beaucoup plus que moi. Et moi, je t'aime comme… J'ai toujours été avec toi. Je ne peux pas me passer de toi, ma Lili. Tu crois que tu trouveras autant d'affection avec un inconnu ?

— Je ne sais pas. »

La réponse semblait moins exaltée. De ce fait, Marie-Rose dut se rappeler la déconfiture de sa sœur après son rendez-vous de la veille. Elle ne put empêcher un peu de sarcasme de s'insinuer dans sa question : « C'était ton premier rendez-vous hier ?

— Oui.

— Ça s'est bien passé ?

— Il n'est pas venu.

— Ah ! Tu vois ? Qu'est-ce que je te disais !

— Il s'est trompé d'heure, il me l'a écrit.

— Oublier l'heure, pour un premier rendez-vous d'amour, ça promet !

— À cause de l'heure d'été, c'est tout. D'ailleurs, je le vois jeudi. »

Marie-Rose avait quitté le fauteuil. Son verre était vide. Elle fit quelques pas vers la cuisine, mais s'arrêta et revint s'asseoir sur le canapé. Elle s'empara des mains d'Élise.

« Élise, je t'en prie, n'y va pas ! Il t'a posé un lapin, fais pareil. Il est encore temps d'arrêter tout ça.

— Mais il n'en est pas question !

— Écoute ta grande sœur, Lili ! Est-ce que je ne t'ai pas toujours soutenue ?

— Si.

— Qui est-ce qui t'a remise d'aplomb après ton gros pépin avec un sale cochon quand tu étais étudiante ?

— Toi.

— Et, au moment de la grosse, grosse gaffe à l'hôpital, tu te souviens bien comment ça s'est passé, qui est-ce qui a pris les choses en main ?

— Toi, toi ! Je sais, mais c'est terminé, tout ça.

— Tu restes fragile, Élise. Tout se passe bien maintenant parce que je suis à tes côtés. Qui sait ce qui pourrait arriver si tu étais de nouveau livrée à toi-même ?

— Arrête. J'ai bien le droit. Ce type est très gentil. Je lui plais.

— Tu lui plais ? Comment le sais-tu ? Il ne t'a jamais vue.

— Je lui ai envoyé une photo.

— Une photo, ça ne veut rien dire. On s'arrange comme on veut sur une photo.

— Tu sous-entends peut-être que je suis incapable de plaire ?

— Non... non...

— Eh bien moi, je peux te garantir que je ne déplais pas à certains. J'en ai des preuves, si tu en doutes, et tu serais bien surprise si je les produisais. Là-dessus, bonsoir ! »

Elle avait secoué les grosses mains rouges de Marie-Rose et était montée à son appartement.

Les mains de Fauvol, elles, étaient étroites, aussi lisses qu'un cuir beurre-frais. Après avoir transmis le bouquet à Élise, elles s'étaient repliées sur les genoux de son pantalon anthracite, puis avaient refait surface timidement. La gauche s'avança en éclaireuse jusqu'au milieu de la table. Constatant que les poignets d'Élise qui attendaient à côté de son verre de diabolo ne s'en alarmaient pas, elle se posa sur son homologue. En guise de justification, Fauvol formula une question qui aurait pu paraître entreprenante, il en rougissait presque, mais qui apparemment lui brûlait les lèvres : « Me direz-vous votre nom, Rachel ?

— Je m'appelle Élise.

— Élise ! Tout s'explique !

— Pardon ?

— Je vous ai dit que Beethoven me faisait penser aussitôt à vous. *La Lettre à Élise* évidemment !

— Si vous voulez… Moi, je n'aime pas mon prénom.

— Eh bien, à moi, il me plaît. Je l'aimerai pour vous.

— C'est gentil. Et vous, votre nom ?

— Pierre. Oui, très banal. Pierre Fauvol. »

Sa main droite, restée sans emploi, plongea dans la pochette de sa veste, où il disposait toujours de quelques cartes de visite comme celle qu'il avait donnée à Fred. Il en fit glisser une sous les yeux d'Élise.

« Antiquaire.

— Moi aussi, je comprends.

— Quoi donc ?

— Pourquoi vous vous intéressez à moi. Vous aimez les vieilles choses.

— Élise, Élise ! Qu'est-ce que vous me chantez là ! J'aime les choses précieuses, voilà ce qu'il faut dire !

— Je plaisantais, vous savez », ajouta-t-elle en baissant les yeux comme si elle était gênée de son audace.

Fauvol, interdit l'espace d'une seconde, soudain éclata de rire. Les têtes de tous les consommateurs pivotèrent d'un même mouvement vers sa figure hilare, toutes les bouches se fendirent d'une moue amusée sous l'effet de sa bonne humeur qui s'accordait si opportunément à la légère euphorie des premières journées printanières.

Le seul qui avait résisté à la gaieté générale, c'était Fred. Il ramonait quelques verres à bière sur l'écouvillon fixe de l'évier, puis les essuyait en les mirant à la lumière de la vitrine, en direction de Fauvol et Élise. Dans le rire de Fauvol, il sentait quelque chose de redoutable, comme si ce type ambigu avait commencé à se moquer de la femme qu'il était venu rencontrer.

Élise l'avait rabroué lundi quand il lui présentait l'addition, mais ce n'était que juste. Il avait manqué de tact. Elle lui faisait pitié. Fauvol avait l'intention de se jouer d'elle, d'une façon ou d'une autre, ses épanchements de macho quand, accoudé au zinc, il se courbait vers lui ne laissaient aucun doute.

Fred n'était pas marié. Il était arrivé du Portugal à l'âge de vingt-deux ans, décidé à amasser rapidement un petit magot avant de rentrer au pays pour épouser une fille de là-bas, à son goût. Cependant, de Frederico devenu Fred, il avait dû constater que ce qu'il gagnait, déduction faite de la quotité envoyée à la famille, suffisait juste à le faire vivre. Comme ça, il était resté sur place parmi les femmes pâles de cette sombre contrée, tandis qu'au pays les filles qu'il avait connues passaient leurs bras hâlés au cou de ses camarades.

Les solitaires devinent les solitaires. Fred avait compris qu'Élise était de la confrérie. Depuis lundi, il avait souvent repensé à elle. Il s'était promis que, si elle revenait au Belle-Vue, il la mettrait en garde contre Fauvol. Mais, quand elle était entrée et s'était dirigée directement vers la table de son prétendant, il avait été pris de court. Bien souvent, par la suite, il rumina cet instant où il avait cru pouvoir encore tout arrêter.

Déjà, la main gauche de Fauvol sur celle d'Élise lui avait fait l'effet d'une agression. Quand la droite à son tour rejoignit en diagonale celle d'Élise, il ne put se contenir davantage que le jour où il avait mis le holà aux ébats d'un jeune couple dont les gémissements perturbaient les clients.

Il quitta le bar, son plateau sous le bras, et se porta jusqu'à Fauvol dont le verre était vide.

« Monsieur prendra autre chose ? »

Aussitôt, Élise dégagea ses mains. Fauvol, pour sa part, ne leva même pas les yeux vers lui, il s'adressa à Élise à voix basse, en aparté : « Si nous partions maintenant ? »

Élise acquiesça d'un sourire léger, agrémenté de quelques battements de cils. Fauvol posa un billet de cinq euros sur le ticket de l'addition qui s'élevait à quatre euros quatre-vingts et annonça royalement : « Gardez tout. »

Comme Élise s'engageait vers la sortie, Fred se pencha pour remettre les verres sur le plateau, barrant du même coup le passage à Fauvol qui avait récupéré les œillets. Il manœuvrait comme il pouvait pour l'empêcher d'emboîter le pas de trop près à Élise. Ça lui aurait fait mal qu'il la prenne par son bras nu. Fauvol dut le contourner avant de la rattraper. Elle s'était arrêtée sur le pas de la porte, où elle cédait le passage à un nouvel arrivant.

Immédiatement Fred, qui suivait la manœuvre des yeux, reconnut l'homme qui se présentait. C'était l'individu aux allures d'inquisiteur avec lequel Fauvol s'était entretenu dans la rue lundi après son rendez-vous manqué. Malgré le soleil, il portait son imperméable bleu.

Fred crut que Fauvol allait lui adresser la parole, peut-être même lui présenter sa conquête, mais il le traita en parfait inconnu. Pas un mot, pas même un regard quand l'autre passa à côté de lui. Il sortit avec Élise et ils s'éloignèrent vers le boulevard, côte à côte, sans se toucher – encore heureux.

L'homme en imperméable se retrouva nez à nez avec Fred, de retour vers le comptoir.

« Prenez place, monsieur. »

Du menton, il lui désignait les tables inoccupées.

« Euh... je n'avais pas vraiment l'intention de boire quelque chose.

— C'est pourtant ce qui pousse généralement les gens à entrer ici. C'est un café, voyez-vous.

— Oui, oui... Je cherchais un ami, je voulais seulement regarder s'il était ici.

— Et ?

— Eh bien, non. Il n'est pas là. Excusez-moi, je m'en vais.

— Dites-moi, ce n'est pas le monsieur qui vient de sortir, votre ami ?

— Le monsieur ? Quel monsieur ?

— Là, tout de suite, avec le bouquet de fleurs ?

— Non, non. Jamais vu. Je ne le connais pas. »

7.

À cause de l'intervention de Fred, le chanoine dut repartir par la rue de la Montagne. Sinon, il aurait suivi discrètement Fauvol et Élise sur le boulevard, histoire de voir comment ils allaient se débrouiller. Il les observait depuis un moment, embusqué en face du Belle-Vue devant la vitrine du magasin de confection qu'il feignait de regarder. Élise lui avait fait une excellente impression. Il y avait une quinzaine d'années qu'il ne l'avait plus vue, mais elle n'avait pas beaucoup changé. Pour la mine, en tout cas : toujours ce visage chafouin, cet air revêche ; son corps, en revanche, s'était épanoui. Ses épaules, sa poitrine, sa taille se moulaient gracieusement dans sa robe printanière. Question attitude, c'était parfait : en présence de Fauvol, elle courbait le front et baissait les yeux comme une nonne obligée de se confier à son confesseur.

Fauvol, de son côté, s'en était tiré avec brio. Il avait même presque réussi à la faire rire. Qu'est-ce qu'il avait bien pu lui raconter ? Cela le démangeait tellement de le savoir qu'il avait traversé la rue dans l'intention d'entrer lui-même dans le café. Il se serait juché sur un tabouret, aurait appuyé un coude sur le comptoir et posé la main en éventail sur son profil, puis il aurait tendu l'oreille.

Pas de chance, à peine sur le seuil, il avait manqué emboutir Élise qui repartait, Fauvol à sa remorque.

L'avait-elle reconnu ? De toute évidence, non. Elle n'avait même pas levé un sourcil quand ses yeux s'étaient posés sur lui. Il est vrai que si elle n'avait guère changé, pour sa part, il était passé de la petite cinquantaine à soixante-sept ans. En cours de route, il s'était déplumé – il ne lui restait qu'une couronne grise autour du crâne et quelques fils en anse d'une oreille à l'autre ; ses joues desséchées s'étaient collées à sa mâchoire, comme si elles avaient été aspirées de l'intérieur ; son nez, par la même occasion, faisait saillie comme un bec de rapace. Bref, les ravages du temps. Pour Élise, il n'était plus qu'un vieux qu'elle n'avait jamais croisé.

Quant à Fauvol, il avait simulé l'indifférence devant lui à la perfection. Un vrai comédien !

Qu'est-ce qui avait fait croire au garçon de café que Pierre était son ami ? Rien... Il l'avait suggéré au hasard. Ces bistrotiers sont naturellement obséquieux. Ils inventeraient n'importe quoi pour vous agrafer sur le trottoir.

Tout en ressassant ses pensées, le chanoine était monté à mi-flanc de la colline. Maintenant, il suait à grosses gouttes. Pour rien au monde cependant il n'aurait quitté son imperméable bleu. Une sorte d'uniforme. Il n'avait porté que peu de temps la soutane, au séminaire seulement.

Il avait été ordonné à l'époque du Concile quand la plupart des prêtres s'étaient jetés sur le clergyman avec la même ardeur que les filles sur la minijupe à ce moment-là. Il avait adopté le style sobre recommandé par le magistère et ne l'avait jamais plus quitté. Sortir en veste dans la rue lui aurait paru du dernier débraillé.

N'empêche, il fallait qu'il trouve un endroit où reprendre son souffle. Il avisa la basilique Saint-Martin, qui n'était qu'à quelques enjambées. Il entra et, comme aimanté, alla s'asseoir devant la statue de Notre-Dame de Saint-Séverin.

Machinalement, un Ave lui traversa l'esprit, mais il aurait pu tout aussi bien réciter l'alphabet. Ce que ses yeux contemplaient avec dévotion, ce n'était pas la mère du Christ, c'était sa représentation. Les formes délicates et colorées du vêtement, les visages naïfs de la femme et du bambin qu'elle tient dans ses doigts effilés, la colombe venue se poser sur le bras de l'enfant le transportaient d'admiration. Un pur chef-d'œuvre de l'art mosan.

Qu'est-ce qu'il aurait donné pour descendre la statue de son autel, pouvoir l'approcher, passer la main comme un aveugle sur les creux et les pleins, explorer les savantes sinuosités du bois ! Pour l'emporter, la posséder, pouvoir s'en repaître les yeux chaque jour, il aurait pu se damner – façon de parler, bien entendu.

Tout ce qu'il pouvait espérer, c'est que la Vierge soit bientôt volée. S'il avait osé, il aurait demandé cette grâce à Dieu. Quand il pensait « volée », naturellement, il n'imaginait pas un prélèvement par un connaisseur dans son genre, qui se la garderait pour lui tout seul. Non, il songeait à une bande de pilleurs de troncs, des incultes sympathiques qui subtilisent au passage quelques sculptures dans les églises et les monnaient ensuite auprès des brocanteurs ou, selon la taille et la qualité, chez des antiquaires pas trop regardants.

Les églises sont des moulins. Les inventaires de l'Institut du patrimoine sont remplis de descriptions d'ouvrages de valeur qui se terminent par la mention « manquant ». Pudique litote pour « escamoté ».

Autrefois, les malandrins hésitaient à faire main basse sur les œuvres sacrées. Ils craignaient qu'elles ne leur portent malheur. Un quelconque saint Roch qu'on invoque contre les maladies contagieuses était bien capable de fiche la vérole à son ravisseur. Désormais, plus aucun voleur n'y croyait, pour la bonne raison que les croyants eux-mêmes, pour ce qu'il en reste, n'y croient plus non plus.

Bientôt, ce serait la razzia totale. Le chanoine en était certain. Il ne subsisterait plus le moindre objet digne d'intérêt dans les églises. À peine les rares pièces que la police retrouvait avaient-elles repris leur place qu'elles étaient de nouveau chapardées.

Depuis que l'évêché lui avait confié la gestion du patrimoine sacré, il s'était fait une règle de conduite, pour ne pas dire une religion : récupérer tout ce qui peut l'être quels que soient les moyens à employer. *Ad maiorem Dei gloriam*... Inutile d'effaroucher les vendeurs en chipotant sur l'origine des lots proposés. L'urgent était de les mettre en sécurité pour l'avenir dans les réserves des musées diocésains, par exemple, mais aussi, pourquoi pas, tout simplement chez lui.

Imaginons que la Vierge qu'il avait sous les yeux soit volée, se retrouve dans un an ou deux dans l'arrière-boutique d'un antiquaire trop prudent pour l'exposer, disons Fauvol pour ne pas le nommer, il la rachèterait à n'importe quel prix. Il disposait de certains fonds de l'évêché et, s'il le fallait, il mettrait la main à sa propre poche. Jamais, en tout cas, il ne la replacerait ici à Saint-Martin. La réapparition d'un objet volé, donc digne de l'être, ne fait qu'attiser les convoitises.

Faudrait-il pour autant l'enterrer dans un endroit inaccessible, dans les resserres du trésor de la cathédrale ? Plus personne ne la verrait ! Ne serait-ce pas une offense à la Sainte Vierge déjà malmenée par les mains impies des voleurs ? Au contraire, la garder chez lui, en sorte que des yeux dévots continuent à la vénérer, constituerait une réparation et un témoignage d'attachement filial.

Il ne la laisserait pas à son appartement du quai Roosevelt. Il y conservait quelques babioles qui ne risquaient pas d'intriguer les visiteurs – très rares de toute façon. Un bijou comme cette madone mériterait une place dans sa maison de campagne, plus exactement dans la maison de campagne de sa « ménagère » – c'est ainsi qu'il nommait officiellement Mme Blanmont – où, depuis des années, il s'était constitué une collection de premier ordre, à l'usage de ses seuls yeux pieux. Mme Blanmont elle-même, incapable d'en apprécier la valeur, considérait la chose avec amusement, comme une simple marotte.

Lundi soir cependant, après que Fauvol fut reparti en lui laissant le reliquaire de saint Lambert, elle lui avait fait une scène. Pas à cause de sa nouvelle acquisition, un « ramasse-poussière de plus », selon elle, mais parce qu'il l'avait appelée Julia devant son fournisseur.

« Tu ne te contrôles plus, mon pauvre Félix.

— Excuse-moi, Julia, ça m'a échappé.

— Et maintenant, si ce fouineur va raconter partout que tu me tutoies, qu'est-ce que les gens vont penser ? Je les entends déjà : "Le chanoine Grimaux, celui qui doit se coucher avec son imperméable bleu, tu sais quoi ? Il couche aussi avec sa bonne !"

— Mais qu'est-ce que tu vas chercher là ? Pierre est un garçon tout ce qu'il y a de bien élevé. Ça ne lui viendrait jamais à l'esprit de tirer ce genre de conclusion d'un simple lapsus. Et, quand bien même, il est d'une discrétion parfaite.

— Eh bien, moi, je lui ai toujours trouvé un air sournois.

— Un air sournois ? Voilà autre chose ! Qu'est-ce que tu veux dire ?

— Tu le sais très bien.

— Pas du tout. Explique.

— Cette façon tellement virile de lever le front, de te planter les prunelles dans les yeux sans un cillement de paupières, la bouche de travers… C'est un hypocrite qui essaie de faire croire qu'il n'est pas ce qu'il est en réalité.

— Quoi ?

— Un homo, tiens ! Tu ne t'en es pas aperçu ? Si lui n'est pas un homo, alors moi je suis une lesbienne. »

Naturellement, il y avait belle lurette que le chanoine avait deviné que Fauvol était homosexuel. Un sujet délicat à aborder avec l'intéressé. Fauvol ne se confessait pas à lui. Il avait été élevé dans la religion, cela ne faisait aucun doute, il suffisait de l'entendre commenter les œuvres sacrées : un vrai théologien. Mais s'il était pratiquant, s'il fréquentait les sacrements, le chanoine n'avait jamais voulu le lui demander.

C'était Fauvol lui-même qui lui avait laissé entendre dans les premiers temps où il frayait avec lui que, s'il n'était pas marié, c'était « à cause d'une certaine aversion ». Il n'avait pas précisé, comme embarrassé tout à coup de sa confidence.

Maintenant que Julia l'avait percé à jour grâce à l'imparable intuition féminine, le chanoine tenait la confirmation de ce qu'il avait cru comprendre. L'idée de l'homosexualité, d'ailleurs, n'était pas pour l'étonner ou le scandaliser. Ses années de séminaire l'y avaient accoutumé. Il y avait suffisamment connu de tourmentés qui s'étaient agrippés à la chasteté sacerdotale comme à une planche de salut.

« D'accord, Julia, je ne vais pas faire semblant. Bien sûr que je sais que Pierre est homo. Mais toi, tu vois ça tout de suite comme une tare. Tu n'as jamais pensé que c'était d'abord une souffrance pour ce pauvre garçon ?

— Si c'est une souffrance, qu'il se soigne !

— Justement, c'est ce qu'il fait, figure-toi, et avec mon aide, si tu veux le savoir.

— Ah oui ? Tu lui administres des électrochocs ?

— Julia, pour l'amour du ciel ! Je l'ai incité à se marier, voilà tout. Je l'ai orienté vers notre site de rencontres catholique.

— Le mariage pour guérir l'homosexualité ! La panacée de l'Église ! Décidément, vous êtes impayables !

— Eh bien, je peux te dire qu'il est déjà en contact avec une jeune femme et qu'il a l'air tout à fait enthousiaste. »

Mme Blanmont avait haussé les épaules et était allée se coucher. Il était resté en tête à tête avec le reliquaire. S'il était vraiment de saint Lambert – et, franchement, pourquoi douter de l'expertise de Fauvol ? –, il valait bien plus que les deux mille euros qu'il réclamait. À mille huit cents, il faisait une excellente affaire. Elle méritait une rasade supplémentaire de Lambertus. Il avait choqué son verre contre la mitre de l'évêque en murmurant : « À notre santé, monseigneur ! »

N'empêche que la conversation qu'il venait d'avoir avec Julia lui gâchait un peu son plaisir. Elle avait beau jeu d'ironiser sur la thérapie du mariage appliquée aux homos. Si elle s'imaginait qu'il y croyait ! Il lui avait affirmé que Fauvol était enthousiaste, mais l'enthousiaste avait déjà raté son premier rendez-vous avec Élise Dubois. Est-ce qu'il reculait ? Il fallait absolument veiller au grain. Fauvol devait coûte que coûte conquérir cette oie blanche.

Le lendemain, mardi après-midi, après avoir expédié les affaires du jour à l'évêché, il s'était rendu à l'agence de la

BNP pour y retirer les mille huit cents euros du saint Lambert, puis était allé jusqu'à la boutique de Fauvol, rue des Clarisses.

Quand il était entré, Fauvol était au fond du magasin en discussion avec une jeune femme élégante en tailleur rose qui tenait dans ses mains une petite estampe dont il ne pouvait distinguer le sujet mais fort bien encadrée. Resté près de la porte, il avait pu admirer avec quelle aisance Fauvol embobinait la cliente. Il plaisantait, agitait les mains devant elle comme une marionnette, se penchait pour ajouter à mi-voix des propos qui la faisaient glousser, puis reprenait brièvement son sérieux en sorte de la désorienter complètement.

Au bout de cinq minutes, la dame le suivit jusqu'au comptoir, où il emballa l'achat dans du papier kraft tandis qu'elle sortait de son sac quelques coupures de cinquante euros. Fauvol avait encaissé, lui avait fait un pas de conduite et, au moment de la laisser repartir, il lui avait appliqué un baisemain appuyé qui lui avait valu une fausse protestation : « Monsieur Fauvol ! Monsieur Fauvol, vous ne changerez donc jamais ? »

Le chanoine n'avait pu s'empêcher de penser que, pour un homme sujet à une aversion congénitale à l'égard des femmes, il donnait vraiment bien le change. Non seulement son baratin aurait fait envie au plus impénitent des séducteurs mais, pour appliquer si longuement ses lèvres sur une chair honnie, il avait dû se faire une violence héroïque.

La porte de la boutique refermée, Fauvol, d'une légère pression sur le coude, l'avait emmené jusqu'à l'escalier en colimaçon et l'avait fait monter à son appartement. Il l'avait installé dans le club près de la fenêtre entrouverte, avait servi un Belgian Owl et avait tiré une chaise face à lui, car la pièce ne comportait qu'un seul fauteuil.

« Je vous ai apporté les mille huit cents euros convenus.

— Très bien, très bien.

— Je n'ai pas encore collé l'enveloppe. Peut-être avez-vous réfléchi à une petite ristourne supplémentaire ? Un billet de cent ?

— Monsieur le chanoine ! Je ne gagne déjà rien. Vous savez bien que j'ai besoin de liquidités si je veux investir dans de nouvelles œuvres. Si vous pouviez voir les splendeurs qu'on m'a récemment présentées et qui vont me passer sous le nez, faute de moyens.

— Bon, bon, n'en parlons plus ! Mais ce n'est pas donné. »

L'enveloppe passa dans la poche intérieure de la veste en velours de Fauvol.

« Le tableau qui m'intéresse, Pierre…

— *Ruth dans le champ de Booz* ?

— Oui… Il est toujours disponible ?

— Jusqu'ici, je conserve mon option de janvier. Vu l'origine de la toile, le revendeur n'a pas trop intérêt à se manifester. Il peut encore patienter un peu, surtout pour la somme astronomique qu'il en demande. Maintenant, il faudrait tout de même que je me débrouille pour la trouver sans trop tarder. Il pourrait finir par se décourager et se tourner vers un amateur plus sérieux. »

Le chanoine soupira. Il était contrarié. Il s'était mis à tapoter nerveusement le bras du fauteuil, la tête penchée vers la rue en contrebas où les gens passaient, indifférents à la vitrine de Fauvol Antiquités. Il prit une gorgée de Belgian Owl, puis, comme si ce breuvage l'invitait à envisager des perspectives plus souriantes, il demanda : « À propos, votre rendez-vous manqué, ça s'est arrangé ?

— Oui, oui, hier soir, j'avais déjà une réponse à mes excuses. Rachel a très bien compris que je m'étais trompé d'heure.

— Rachel ?

— Le nom qu'elle s'est donné sur le site. Son pseudonyme.

— Ah oui, c'est vrai, j'oubliais.

— De toute façon, je ne suis pas censé savoir qu'elle s'appelle Élise Dubois.

— Non, évidemment.

— Pas plus qu'elle m'a été recommandée par M. le chanoine Félix Grimaux.

— Je préfère rester dans l'ombre, vous le savez bien.

— C'est dans mon intérêt aussi. Il vaut mieux qu'elle s'imagine que je suis tombé sous son charme au premier coup d'œil. Lui dire qu'un saint prêtre avait préalablement épluché toutes les candidatures d'Âmes sincères pour m'aiguiller vers elle, ça la ficherait plutôt mal… »

À son tour, Fauvol porta à ses lèvres son verre de Belgian Owl, une lueur d'ironie dans ses yeux posés d'en haut sur le crâne du chanoine comme s'il le lorgnait par-dessus des lunettes. Le chanoine lui-même hocha la tête, un instant amusé.

« Ce qu'il vous faut, Pierre, reprit-il avec sérieux, ce n'est pas une jeune écervelée prête à vous mener par le bout du nez. Vous avez besoin d'une personne mûre, paisible, j'oserais même dire soumise. Pourquoi pas ? Il y a des femmes qui aiment être soumises, plus qu'on ne le croit. Élise n'a plus ni père ni mère, vous le savez. En plus, le père est mort tragiquement, un accident de la route. Je vous l'ai dit, je crois.

— Non, non.

— Élise a beaucoup souffert de cette perte. Elle débutait comme infirmière, elle n'a pas pu continuer. Une dépression profonde. Par bonheur, sa sœur, qui est médecin gynécologue, l'a prise sous son aile. Je ne voudrais pas faire de la psychologie à bon marché, mais je crois qu'Élise recherche une tutelle masculine, un substitut à ce père qu'elle chérissait. Ce que sa sœur naturellement ne peut lui offrir. Cela devrait vous mettre à l'aise.

— Vous avez bien compris le genre de femme qu'il me faut. Une compagne tranquille, la gardienne du foyer.

— Exactement. Quelqu'un qui vous protège de vous-même, Pierre.

— En effet… »

Fauvol semblait aussi gêné que le jour où il avait évoqué sa secrète aversion. Il baissait les yeux comme un enfant du catéchisme à la première leçon sur le commandement relatif aux péchés de la chair, le redoutable sixième.

« Et, ce qui ne gâte rien, comme je vous l'ai signalé, c'est qu'Élise a hérité d'une petite fortune, ajouta le chanoine pour dissiper le malaise.

— Pour moi, ça ne compte pas. J'aurais fréquenté une fille en haillons. Mais puisque le hasard fait bien les choses…

— Le hasard ? Il n'y a pas de hasard, Pierre. C'est la divine Providence qui veille sur nous. »

Cela dit, les plus grands saints eux-mêmes ont souvent fait l'expérience de l'inconséquence de la Providence. Elle est bien capable d'accorder une grâce inattendue sans se mettre en peine de la suite. Si on veut s'assurer du bénéfice de ses dons, il est question de prendre la relève.

Raison pour laquelle, ce jeudi, le chanoine avait fait le guet sur le trottoir en face du Belle-Vue. Il voulait vérifier que Fauvol avait bien entrepris les premières manœuvres de la conquête d'Élise décrétée par la Providence.

Avant de quitter la basilique Saint-Martin et de clore ses dévotions à la Vierge de Saint-Séverin, il murmura une prière : « Sainte Marie, mère de Dieu, je vous en prie, faites que Pierre se lie à Élise aussi fidèlement que saint Joseph se lia à vous. »

S'adressant à une vierge, il ne pouvait implorer de liens plus intimes. Il espérait que ceux-là suffiraient aux projets qu'il roulait dans sa tête pour Fauvol et pour lui.

À peine sortait-il de la basilique qu'il aperçut de dos, devant lui, à un jet de pierre, Fauvol et Élise qui pénétraient sous le porche de l'hôtel du Faubourg. Fauvol avait posé une main ferme sur l'épaule d'Élise, qui courbait légèrement la tête à la façon d'un agneau qu'on emmène au sacrifice.

« Ça alors ! Si ce n'est pas un miracle… » balbutia le chanoine comme s'il venait d'avoir une apparition.

8.

Plusieurs personnes auraient pu témoigner de la scène étonnante qui se déroula sous leurs yeux rue du Manège, le samedi matin de la même semaine. Le break Volvo de Marie-Rose stationnait en double file devant la boulangerie-pâtisserie Pelzer, où Élise était entrée quelques minutes auparavant. Il y avait une place de stationnement libre une dizaine de mètres en amont, le long du trottoir, mais Élise l'avait ignorée aussi royalement que d'habitude.

Tandis qu'elle se trouvait dans la boutique, une berline BMW, profitant de l'aubaine, s'y gara. Sur la vitre du hayon arrière s'étalait en bannière l'inscription « Gayet Immo » encadrée de deux villas en croquis barrés, à gauche, d'un numéro de téléphone, à droite, de l'adresse d'un site web.

L'homme qui descendit de la berline n'était autre qu'Édouard Gayet lui-même, si bien que tel ou tel passant qui connaissait la famille aurait pu s'imaginer que le mari de Marie-Rose ayant aperçu la voiture de sa femme s'était arrêté pour transmettre quelque chose à Élise – tous les habitués savaient que c'était elle qui faisait les courses en piétinant allègrement le Code de la route. Sans doute Édouard était-il porteur d'un message de Marie-Rose, une commission qu'elle aurait oublié de préciser à sa sœur du fait qu'elle était toujours si occupée à l'hôpital Saint-Jean, à propos de quoi elle aurait joint son mari par téléphone car, certainement, Élise n'avait pas de portable. Qu'elle n'oublie pas d'acheter un gâteau, par exemple, pour l'anniversaire d'un de ses quatre enfants dont la date lui était revenue à l'esprit entre deux consultations.

Si quelqu'un se livra à ces supputations, c'est ce que nous ne saurons jamais. Le seul fait indiscutable, vu l'affluence du samedi matin dans le quartier en ce premier jour des vacances de Pâques, c'est qu'une bonne poignée de badauds assistèrent à la rencontre houleuse entre Édouard et sa belle-sœur. Les uns, sans doute, s'arrêtèrent carrément sur le trottoir d'en face pour jouir du spectacle ; quant à ceux du trottoir concerné, ils s'éloignèrent d'un air gêné, les yeux baissés mais l'oreille tendue.

Qu'aucun témoin par la suite n'ait fait état de ce qu'il avait entendu quand Benoît Michiels fit son enquête dans le cadre de ses *Récits des bas-côtés*, cela s'explique par la position sociale de la famille Gayet. En effet, si les infortunes des humbles le plus souvent ne leur valent que le mépris, celles des gens en vue suscitent une certaine retenue. Tout le monde savait que la belle-sœur d'Édouard était bizarre. Marie-Rose et lui devaient avoir bien du mal à lui tenir la bride. Inutile de les accabler davantage en allumant des rumeurs que des personnes moins délicates risquaient d'attiser à plaisir. Bien sûr, il y avait eu un esclandre, mais Édouard Gayet avait déjà fait de son mieux pour l'étouffer.

D'abord, il n'était pas entré dans la boulangerie, où se trouvaient au moins trois ou quatre clients. Il était resté dans la rue, près de l'entrée, et avait attendu qu'Élise sorte. Un retraité, chapeau soulevé, lui ouvrit la porte, car elle avait les bras chargés de deux cartons de tarte sur lesquels elle avait encore empilé trois pains de ménage ensachés.

Brusquement, elle se trouva donc nez à nez avec Édouard qui lui barrait le chemin. Sans un geste pour la débarrasser de ses paquets, il lui plaqua la main dans le dos et entreprit de la pousser en direction de la BMW.

«Je t'attendais, marmonna-t-il entre ses dents, tu viens avec moi, dans ma voiture.

— Mais qu'est-ce qui te prend? rétorqua-t-elle.

— Avance!

— Ça va pas! Et la Volvo?

— Laisse-la. J'ai deux mots à te dire, je te ramènerai après.

— Arrête! Tu es fou! Elle n'est même pas fermée.

— Ne t'occupe pas, personne n'y touchera. Viens, je te dis!»

Elle freinait des quatre fers tandis que la main d'Édouard, remontée jusqu'à sa nuque qui émergeait d'un polo printanier du temps de la minceur de Marie-Rose, l'empêchait de lui faire face. Ses cuisses et ses genoux se raidissaient à déchirer la toile de son jean. Soudain, cependant, elle secoua la poigne d'Édouard, obliqua, bondit du trottoir pour rejoindre la Volvo. Mais lui la rattrapa par le bras et ce qui devait arriver arriva : tous ses achats basculèrent et atterrirent dans le caniveau, à sec, encore heureux, depuis une semaine.

« C'est malin ! » s'écria-t-elle si fort que les têtes des passants confus qui s'étaient éloignés pivotèrent vers l'arrière d'un seul mouvement. Tous virent comment Édouard, plié en deux, rattrapait les paquets. Décidément, le malheureux avait fort à faire avec cette pouliche un peu folle qui ruait dans les brancards.

Il remit les deux cartons des tartes sur les bras d'Élise, garda les pains pour lui et se dirigea vers le break.

« Prenons ta voiture, si tu y tiens tellement », gronda-t-il.

L'instant d'après, il était au volant. Élise, contrainte et forcée, s'assit à sa droite. Avant d'aller à la boulangerie, elle n'avait même pas pris la peine de retirer la clé de contact. Édouard démarra en trombe.

« Tu vas me dire ce qui se passe à la fin, Édouard ? Tu as perdu la boussole ?

— Ce n'est pas plutôt toi qui l'aurais perdue ? Hein ? Commence déjà à réfléchir, tu m'expliqueras ça à l'agence. »

En moins de cinq minutes, la Volvo accosta devant la façade de Gayet Immo. Édouard fit passer Élise devant lui, ils traversèrent la première pièce, la réception, où les jours ouvrables officiait au comptoir une jolie employée au teint chocolat en tailleur bordeaux justement appelée Grâce, et entrèrent dans le bureau marqué « Direction ».

Là, un instant, Édouard parut perdre son assurance. Le moment des explications était arrivé mais, d'abord, comment allaient-ils se tenir ? Debout, comme ça, face à face ? À quelle distance ? Sans bouger ? Elle clouée sur place ? Et lui planté comme un poteau ou alors tournant en rond comme un lion en cage ?

« Assieds-toi », prononça-t-il au bout de quelques interminables secondes. Il lui désigna les deux chaises Louis XVI devant son bureau où le jeune avocat et la blanchisseuse s'étaient assis au début de la semaine. Il passa de l'autre côté, s'installa sur son siège pivotant en cuir noir, dans la position où il se serait apprêté à lui vendre un appartement.

C'était passablement ridicule. Déjà il sentait que la remontrance qu'il ruminait depuis la veille avait du plomb dans l'aile. D'un geste de la main, il ramena en arrière les longues mèches de son épaisse chevelure et se racla la gorge.

« Qu'est-ce que c'est que cette histoire de virée à Liège ?

— Virée ? Tu veux parler de mon rendez-vous de jeudi ?

— Exactement. Qui es-tu allée voir s'il te plaît ?

— Je pourrais te répondre que ça ne te regarde pas, Édouard.

— Bien sûr que si, ça me regarde. Ça regarde la famille, notre famille. Ta sœur n'en dort plus.

— J'ai bien le droit de rencontrer qui je veux, non ?

— Le droit ! Le droit ? Et tes devoirs ? Qu'est-ce que tu en fais de tes devoirs vis-à-vis de ta sœur, des enfants ?

— Je les ai remplis, il me semble. Ça fait quinze ans, presque seize, que je suis à votre service.

— Il n'a jamais été question de service. C'est un arrangement entre nous. Tu es logée, comme une princesse soit dit en passant, nourrie, entretenue, habillée même bien souvent, tu n'as aucune dépense à faire. Tu as plein de liberté, les enfants sont à l'école toute la journée. Franchement, il y a pire comme service.

— Je ne me plains pas de ma situation. Elle me convenait, elle vous convenait. Mais maintenant, j'aimerais bien changer.

— Pourquoi ? Pourquoi ! Je ne te comprends pas.

— Je voudrais bien vivre un peu pour moi.

— Vivre pour toi ! Mais quel égoïsme ! On ne vit pas pour soi, Élise, on vit pour les autres. Regarde Marie-Rose, elle est dévouée corps et âme à ses patientes. Et moi, pourquoi penses-tu que je me tue au travail derrière ce bureau, hein ? Pour ma famille, pour nos enfants !

— Tu l'as dit, ce sont *vos* enfants, pas les miens.

— Alors là ! Alors là ! »

Édouard hocha la tête, il donna un quart de tour à son siège. On aurait dit qu'il venait de recevoir un coup déloyal à l'estomac qui lui aurait coupé la chique. Il s'appuyait des avant-bras sur les accoudoirs, courbait le dos, comme s'il avait besoin de se ressaisir. Finalement, il releva les yeux de côté vers Élise qui le considérait avec un demi-sourire.

« Quand je pense à l'amour que les enfants te témoignent… Comment peux-tu les renier aussi froidement ?

— Tu ne t'aperçois pas qu'ils sont grands maintenant, Édouard. Tu devrais les voir plus souvent. Je voudrais que tu entendes comment Marc me prend déjà de haut par moments.

— C'est donc ça ! Ils t'ont manqué de respect ! Et toi, tu les as pris en grippe. Écoute, je vais leur parler. Je vais leur mettre les points sur les *i* et tout recommencera comme avant.

— Ne te fatigue pas. Tout ça est dans l'ordre des choses. Ils se détachent, c'est normal.

— Et toi, tu les lâches. Est-ce vrai que tu ne veux pas les accompagner à la mer avec Marie-Rose la semaine prochaine ?

— Exact. J'ai prévenu Marie-Rose. Elle peut bien s'en occuper toute seule quatre malheureux jours. Le reste des vacances, je serai là.

— Et pendant ces quatre jours, tu seras où ?

— Pierre et moi avons décidé de nous offrir une petite escapade.

— Pierre ? Quel Pierre ?

— Pierre, mon ami.

— L'individu que tu vois à Liège ?

— Le monsieur, oui.

— Mais... mais tu ne le connais même pas !

— Justement, ce petit voyage – une croisière sur le Rhin tout de même, au départ d'Amsterdam, si tu veux tout savoir –, c'est pour apprendre à nous connaître.

— Alors là ! Alors là ! »

Apparemment cette exclamation lui obstruait la bouche chaque fois qu'il était à court d'arguments. Cette fois, il s'arracha à son siège et se mit à arpenter l'espace entre son bureau et les armoires métalliques adossées au mur du fond.

Élise le laissa opérer quelques allers-retours avant de reprendre d'un air narquois : «Je me demande si ça te tracasse tellement que je n'aille pas à la mer avec Marie-Rose et les enfants. Ce ne serait pas plutôt que je parte avec Pierre qui te contrarie ? Si j'étais restée à la maison, tu n'aurais pas insisté pour que j'accompagne ma sœur. Comme ça, toi qui ne peux pas te permettre de vacances à Pâques, tu te serais retrouvé avec moi, nous deux, tout seuls, pas vrai ?

— Mais pas du tout ! Qu'est-ce que tu vas chercher là ?

— Ah bon ? Ce n'est pas toi qui viens gratter à ma chambre le soir quand Marie-Rose est absente ? Qu'est-ce qui te retient de défoncer la porte ? Les enfants qui dorment dans le même couloir, rien d'autre. Mais supposons qu'ils soient partis respirer le bon air de la mer avec maman, là, tu pourrais y aller franchement. Tu pourrais te déchaîner comme le grand méchant loup qui veut entrer dans la maison des trois petits cochons. Qu'est-ce que tu aimerais te jeter sur une petite cochonne, hein ?

— Comment peux-tu débiter des horreurs pareilles, tu salis tout, alors que mes intentions… mes intentions…

— Eh bien, vas-y ! Déballe-les, tes intentions !

— Je voudrais… je voudrais seulement te parler.

— Mais libre à toi de me parler quand tu veux en présence de Marie-Rose. Quand elle est là, tu es muet comme une carpe. En revanche, qu'est-ce que tu peux me mater avec tes yeux de merlan frit. Encore heureux que j'aie ma salle de bains à moi maintenant.

— Tu bafoues tout ce que j'ai de plus précieux. Ce vocabulaire... Mes pensées pour toi sont totalement pures.

— Pas possible ! Tu as drôlement changé ! Dois-je te rappeler les chastes pensées qui t'animaient l'année dernière à Rimini ? »

Édouard gémit. Il alla se rasseoir sur son siège de directeur, appuya les coudes sur le bureau et se prit la tête entre les mains. Évidemment, pas besoin de lui rappeler Rimini.

C'est à Rimini que la famille prenait des vacances chaque été. Décision de Marie-Rose qui, deux fois par an, avait besoin de se « cureter la cervelle », selon son expression. À Pâques, elle allait à Blankenberge avec Élise et les enfants. L'air iodé de la mer du Nord était censé balayer les fatigues de l'hiver. Les deux premières semaines d'août, en route avec armes et bagages pour l'Italie, où Édouard avait acheté un appartement au bord de l'Adriatique. Le reste du temps, il le louait. Les vacances lui donnaient l'occasion d'inspecter son bien, de programmer les réparations éventuelles avec les artisans locaux, de rafraîchir lui-même une pièce, un plafond.

L'après-midi, il rejoignait Marie-Rose, Élise et les enfants à la plage. Les garçons vadrouillaient près du rivage avec les copains anglais ou allemands qu'ils s'attiraient comme par aimantation. Marie creusait le sable avec sa pelle et son seau non loin des deux transatlantiques où s'installaient sa mère et sa tante.

Marie-Rose tenait absolument à bronzer. Elle s'offrait au soleil et aux regards dans des maillots une pièce qui boudinaient les vallonnements de sa poitrine et de son ventre et étranglaient à l'aine ses grosses jambes labourées par la cellulite. En revanche, Élise n'aurait quitté sa robe à aucun prix. Jamais de maillot, toujours sous un parasol. Les tenues légères qu'elle portait ne découvraient que ses bras, l'espace d'un bénitier à son cou et la moitié de ses mollets jusqu'à ses pieds, qu'elle consentait quelquefois à débarrasser de ses sandales.

Édouard allait nager avec les garçons. À l'aller et au retour, il traversait la plage en contractant le ventre de son mieux. Revenu près de Marie-Rose et Élise, il se passait rapidement un tee-shirt dont le bas rebondissait aussitôt comme s'il y avait dissimulé un œuf d'autruche. Le plus souvent, il restait assis sur sa serviette et, derrière ses lunettes teintées, il observait avec une apparente indifférence tous ces corps encaqués côte à côte comme les esclaves dans la cale d'un bateau négrier.

Quand Marie-Rose avait assez rôti côté pile et côté face, elle se repliait sous le parasol d'Élise et s'endormait. Élise lisait des romans policiers – Martha Grimes, Elizabeth George, des femmes seulement – et parfois elle aussi s'assoupissait. Ce qui la réveillait, c'était la voix de Marie ou les cris des enfants qu'elle aurait distingués entre mille.

Ce jour-là, cependant, le jour où tout bascula, elle fut tirée de sa torpeur par une sensation étrange, comme si des mains, les doigts en éventail, s'étaient posées sur ses cuisses et les massaient doucement. Elle ouvrit les yeux sur la toile rose du parasol au-dessus d'elle. La caresse insistait, elle n'avait pas rêvé, elle diffusait même une onde pas désagréable du tout qui gagnait peu à peu le reste de son corps. Alors, elle se redressa. Édouard était agenouillé, devant elle, à ses pieds, c'étaient ses grosses pattes velues qui la pétrissaient...

Aussi sec, elle releva les genoux, attrapa sa robe qui était repliée en accordéon sur ses hanches, la tira rageusement jusqu'à ses chevilles.

« Mais qu'est-ce que tu fais ?

— Je... Ta robe... Une saute de vent... J'ai voulu te recouvrir...

— Où est Marie-Rose ?

— Elle est partie, elle avait soif, elle est allée boire un coup.

— Les enfants ?

— Ils sont là, n'aie pas peur.

— Qu'est-ce qui te prend de me tripoter comme ça ? Tu es fou ?

— Je voulais seulement rabattre ta robe, je te le jure, mais tu es tellement... si... Pardonne-moi.

— Tu es malade !

— Oui, oui, Élise, je suis malade, malade de toi. Et depuis longtemps, même si tu ne t'en es jamais aperçue.

— Arrête ! Tais-toi ! Ne recommence jamais ça ! »

À ce moment, Marie-Rose était réapparue, tenant une bouteille de San Pellegrino et une canette de Nastro Azzurro qu'elle avait tendue à Édouard.

« Eh bien, tu en fais une tête ! avait-elle dit à Élise. Qu'est-ce qui t'arrive ? »

La question s'adressait simultanément à Édouard, dont le hâle avait brusquement déteint. Il n'attendait plus que son exécution, mais Élise avait répondu en s'épongeant le front : « Rien, rien, la chaleur peut-être. J'ai été prise d'une nausée. »

Édouard avait avalé sa bière comme un déshydraté. Sa pomme d'Adam montait et descendait à la cadence d'une pompe aspirante refoulante. Un peu plus, il s'étouffait.

Après les vacances, à la fin septembre, Élise avait demandé qu'on lui installe une douche dans le débarras à côté de sa chambre à coucher. Édouard avait dix fois, vingt fois gratté à la porte de son appartement. Elle ne lui avait jamais ouvert. Jamais il n'avait pu revenir sur cet incident. Il avait fallu cette lubie soudaine d'Élise d'aller se fourrer entre les griffes d'un inconnu pour qu'il se décide à prendre le taureau par les cornes.

Mardi soir, Marie-Rose lui avait appris qu'Élise n'allait pas du tout consulter un médecin à Liège : elle avait rencontré un type sur Internet ! Lundi, l'heureux élu ne s'était pas présenté, mais il lui avait proposé un nouveau rencard pour jeudi. Édouard avait voulu se persuader qu'Élise une nouvelle fois ferait le pied de grue, il avait dû déchanter. D'après Marie-Rose, Élise était rentrée de sa rencontre remontée à bloc, pleine de projets à deux. Elle n'irait pas à Blankenberge.

Rien à faire, il devait la prendre entre quat-z-yeux. Quand ? Samedi matin : Marie-Rose avait ses consultations privées. Où ? Pas à la maison, devant les gosses... Conclusion : à l'agence. Il l'y emmènerait de gré ou de force.

Le problème, c'est que rien ne se passait comme il l'avait prévu. Il pensait en imposer immédiatement à Élise, la faire rentrer dans le rang, à sa place au sein de la famille, pas exactement comme avant, avec quelque chose en plus entre eux, en compensation d'une certaine façon. Ce que serait ce quelque chose, il était incapable de le préciser, mais il l'attendait comme un malade le miracle. Or Élise n'avait cessé de lui rabattre le caquet. Le seul véritable éclat qu'il lui ait jamais connu jusqu'alors, c'était à Rimini, sur la plage, et encore, modéré. Elle toujours si réservée tout à coup se montrait pleine d'aplomb. À croire que son type de Liège lui avait monté le bourrichon. Il sentait une terrible haine s'allumer en lui contre ce salaud.

Enfin, il écarta les mains, les reposa sur le bureau et découvrit à Élise la mine décomposée qu'il s'était soigneusement composée à l'abri de ses paumes.

« Élise, tu te méprends totalement sur mes intentions. Je voudrais simplement que nous soyons bons amis.

— Si ça ne tient qu'à ça, pas de problème.

— Enfin, pas n'importe quels amis… des amis de cœur.

— Qu'est-ce que tu entends par là ?

— Je voudrais pouvoir me confier à quelqu'un, trouver de l'attention, de la compréhension, de l'affection auprès d'une femme qui m'offrirait de la douceur.

— Dans ce cas, c'est tout trouvé : tu as Marie-Rose.

— Marie-Rose ! Si tu savais ! Marie-Rose se fiche complètement de moi, elle ne pense qu'à ses patientes. Il n'y a plus rien entre nous, plus rien qu'une vieille habitude. Tu vois à quoi elle ressemble ? Un édifice en ruine.

Le matelas est défoncé de son côté. Elle ne fait plus aucun effort pour me plaire. Elle ronfle. Je ne compte plus pour elle.

— Eh bien, dis donc, c'est beau l'amour !

— Ça finit toujours comme ça, Élise. Regarde un peu autour de toi, tu verras : c'est pareil pour tous les couples. Ne me dis pas que tu veux faire la même chose avec ce ... je ne sais plus comment.

— Pierre. Ne te fais pas de souci pour moi, je saurai m'y prendre.

— Mais tu n'as pas besoin de ce guignol qui rate un rendez-vous sur deux. Je suis là, moi, je te connais, tu me connais, on pourrait être heureux.

— Tu veux rire, j'espère. Tu me proposes un ménage à trois ?

— Laissons Marie-Rose de côté. On peut s'arranger nous deux, discrètement. Je ne veux pas lui faire de peine.

— Soyons clairs : ce que tu veux, c'est coucher avec moi quand Marie-Rose est retenue à l'hôpital.

— Coucher, coucher ! Tu as tout de suite de ces mots ! Je veux un peu d'amour, Élise, c'est tout.

— Ça suffit comme ça, Édouard. Passe-moi les clés de la Volvo. »

Elle tendit la main, paume ouverte sur le bureau. Anéanti, Édouard fouilla dans ses poches, les sortit, mais, en les déposant entre ses doigts, il voulut la retenir. D'un mouvement brusque, elle se dégagea. Alors, il l'attrapa par le poignet.

« Lili, Lili, ma chérie, je t'en supplie... »

Elle se leva, il s'accrochait, elle tirait, puis brusquement, de sa main libre, elle le gifla à toute volée.

La stupeur aussitôt balaya son air de chien battu. Le pauvre animal céda la place à un molosse inattendu dont les yeux brûlaient de hargne.

« C'est bon, Élise, va-t'en. Mais prends garde à toi. N'oublie pas que je sais certaines choses à ton sujet, au sujet de l'infirmière malavisée qui a eu bien de la chance qu'on la tire du pétrin, tu t'en souviens ? Si tu fais ta mauvaise tête, je pourrais t'y replonger, dans le pétrin, jusqu'au cou, ma chérie… »

9.

Sur la *Lorelei,* qui emportait les croisiéristes d'Amsterdam à Coblence, aucune tenue particulière n'était exigée. La plupart des passagers portaient des tee-shirts, des chemises à manches courtes, des shorts, des bermudas avec poches sur les cuisses dans la version masculine, qui tous semblaient sortir du rayon loisirs du même supermarché. Cependant le prospectus de la compagnie maritime Batavia recommandait aux messieurs d'emporter un complet-veston et aux dames une robe de soirée en vue du traditionnel dîner à la table du capitaine.

Le dimanche, lendemain de son altercation avec Édouard, Élise était donc montée au grenier et avait retiré une robe longue de la malle où Marie-Rose conservait ses vêtements d'autrefois protégés par des housses en plastique. Marie-Rose ne l'avait portée qu'une seule fois, pour le mariage d'un confrère de l'hôpital. Au mariage suivant, elle ne pouvait plus lui faire franchir le cap de ses hanches – un rétrécissement dû au nettoyage à sec, d'après elle.

Élise l'avait aérée, repassée et essayée devant la glace de sa garde-robe. Elle ne lui allait pas trop mal. Sa taille svelte était mise en valeur par une large ceinture qui montait en plis jusqu'au buste. Le capitaine Bauwens d'ailleurs, pour citer un témoin impartial, supposé qu'on l'ait interrogé, s'en serait sans doute souvenu, car elle était la seule bordeaux au milieu des ocre en vogue cette année-là. Quant au visage d'Élise, il lui avait probablement échappé. Sa toilette, en effet, présentait un décolleté discret qui, au moment du baisemain, avait biaisé ses regards.

S'il lui avait accordé plus d'attention, il aurait d'abord perçu les marques apparentes d'un parfait contentement mais, dans l'involontaire crispation du coin droit de sa bouche lorsqu'elle souriait, peut-être aurait-il décelé le signe d'une certaine anxiété.

Le malaise d'Élise n'avait aucun rapport avec les menaces d'Édouard, le samedi, avant qu'elle ne claque la porte de son bureau. De ses gesticulations, elle se fichait complètement. Si Édouard voulait déterrer le passé, le moment venu, il y réfléchirait certainement à deux fois. Elle aussi était bien capable de déballer devant Marie-Rose l'affaire de Rimini et les propositions délirantes qu'il lui avait faites à l'agence.

Dimanche, du reste, il ne lui avait pas adressé la parole de toute la journée. S'il ouvrait le bec, c'était principalement pour réprimander les enfants. Quoi qu'ils fassent – jouer, manger, bouger et même ne pas bouger –, ils ne faisaient rien à son goût. Marie-Rose aussi était d'humeur massacrante. Quitte à décevoir les enfants, elle avait menacé d'annuler la semaine à Blankenberge. Seule la perspective de se retrouver confinée avec eux à la maison lui avait fait ravaler son chantage.

Le lundi matin, elle avait entassé les valises et sa progéniture dans la Volvo. Elle était partie sans un coup de klaxon. Tati Lise était malade, avait-elle expliqué, ce qui n'avait ému que Marie, qui s'était jetée dans les bras de sa tante et ne voulait plus la quitter. Élise avait dû lui souffler à l'oreille que, pour guérir, elle avait besoin de dix étoiles de mer ramassées par la main d'une petite fille.

Une heure après le départ de Marie-Rose, Élise se trouvait à la gare de Verviers-Palais et, au milieu de la matinée, elle débarquait à Liège-Guillemins où Fauvol l'attendait pour attraper la correspondance vers Amsterdam. À quatorze heures, ils entamaient une croisière de quatre jours sur le Rhin à bord de la *Lorelei.*

L'idée de ce périple était venue à Fauvol au bout de leur première rencontre du jeudi. Après le Belle-Vue, ils avaient divagué dans le quartier de l'opéra et avaient fini par entrer à l'hôtel du Faubourg, sous le regard sidéré, on s'en souvient, du chanoine qui sortait de la basilique. Inutile de préciser ce que le chanoine avait imaginé. Élise elle-même avait senti son cœur s'affoler quand Fauvol avait proposé d'aller à l'hôtel.

Tout de suite, cependant, elle avait été rassurée. Pierre espérait seulement trouver dans les salons de l'établissement un endroit tranquille et confortable. Se livrer à de premiers épanchements dans un bistrot ou, à plus forte raison, dans la rue, ce n'est pas l'idéal. Il avait commandé du café, des lacquemants, puis s'était laissé aller à quelques confidences qui s'accordaient avec l'éclairage feutré, le tapis persan, les clubs profonds dans lesquels ils étaient installés.

« Vous vous demandez certainement ce qui m'a amené à m'en remettre au hasard des sites de rencontres.

— Vous pouvez vous interroger tout autant à mon sujet.

— Oh, mais pour vous, j'ai bien compris, chère Élise ! Vous vous êtes sacrifiée aux enfants et – permettez-moi de le dire – à la carrière de votre sœur. Sinon, vous auriez eu plus de prétendants que Pénélope à Ithaque.

— Vous allez me faire rougir.

— Ta, ta, ta... Je sais ce que je dis. Voulez-vous que je vous avoue ce qui me désole en dépit de la joie que me procure votre présence ?

— Quoi donc ?

— C'est que vous vous croyiez obligée de vous rabattre sur un personnage aussi falot que moi.

— Mais...

— Ne protestez pas ! Quand je pense que j'aurais pu tomber sur n'importe qui. Les apparences sont parfois si trompeuses. J'ai une chance extraordinaire. Je voudrais seulement que vous sachiez ce qu'a été ma vie avant vous, afin peut-être que vous y découvriez quelque raison de ne pas trop me mépriser.

— Je ne vous méprise pas du tout. Sinon, je ne serais pas là. »

Fauvol acquiesça avec un haussement dubitatif des sourcils, à la manière d'un cancre qui vient de recevoir un encouragement inespéré. Sa voix enjouée jusque-là se fit tout à coup retenue, recueillie. S'il s'était agenouillé dans la pénombre d'un confessionnal, certainement c'est le ton que le chanoine aurait souhaité qu'il adopte en inclinant avec humilité la tête vers le grillage.

« Je dois vous avouer, chère Élise, que vous n'êtes pas la première femme de ma vie. »

Il leva un œil inquiet. Élise ne semblait pas offusquée du tout, elle avait même esquissé une moue indulgente voire rassurée.

« J'ai eu un grand amour quand j'avais vingt-cinq ans. Une personne merveilleuse, délicate, d'une sensibilité exceptionnelle. Elle était critique d'art. Elle s'était échappée de l'Allemagne de l'Est. Sa famille était restée là-bas. Bien sûr, je ne la méritais pas mais, Dieu sait pourquoi, elle s'était éprise de moi. Nous avons vécu ensemble deux ans. Deux années bien trop courtes. Nous n'étions pas mariés, nous en avions le projet pour plus tard, au moment d'avoir des enfants. Elle en voulait trois, je me le rappelle. Malheureusement, cela ne s'est jamais fait. Elle est partie… morte, je veux dire. Une maladie subite, affreuse, un cancer, je vous passe les détails sordides. »

Fauvol, qui s'était penché en avant dans son club, se laissa aller contre le dossier, bascula la tête vers l'arrière, la gorge en extension, sous le coup de l'émotion que lui provoquait son récit. Il respira profondément avant de reprendre.

« Excusez-moi… Ces souvenirs…

— Je comprends, Pierre.

— J'ai tout fait pour la sauver. J'avais appris qu'on tentait un nouveau traitement prometteur aux États-Unis, dans une clinique privée, à Providence. Le nom de la ville lui-même me faisait espérer. J'ai réussi à la faire admettre là-bas. Je n'avais pas beaucoup d'argent. J'ai emprunté. Pas dans une banque, naturellement. Vous pouvez emprunter pour une maison, une voiture, pas pour une vie. Il n'y a rien à hypothéquer dans une vie. Bref, je me suis endetté jusqu'au cou. Aujourd'hui encore... Peu importe... Camille est morte là-bas, dans mes bras. »

Il s'arrêta. Il grimaça un sourire comme pour mettre un baume sur une plaie mal cicatrisée. Du fauteuil où elle se trouvait en face de lui, Élise tendit les bras et s'empara de ses mains.

« Mon pauvre ami, murmura-t-elle.

— Vous êtes gentille, Élise. »

Bien que l'atmosphère du salon fût assez fraîche, les mains de Fauvol étaient moites. Un peu de sueur d'ailleurs perlait à son front, à la lisière où ses cheveux gris étaient plus nombreux.

« Comme vous avez souffert ! »

Élise ne pouvait rester indéfiniment les bras à l'horizontale. Elle se détacha et réprima l'envie d'essuyer ses paumes sur sa délicate petite robe.

« Je ne peux vous cacher que je me suis enfermé dans le chagrin. Des années de solitude affreuse...

— L'important, c'est que vous ayez décidé d'en sortir.

— Oui, oui, bien sûr. Grâce à Camille elle-même.

— Ah ? Comment ? Je ne comprends pas.

— Il y a quelque temps, je suis tombé sur un tableau ancien, Renaissance italienne, dans une église en Italie, à Sienne. Une œuvre sublime... On y voit Ruth, l'héroïne biblique, qui glane à l'aurore dans le champ de Booz. Vous vous souvenez du poème d'Hugo, *Booz endormi*? Ruth a garni d'épis un pan de sa robe, elle semble nous regarder avant de s'éloigner car, derrière elle, le soleil se lève à l'horizon. Eh bien, vous n'allez pas me croire, Ruth était l'exact portrait de Camille. Le tableau m'a fait l'effet d'une apparition. Je suis resté là, pétrifié je ne sais combien de temps, des heures peut-être. En partant, j'ai su que Camille avait voulu me faire comprendre qu'elle quittait ma vie, comme Ruth quittait le champ, pour laisser la place au soleil d'un nouveau jour. Et ce soleil, c'est vous, Élise. »

Dommage qu'il ait conclu sur cette flatterie absurde, Élise aurait été presque émue. Elle, un soleil... ! Elle avait plutôt le sentiment que Fauvol cachait dans sa main un déclencheur qui venait d'allumer un spot destiné à noyer dans un flou artistique la scène finale de sa vie amoureuse. Lui-même, à la moue sceptique d'Élise, dut comprendre qu'à tellement forcer la note il venait de gaffer. Il s'empressa de faire diversion.

« Et vous, Élise, avez-vous aimé ?

— Moi? Non... pas vraiment. Des bluettes d'adolescente sans doute, mais rien, non rien de... concret.

— Personne? Pas un beau garçon qui vous ait conté fleurette ?

— Non.

— C'est à peine croyable. Les hommes sont aveugles.

— Peut-être est-ce moi qui suis transparente.

— Allons ! Au Belle-Vue, tout le monde vous regardait. À commencer par le barman.

— Si vous le dites… Mais je n'y crois pas trop. Ne vous inquiétez pas, j'ai l'habitude, vous savez. Même dans ma famille, pour les enfants, pour ma sœur, pour mon beau-frère, je ne compte pas plus qu'un meuble… ou qu'un électroménager, four, lave-vaisselle, lave-linge réunis !

— Élise ! Vous ! Une femme si…

— Une femme ? Ils seraient bien étonnés d'apprendre que je suis une femme. Dites plutôt une peluche pour les gosses, une ombre pour ma sœur, et pour son mari… rien. Rien, je n'existe pas. »

Elle souligna ce « rien » d'un large sourire qui devait achever de persuader Fauvol qu'elle n'était pas du genre à se lamenter. Jusqu'à cet instant, elle n'avait pas encore arrêté le masque sous lequel elle se comporterait avec lui. Il lui sembla que celui de la petite personne courageuse, prête à relever une échine trop longtemps courbée, touchait en lui la corde sensible. Il donnait un peu de piquant à la personne timide, maladroite qu'elle avait montrée d'abord. Elle vit Fauvol se lever, s'approcher tout contre son fauteuil, lui prendre la main gauche, qu'elle abandonna brièvement à ses lèvres.

« Pour moi, vous existez pleinement, Élise, je vous le prouverai. Venez. »

Il l'avait entraînée dans le hall et, tandis qu'il réglait l'addition auprès de la réceptionniste, elle avait jeté un coup d'œil aux brochures touristiques disposées sur un tourniquet surmonté de l'inscription « Que faire à Liège ? » Quand il la rejoignit, elle feuilletait au hasard la publicité des croisières fluviales.

« Voilà tout à fait ce qu'il nous faut ! s'exclama-t-il. Une minicroisière pour apprendre à mieux nous connaître.

— Vraiment, vous croyez ? Sur la Meuse ?

— Non ! Sur le Rhin, ce sera bien mieux ! Laissez-moi faire. »

Le soir même, il lui envoyait un courriel. Tout était réservé pour lundi. Il avait les billets, quatre jours de navigation, trois nuits sur le bateau.

Comme le temps avait vite passé ! Voilà déjà qu'ils étaient attablés pour la dernière soirée, hôtes du capitaine – façon de parler, car il avait à sa table la vingtaine de passagers de première classe. À une extrémité du double alignement des convives, la robe bordeaux d'Élise se détachait parmi les toilettes ordinaires. Face à elle, Fauvol arborait le complet anthracite dans lequel Fred l'avait jaugé de la tête aux pieds au Belle-Vue. Il conversait gaiement avec une Hollandaise dûment blonde et élancée. Élise, elle, était flanquée d'un retraité rhénan qui savait assez de français pour lui demander ce qui l'avait le plus marquée au cours du voyage.

« Oh… Cologne… oui, Cologne, la cathédrale… très impressionnant, toutes ces marches dans la tour.

— Avez-vous bu de l'*Apfelschorle*?

— Je… Oui, c'est délicieux. »

Après la visite de la cathédrale, de retour au bateau, on avait servi un jus de pomme gazéifié, une spécialité locale.

En fait, si Élise s'était montrée parfaitement sincère, elle aurait avoué au retraité que ce breuvage, les attraits de la vallée du Rhin, ses villes, ses *Schlösser*, ses vignobles, et tout le reste, si pittoresque que ce soit, elle s'en battait l'œil. S'il voulait vraiment savoir ce qui l'avait marquée, c'était la cabine où Fauvol et elle logeaient sur le bateau.

Oui, depuis le moment où elle avait mis le pied à bord jusqu'à cet instant précis où le serveur en tunique blanche venait de poser un pavé de saumon du Rhin devant elle, elle n'avait pensé qu'aux six mètres carrés de la cabine où elle avait déjà dormi deux nuits. C'était comme si l'image de leur chambre se superposait à tout ce qu'elle voyait. Appuyée au bastingage où elle passait le plus clair de son temps avec Fauvol tandis que le bateau s'avançait majestueusement, elle aurait pu aussi bien apercevoir dans les flots l'anneau des Nibelungen, le pourtour de la cabine lui aurait servi d'écrin.

Quand elle y était entrée en compagnie de Fauvol, la première constatation qui l'avait arrêtée en ouvrant, c'est qu'elle comportait non pas une mais deux couchettes étroites, recouvertes d'une housse bleue, une à gauche, une à droite, bien séparées, coincées contre les parois. Le reste de l'aménagement, table, placards, coin toilette avec douche, etc., elle n'y avait prêté aucune attention tandis que Fauvol lui demandait : « Ça vous plaît ? C'est chic, vous ne trouvez pas ? »

Elle avait acquiescé machinalement, son esprit était totalement occupé par une tout autre question qu'elle n'osait pas poser : est-ce que Pierre avait réservé une cabine à deux lits ou n'y avait-il pas de cabine à un seul grand lit ?

Une fois les valises défaites, lui à gauche, elle à droite, elle avait glissé un œil dans la coursive aux compartiments entrouverts où s'installaient les autres passagers. Toutes étaient munies de deux couchettes, mais peut-être était-ce un quartier des premières équipé de cette façon.

Le soir, lorsqu'ils avaient regagné l'étroit logement, Fauvol s'arrêta devant la porte.

« Je vous laisse vous préparer à votre aise pour la nuit. Je viendrai ensuite. »

Elle s'était déshabillée en hâte, avait passé sa petite chemise de nuit, s'était lavé les dents. Puis elle s'était couchée et avait remonté le drap jusqu'à son menton.

Dix interminables minutes d'attente avant que Fauvol ne se manifeste, non pas en toquant franchement, mais avec une sorte de gratouillis qui ressemblait à s'y méprendre à celui d'Édouard à la maison. Elle avait marmonné un oui qui écorcha son larynx soudain rétréci. Fauvol s'était avancé discrètement jusqu'au coin toilette, où il s'était escrimé à se dévêtir en cognant les cloisons à tour de bras. Il en était ressorti en pyjama – impossible de nier qu'il avait tout de même un peu de brioche – et s'était immédiatement replié sous la couverture de sa couchette.

« Eh bien, voilà une belle journée, n'est-ce pas, chère Élise ?

— Très belle.

— Je vous souhaite de doux rêves. »

Soit il s'était endormi aussitôt, soit il faisait semblant à merveille. Élise, elle, était restée les yeux ouverts un bon moment à se demander ce qu'il avait derrière la tête. Qu'est-ce qu'il entendait par « mieux se connaître » quand il lui avait proposé la croisière ? Mieux connaître leurs esprits, leurs cœurs, sans doute, mais côté physique, son plan, qu'est-ce que c'était ? Ils n'allaient tout de même pas se regarder éternellement dans le blanc des yeux.

Le matin, elle s'était levée discrètement avant lui, avait retiré le thermomètre de la petite trousse de pharmacie dans laquelle elle avait emporté quelques médicaments et avait pris sa température. Elle l'avait notée dans un petit calepin en moleskine fermé par un élastique sous lequel était glissé un crayon.

Le lendemain soir, retour à la cabine, même scénario. À dix heures trente, chacun était dans son lit, comme des gisants sur leur tombeau respectif. Le matin, elle avait une nouvelle fois vérifié sa température et avait ajouté un trait au graphique qu'elle tenait dans le calepin.

La journée durant, elle avait retourné la délicate question physique dans tous les sens et, peu à peu, une appréhension l'avait gagnée. Comme le capitaine aurait pu l'observer au début du chapitre si ses regards n'avaient été retenus ailleurs, une légère contraction crispait désormais le coin de sa bouche.

Pierre, si délicat, si réservé, qui, pour toute privauté, n'avait effleuré sa main du bout des lèvres qu'à deux ou trois reprises, Pierre était-il un homme *véritable* ? Le doute la taraudait. Serait-elle tombée sur un homo ?

Bien sûr, il lui avait servi sa grande histoire d'amour avec Camille, mais cette passion avait-elle été autre chose que la communion de deux âmes qui partageaient le même goût pour les arts ? Camille, à quoi ressemblait-elle ? N'était-ce pas troublant, d'ailleurs, que ce prénom convienne aussi bien à une femme qu'à un homme ? Pierre aurait-il joué de cette ambiguïté pour travestir devant elle son amour pour un garçon ?

Il fallait absolument qu'elle soit fixée avant la fin de la croisière. Il lui restait une nuit. Machinalement, elle donna un coup de fourchette résolu dans son saumon. Un peu de béchamel s'évada et se nicha entre deux plis de sa ceinture. À l'aide de sa serviette, elle fit discrètement disparaître la tache. Malgré tout, jusqu'à la fin du repas, elle ne put s'empêcher de passer la main sur l'auréole. Chaque fois, elle levait les yeux sur Fauvol, qui crut qu'elle se sentait mal. Ils quittèrent la table avant le dessert.

Il la prit par le bras, en la serrant plus qu'avant, mais était-ce parce qu'il la pensait souffrante ?

« Ça va aller, Élise ? demanda-t-il d'un air inquiet.

— C'est à vous de voir », chuchota-t-elle en rentrant dans la cabine, tandis que Fauvol restait derrière la porte.

Elle se prépara plus fébrilement que les deux autres nuits, s'appliqua un peu de parfum à tout hasard. Elle n'avait pas la moindre idée de la façon dont elle allait s'y prendre. Elle quitta le coin toilette et, devant les deux couchettes, elle s'arrêta. Un léger tremblement l'avait saisie. Voilà ce qu'elle allait faire ! Elle se glissa dans le lit de gauche, celui de Pierre. De même que les soirs précédents, elle remonta le drap jusqu'à son nez, comme pour se persuader qu'elle tremblait de froid et non d'anxiété.

Au gratouillis sur la porte, elle répondit par un oui résolu auquel elle ne s'attendait nullement. En fait, il s'adressait moins à Fauvol qu'à elle-même. C'était le moment ou jamais.

Un instant, Fauvol resta statufié sur le seuil. Puis il passa dans le cabinet de toilette sans desserrer les lèvres. Il se déshabilla, ne heurta pratiquement pas les parois et reparut en pyjama, souriant de façon un peu crispée.

« Vous avez changé de couchette, Élise ?

— Non. Je suis dans la vôtre.

— Ah…

— Je vous fais une petite place ?

— Euh… ce sera un rien juste, non ?

— Tant mieux ! »

Elle écarta la couverture, découvrant le pan droit de sa chemise un peu retroussée. Il la rejoignit prudemment. Même s'ils l'avaient voulu, ils n'auraient pas pu se tenir à l'écart l'un de l'autre. De l'épaule à la cheville, le corps d'Élise collait au corps de Pierre. Elle dégagea un bras, tâtonna jusqu'à un poignet velu et amena la main dans son prolongement sur sa cuisse nue.

« Nous pouvons bien nous caresser un peu, murmura-t-elle.

— Je ne voulais pas vous brusquer, Élise. »

Avec délicatesse, la main de Pierre commença à se mouvoir. La jambe d'Élise reconnut la sensation que lui avait procurée Édouard à Rimini, mais métamorphosée parce que, cette fois, elle l'accueillait au lieu de la rejeter. Sa peau, qui en d'autres circonstances ne lui faisait pas plus d'effet que les os qu'elle recouvrait, tout à coup s'éveilla. Chaque parcelle effleurée prenait vie, se dégageait de son indifférence, s'électrisait. Le flux qui s'ensuivit se répandit comme une vague à toute sa chair assoiffée. En peu de temps, Élise fut enivrée et c'est à peine si elle entendit Pierre demander : « Vous avez pris vos précautions, ma chérie ?

— Oui, oui, bien sûr », souffla-t-elle.

Ses précautions, elle les prenait à sa façon, très soigneusement. Parmi les bouquins que Marie-Rose laissait à l'intention de ses patientes dans la salle d'attente, elle avait subtilisé *La Contraception par la méthode des températures*. Un procédé naturel d'avant la pilule, qui pouvait passer pour désuet, mais qui donnait d'excellents résultats, à condition que l'adepte s'oblige à prendre sa température tous les matins. Depuis quelques mois, Élise observait sa courbe et, à présent, elle était capable de départager pratiquement à coup sûr les jours sans conséquences des jours de fertilité.

Depuis le début de la croisière, elle savait exactement où elle en était. Elle pouvait s'offrir sans réserve à Fauvol.

10.

Maintenant que nous avons fait sa connaissance, si nous avions croisé Fauvol dans le quartier de la cathédrale Saint-Paul où se situait sa boutique, ou même dans les parages du Belle-Vue, nous l'aurions sans doute reconnu immédiatement. On assimile spontanément les gens à des lieux, des situations, une tenue qui leur sont coutumiers et qui nous aident à les « remettre » comme on dit si justement. En revanche, si ces mêmes personnes soudain se trouvent dans un endroit insolite et, en plus, dans un accoutrement inhabituel, nous sommes bien capables de passer à côté d'elles sans les identifier.

Exactement ce qui aurait pu nous arriver le lundi 4 mai 2009, si nous avions flâné en touristes dans la Jodenstraat à Anvers, occupés à chercher sur le plan la demeure de Rubens. Nous n'aurions pas pris garde à un individu serré dans un blouson de cuir noir, coiffé d'une casquette de base-ball Nike, une grosse paire de lunettes de soleil à califourchon sur le nez, en train d'appuyer d'un index ganté sur la sonnette de la maison 252 *bis*. Pourtant, c'était bel et bien Pierre Fauvol.

Lui-même, nous l'avons compris, n'avait manifestement aucune envie de se signaler à l'attention des passants. La nuque raide, le regard arrimé aux clous de la porte, il attendait avec impatience qu'on vienne lui ouvrir.

Enfin, le volet du judas coulissa sur le côté, un œil et un morceau de front s'y encadrèrent, puis il entendit, soulagé, le double claquement de la serrure. Il s'engouffra dans l'entrée que refermait déjà derrière lui une femme entre deux âges ficelée dans un tablier chasuble à fleurs.

« *Goeiemorgen, meneer Fauvol.*

— *Is meneer Vandam thuis ?*

— *Ja, ja.* »

Il se trouvait dans une sorte de sas exigu. À gauche, un vestiaire et juste devant lui, une volée de marches en marbre qui tiraient le regard vers le haut, jusqu'au plafond décoré de stucs roses où était suspendu un énorme lustre en cristal. Fauvol suivit la femme dans l'escalier, traversa le couloir du dessus et arriva devant une double porte au fond dont les panneaux supérieurs étaient faits de verres dépolis bleutés. La femme toqua, une voix prononça : « *Binnen !* », elle ouvrit et annonça : « *Meneer Fauvol.* »

Fauvol entra dans la pièce, un grand bureau parqueté, boiseries sombres, cinq ou six tableaux abstraits éclairés par des appliques.

« Ah ! Pierre, content de vous voir ! » s'exclama l'homme en jean et chemise blanche qui quittait déjà son siège pour se porter en souriant vers lui. Franz Vandam montrait un clavier de dents parfaites dont la blancheur était soulignée par une barbe rase et des cheveux noirs agrémentés de quelques mèches soigneusement rangées en bataille. Dans un coin de la pièce étaient disposés des fauteuils rouges et une table basse. Il invita Fauvol à prendre place.

« Vous avez fait bon voyage ?

— Oui, oui… Vous vouliez me voir, Franz ?

— Absolument, Pierre. Je ne pouvais pas vous expliquer mon souci au téléphone. Je préférais vous en parler en tête à tête.

— C'est à quel sujet ?

— Le tableau.

— Je m'en doutais… Qu'est-ce qui se passe ?

— Eh bien, j'ai un amateur.

— Un amateur ? Mais vous savez bien que j'ai une option ferme sur ce tableau. Vous m'aviez promis de ne le montrer à personne.

— C'est vrai. Le problème dans notre milieu, c'est que tout finit par se savoir. Ce monsieur bien informé a appris, je ne sais comment, que je détenais le fameux Piero della Francesca.

— Et alors ! Vous n'aviez qu'à dire que vous l'aviez déjà vendu.

— Je n'aime pas mentir, vous me connaissez. Il m'a tout de suite offert une bonne somme, sans même l'avoir vu.

— Quoi ? Plus que moi ?

— Cinquante mille en plus…

— Deux cent cinquante mille euros !

— Pour l'introuvable *Ruth dans le champ de Booz*, disparu de Sienne depuis presque trente ans, finalement je me rends compte que c'est dans les prix.

— Écoutez, Franz, nous avions convenu de deux cent mille, vous étiez d'accord. C'était une affaire entendue.

— Exact, si on veut. Seulement cela va faire cinq mois que j'attends que vous déliiez les cordons de la bourse.

— Je vous ai demandé un délai. Deux cent mille, ça ne pousse pas dans les arbres.

— Je comprends très bien. Néanmoins, de mon côté, je ne peux pas patienter éternellement. Je suis un marchand, pas un philanthrope, même si j'ai beaucoup de sympathie pour vous. Les lois du marché sont ce qu'elles sont. Le plus offrant…

— Hein ? Ne me dites pas que vous êtes prêt à céder *mon* tableau à cet individu ! »

Quelques contractions des lèvres imprimèrent les marques d'un profond embarras sur le visage de Vandam. Avec toutes les apparences d'un pénible effort, il s'arracha à son fauteuil et alla jusqu'à la fenêtre derrière lui. Elle était entrouverte et donnait sur un jardin sans doute. Un bruit de fontaine se faisait entendre. Il resta là un moment, les mains nouées derrière le dos, puis se retourna en soupirant et revint se placer devant Fauvol paralysé comme un poulet devant l'égorgeur.

« Écoutez, Pierre, à titre amical, parce qu'on se connaît depuis si longtemps, je vous l'abandonne pour deux cent trente mille.

— Deux cent trente mille ! Franz, Franz, par pitié !

— Et je vous accorde trois mois pour me remettre la somme.

— Vous m'assassinez !

— Allons, allons, vieux renard, je vous connais. Ne m'avez-vous pas laissé entendre que vous teniez une piste de financement. Une piste tout à fait prometteuse, si je me souviens bien.

— J'ai dit “une piste”. Une piste, rien de plus.

— Et vous avancez sur cette piste ?

— Oui, oui… Mais rien n'est fait. Il me faut un peu de temps.

— Je viens de vous le dire, vous avez trois mois devant vous, un de trente jours et deux de trente et un, Pierre.

— D'accord… Je vais voir.

— À la bonne heure ! »

Vandam se pencha, passa la main sur son épaule et lui saisit le gras de la nuque entre le pouce et l'index.

« On s'est toujours bien entendus, n'est-ce pas, Pietje ? »

Il avait singé l'accent populaire flamand pour se donner un air canaille, ou peut-être pour rappeler cyniquement à Fauvol qu'il en était vraiment une et non des moindres. Fauvol aurait pu oublier, simple étourderie, qu'il traitait avec un marchand un peu particulier, un receleur pour être précis, dont il avait déjà éprouvé les manières singulières. Quand on se fourre dans la gueule du loup, il ne faut pas lui reprocher d'avoir les dents longues.

Jamais, néanmoins, autant qu'au moment de quitter Franz, son sourire carnassier n'avait frappé Fauvol. Tandis qu'il lui serrait la main, ses lèvres se retroussèrent jusqu'à la frange de sa gencive supérieure, où ses canines brillaient comme des hachoirs. Et même lorsqu'il fut assis près de la fenêtre dans le train qui le ramenait à Liège, le paysage ne put le distraire de leur insolence. Avant, quand il pensait à Vandam, c'était son système pileux – sa barbe millimétrée, ses cheveux luisants en ailes de corbeau – qui lui apparaissait. Maintenant il ne voyait plus que ses dents. Une parodontose aiguë qui les ferait tomber une à une, voilà ce qu'il lui souhaitait.

Ce gangster lui bouffait la cervelle. En train, d'habitude, Fauvol choisissait sa place avec soin, face à une jolie voyageuse qu'il matait en diagonale depuis l'autre côté du couloir pendant tout le trajet. Après le coup de massue qu'il venait de recevoir, les onze mille vierges auraient pu embarquer, il ne s'en serait pas aperçu. Il ruminait, les yeux rivés à la vitre dans laquelle, par moments, le reflet de sa figure déconfite se payait sa tête.

Comment Vandam avait-il eu le culot de faire monter les enchères ? Son histoire de prétendant disposé, les yeux fermés, à offrir deux cent cinquante mille euros lui aurait valu un coup de pied d'un cheval de bois. Les acheteurs d'œuvres d'art volées ne courent pas les rues. Un simple clic et le répertoire des chefs-d'œuvre dérobés apparaît sur la base de données d'Interpol. Le comble : Vandam posait au vertueux qui n'aime pas mentir ! Faux jeton ! Il savait parfaitement qu'il n'aurait pas d'autre amateur que Fauvol, mais aussi que Fauvol voulait le *Ruth dans le champ de Booz* à tout prix, qu'il s'agissait de l'affaire de sa vie, après quoi peut-être il pourrait même raccrocher.

Car, certainement, Fauvol avait un preneur qui mettrait trois cent, peut-être quatre cent mille euros pour la toile. Ce genre de collectionneur fêlé, qui dissimule dans une cave climatisée des trésors à son seul usage, est un oiseau rare. Fauvol en avait déniché un qui ne se salissait pas les mains avec un receleur. Vandam l'avait compris. Le tout, pour l'antiquaire, était de financer l'achat du tableau avant de doubler, de tripler la mise à la revente. C'était le plan.

Les détails du scénario importaient peu à Vandam. Il aurait été bien étonné tout de même d'apprendre que le destinataire final du tableau était un vénérable serviteur de la sainte Église. Fauvol lui-même, depuis qu'il fréquentait le chanoine, avait mis un certain temps à mesurer jusqu'où allait sa concupiscence.

Après la Vierge en bois polychrome – la première œuvre qu'il lui avait vendue –, il lui avait présenté des objets pas trop chers, ciboires, patères, pyxides, dans le genre, dernièrement, du prétendu reliquaire de saint Lambert. De cette façon, il entretenait les braises de sa passion, mais à deux reprises il avait déjà attisé la flamme, d'abord avec une gravure de l'Annonciation de l'école de Dürer – quinze mille euros –, puis une *Tentation de saint Antoine* d'un petit maître hollandais – seize mille.

Lorsque Vandam lui avait fait voir le *Ruth dans le champ de Booz*, il avait demandé à le photographier. Il avait montré le cliché au chanoine, qui avait manqué défaillir.

« C'est le Piero della Francesca de la Chiesa di San Martino de Sienne !

— Oui, exactement.

— Pierre ! Pierre ! Vous savez qu'il a été volé ?

— Hélas…

— Il faut le restituer.

— Sans doute. Dans un premier temps, il faut l'acquérir.

— Chez un voleur ? Vous n'y pensez pas !

— Le voleur, personne ne sait qui c'est. Le tableau est passé de main en main jusqu'à son détenteur actuel. Cet homme l'a payé, il ne veut pas le garder. Il est prêt à le vendre pour un modeste bénéfice. Je le connais, il n'est pas vénal. S'il est entré en possession d'une œuvre volée, c'est pour la sauvegarder, pour qu'elle ne reste pas entre des mains indélicates. »

Le chanoine n'arrivait pas à détacher les yeux de la photo. Ils étaient dans la boutique de Fauvol, il s'était déplacé jusqu'à la vitre pour l'examiner à la lumière du jour. De sa poche de poitrine, il avait tiré une paire de lunettes de lecture.

« Vous savez que je l'ai vu à Sienne dans ma jeunesse ?

— Ah…

— Un vrai coup de foudre pour moi, à l'époque. Il faut absolument le ravoir. Votre vendeur a avancé un prix ?

— Oui.

— Combien ?

— Quatre cent mille euros. »

Le chanoine baissa la tête, leva une main jusqu'à son front. Allait-il se signer ? Non, ses doigts réunis en pince restèrent là, entre les deux sourcils, à s'infliger de petits coups. Il revint près de Fauvol secrètement surpris que la somme ne l'ait pas fait bondir comme il s'y attendait.

« Vous pourriez l'acquérir, Pierre ?

— Malheureusement, c'est au-dessus de mes moyens.

— Embarrassant…

— Vous seriez intéressé ?

— Oui, oui, un trésor sacré… Un devoir pour moi.

— Avancez-moi l'argent.

— Non, Pierre. Vous savez bien que je ne peux pas être mêlé à ce trafic, même indirectement. Je souhaite l'acheter à un honnête antiquaire comme vous.

— Dans ce cas, nous pouvons faire une croix dessus. »

C'est ce que Fauvol pensait sincèrement à ce moment. Il s'était fait des illusions sur les risques que le saint prêtre était disposé à prendre. Cependant, le lendemain matin, le chanoine poussait déjà la porte de la boutique.

« J'ai prié toute la nuit, Pierre, et, quand le jour s'est levé comme sur le tableau, j'ai eu une inspiration. Si vous le voulez, nous pourrions – pardonnez l'expression – faire d'une pierre deux coups : réparer l'offense faite à l'Église en récupérant le tableau et celle faite à Dieu en écartant de vous le péché.

— Quel péché ?

— Ce que vous m'avez laissé entendre, que j'ai bien compris, les affreux penchants de votre vie sentimentale. »

Fauvol se rappela brusquement sa supposée perversion, il battit confusément des paupières, comme un mauvais travesti.

« Imaginez, continua le chanoine, très remonté, imaginez que je vous trouve une jeune femme de bonne famille, fortunée, à la recherche d'une union chrétienne.

Vos errements, j'en suis sûr, prendraient fin et, du même coup, la Providence vous apporterait de quoi accomplir une œuvre de piété en faveur du patrimoine religieux.

— Ah oui… Cela demande réflexion. »

Jamais Fauvol n'aurait pensé à ce moyen. Il aimait trop les femmes pour se mettre un fil à la patte. On dit que, lorsque la chandelle est soufflée, toutes les femmes sont les mêmes. Rien n'est plus faux. Il en avait eu de toutes sortes dans son lit, des petites, des grandes, des minces, des rondes, des belles et même des laides. Chaque fois, ç'avait été une découverte, un étonnement, une révélation qui le poussait vers d'autres investigations. Les choses se passaient toujours en douceur, pour rien au monde il ne leur aurait fait du mal. À plus forte raison leur soutirer de l'argent ! Mais peut-être deux cent mille euros méritaient-ils une dérogation…

Trois semaines plus tard, grâce à ses relations avec le site catholique de rencontres Âmes sincères, le chanoine l'informait qu'une certaine Élise Dubois – pseudonyme : Rachel –, dont il connaissait l'excellente famille et la fortune, cherchait à trente-neuf ans une union paisible avec un homme mûr. Fauvol s'était laissé tenter par l'aventure en se demandant jusqu'où elle irait.

Quand il descendit à Liège-Guillemins, en retrouvant le décor chamboulé de la nouvelle gare presque terminée, si loin des airs surannés d'Anvers-Central, il prit ses résolutions. S'il ne voulait pas que, dans trois mois, Vandam l'oblige à surenchérir sur l'acheteur fantôme, il fallait se retrousser les manches. Il devait entreprendre sérieusement Élise et voir si elle accepterait de lui avancer les deux cent trente mille euros.

Le problème, c'est qu'après la croisière sur le Rhin il ne l'avait pas revue une seule fois. Trois semaines déjà. Pourtant, Dieu sait si le voyage avait été une réussite totale, inespérée même, encore que pas du tout conforme à ses plans.

Ce qu'il se proposait en embarquant, c'était de mettre Élise en confiance, de l'apprivoiser, d'amorcer en douceur une relation strictement platonique. Non qu'Élise lui déplût. Bien sûr, elle n'avait rien d'un prix de beauté, mais de toute sa personne se dégageait une sorte de piquant qu'il n'avait jamais rencontré chez aucune autre femme. Cette « amertume » – comme on dit pour les bières de qualité – résultait, il en était sûr, d'une chasteté sans faille. Aux yeux du plus grand nombre, la continence passe pour une anomalie, voire un refoulement névrotique ; aux siens, celle d'Élise évoquait la gravité paisible des Vierges de la Renaissance.

On ne couche pas avec une madone. Il s'agissait de bâtir un nid pudique pour leurs seuls cœurs à l'aide de lichens de sentiments, de brindilles de nostalgie, de mousse de rêves. Il pourrait même, comme il y avait réussi avec son gogo de chanoine, laisser planer le doute sur ses orientations sexuelles, ce qui la mettrait tout à fait à l'aise. L'objectif restait évidemment de l'enivrer d'angéliques émotions au point qu'elle lui abandonne sans s'en rendre compte l'argent dont il avait besoin.

Dès leur conversation dans les salons de l'hôtel du Faubourg, il avait lancé ses amorces. Camille, sa maladie, son apparition sous les traits de Ruth dans le champ de Booz : un mélodrame pur sucre, qui avait fait mouche. Élise était émue aux larmes. Le tableau de Piero della Francesca s'était introduit dans son esprit comme le cheval de Troie avec lequel, le moment venu, il s'emparerait de la place.

Sur la *Lorelei*, de peur d'insister lourdement, il n'était pas revenu sur sa fable. Il se contentait d'affecter un air absent quand il contemplait le fil de l'eau et, si elle lui demandait : « À quoi pensez-vous ? », il répliquait : « À rien… des souvenirs… je les chasse… » puis il faisait semblant de s'efforcer à sourire. Bref, il lui semblait que tout marchait comme sur des roulettes. Il voyait Élise se recueillir de jour en jour, touchée, pensait-il, par sa délicatesse, en particulier le soir, lorsqu'il lui cédait la cabine pour préparer son coucher.

Sa surprise quand, la dernière nuit, elle l'avait attiré dans son lit ! Il avait accepté, comme s'il s'agissait seulement de se réchauffer mutuellement, en tout bien tout honneur, mais c'est elle, séance tenante, qui avait guidé sa main vers une zone qui ne laissait aucun doute sur ses intentions. Un détournement prémédité : même ses précautions étaient prises !

Il s'était donc exécuté. Il s'attendait qu'elle reste immobile, contractée, comme chez le dentiste. Il allait la rassurer en lui murmurant : « Détendez-vous, respirez, ça ne fait pas mal. » Mais tout de suite, renversement de situation !

Le patient, c'était lui ! Elle avait aussitôt pris les choses en main, elle s'était débarrassée de son ventre qui la gênait, soufflait-elle, et il s'était retrouvé à plat sur la table d'opération, pour ainsi dire, livré à ses manipulations.

Au terme de l'intervention, il était comme un canasson fourbu que son jockey a poussé à bout. Les genoux ployés, les bras agrippés à ses épaules, le front sur sa veste de pyjama, elle reprenait sa respiration en balbutiant des sons incompréhensibles. Jamais une femme ne s'était donnée à lui avec une telle application.

Pour récupérer, il avait regagné sa couchette, inquiet qu'à l'aurore elle ne le rappelle. Heureusement, elle s'était levée avant lui sans faire de bruit, elle prenait la brise sur le pont. Elle avait retrouvé son air de modestie, exactement comme si rien ne s'était passé. Aucune allusion, un bonjour ordinaire, elle continuait à le vouvoyer.

Et ensuite, au cours de ces trois dernières semaines, il n'avait reçu d'elle que quelques courriels qu'une pensionnaire aurait pu envoyer à ses parents. Sur ses propositions de nouvelle rencontre, elle était restée évasive. Cela ne pouvait plus durer. S'il le fallait, il irait à Verviers, il l'entraînerait quelque part, il l'interrogerait face à face, elle lui expliquerait ce qui l'avait si brusquement refroidie. Puis il introduirait en souplesse la question de l'argent. Il avait son idée sur la façon de la convaincre…

Rentré à la boutique, il passa dans la réserve, alluma l'ordinateur en préparant mentalement le message suppliant qu'il allait lui envoyer. Cependant, à peine le site de rencontres à l'écran, il constata qu'elle venait de le contacter elle-même.

Pierre, cher Pierre que je fais souffrir inutilement, je me consume pour vous. Je veux vous voir. Prenons une chambre à l'hôtel du Faubourg où vous avez si bien su toucher mon cœur. C'est ma chair maintenant qui réclame de nouveau la vôtre. Je brûle de la dévorer.

11.

Le lendemain du jour où Fauvol s'était écrasé devant Vandam à Anvers, vers dix heures du matin, à Verviers, dans les bureaux de Gayet Immo, Édouard claquait le combiné de son téléphone sur son socle en étouffant un juron. La blanchisseuse à qui il avait présenté la maison de maître que nous savons venait de l'appeler. Elle l'avait informé qu'elle et son mari, l'avocat récupérateur, renonçaient à l'achat. Quelques jours auparavant, Édouard avait refusé de leur accorder le rabais de vingt-cinq mille euros qu'ils sollicitaient. Il avait tenté de rattraper la sauce au téléphone – il se saignait de dix mille euros à titre exceptionnel –, la blanchisseuse avait déclaré que c'était trop tard, leur décision était prise et bien prise.

« Comment pourrions-nous avoir encore confiance, monsieur Gayet ? Vous nous refusez vingt-cinq mille euros soi-disant qu'il vous serait impossible de diminuer le prix même d'un euro et, tout à coup, vous en tirez dix mille de votre chapeau ! Ce n'est pas sérieux. »

Cette pimbêche se mêlait de lui faire la leçon par-dessus le marché ! Il se pencha à droite vers le dernier tiroir de son bureau et en retira une petite bouteille de cognac.

Trois semaines plus tôt, le lundi soir après son algarade avec Élise, il avait acheté un lot de flacons de vingt-cinq centilitres d'alcools divers à une station-service luxembourgeoise où il faisait le plein. La pensée qu'Élise était en croisière en compagnie d'un inconnu lui ravageait le cœur. Les bouteilles lui faisaient de l'œil là, à côté de la caisse, il avait décidé de s'étourdir.

En temps normal, tout ce qu'il buvait, c'était une Jupiler à l'occasion ou un verre de chablis avec Marie-Rose, jamais plus et jamais en solitaire. Il avait avalé un gin et une vodka au volant de la BMW. Résultat : son dépit s'accrochait tout autant dans sa tête, la seule différence c'est qu'il s'était mis à tourner en rond.

Il était rentré directement rue Ortsmans. Agenouillé devant la cuvette à la salle de bains, il avait cru que son estomac allait y passer en même temps que son contenu.

Heureusement, il n'y avait personne à la maison. Il s'était jeté tout habillé sur le lit conjugal. Vers huit heures, son portable l'avait extrait d'une sorte de puits sans fond. C'était Marie-Rose.

« Édou, tu es rentré ?

— Oui, oui, à l'instant.

— Tu as mangé ?

— Euh… oui.

— Qu'est-ce que tu t'es préparé ?

— Des œufs au plat. »

La seule évocation de la poêle graillonnant sur le feu lui confirma que son estomac n'était pas tombé dans les toilettes. Il venait de lui administrer un coup de semonce entre les côtes, histoire de l'avertir qu'il ne tolérerait rien avant d'avoir eu le temps de cuver.

« Tu n'as pas l'air dans ton assiette.

— Ça va, ça va... Et toi ? Les enfants ?

— Moi, oui ; les gosses, plus ou moins. Je n'aurais jamais imaginé qu'Élise leur manquerait à ce point. Surtout à Marie. Je ne sais pas comment la consoler. Je réalise que sa mère, c'est Élise en somme. Je pourrais disparaître, elle s'en ficherait du moment qu'Élise reste avec elle.

— Tu exagères.

— Pas du tout. Je n'en avais pas conscience vu qu'Élise était toujours près de moi. C'est la première fois que je me retrouve seule avec les quatre. Je te le dis, je ne compte pas pour eux. Toi non plus. Ça n'a rien d'étonnant, on n'est jamais là.

— Tu es avec eux à la mer.

— Si on veut. Ils voient bien que je ne sais pas comment m'y prendre. Écoute, Édou, il faut faire quelque chose. Tu n'as jamais voulu intervenir entre ma sœur et moi mais, cette fois, il faut que tu lui parles.

— Moi ? Tu crois vraiment...

— Je te le demande. Je sais que tu supportes Élise depuis toutes ces années parce que je te l'ai demandé. Tu le fais pour moi. Et moi, il faut que je veille sur elle, son équilibre ne tient qu'à un fil. Maintenant qu'elle veut nous quitter, je suis prête à comprendre que, pour toi, ce serait sans doute une délivrance. Pas vrai ?

— En fait…

— Ne t'excuse pas, c'est tout à fait normal. Pourtant je te demande de la convaincre de rester avec nous. Parle-lui. Tu es l'homme de la famille. Elle t'écoutera plus que moi. Promets-moi, Édou !

— Franchement…

— Promets !

— D'accord, je ferai de mon mieux. »

Le seul soulagement que lui avait apporté sa cuite, c'était le lendemain matin quand il avait senti que sa gueule de bois était passée. La rébellion d'Élise, en revanche, était toujours là, en travers de sa gorge. Tout de même, le coup de fil de Marie-Rose l'avait un peu requinqué. Alors que, depuis qu'Élise avait claqué la porte de son bureau, il était resté les deux pieds dans le même soulier, les incitations de Marie-Rose à lui faire entendre raison – même si ses motifs n'avaient rien à voir avec les siens – l'encourageaient à se remuer un peu.

Entreprendre Élise de front, il avait essayé, il en avait été pour ses frais. Il fallait donc l'attaquer à revers, par cet individu avec lequel elle avait pris la clé des champs.

Et d'abord, qui était ce type ? Il ne connaissait même pas son nom, elle n'avait jamais prononcé que son prénom, Paul. Non, Pierre. La croisière, par contre, qu'il lui offrait royalement – quatre jours sur le Rhin à partir de la Hollande –, elle ne s'était pas privée de lui en mettre plein la vue.

Arrivé aux bureaux de Gayet Immo, il avait immédiatement repéré sur Google le bateau au départ d'Amsterdam vers Coblence le lundi à quatorze heures trente. Il avait appelé la compagnie Batavia.

« Je suis l'avocat de Mme Élise Dubois actuellement sur la *Lorelei.* Excusez-moi de vous déranger, j'ai besoin de la contacter le plus tôt possible. Rien de grave, un détail de procédure. Mme Dubois n'a pas de portable. Pourriez-vous me communiquer celui de son compagnon ?

— Je consulte le fichier, monsieur... Ah, je vois... Fauvol, Pierre Fauvol, c'est bien ça ?

— Oui, tout à fait, j'aurais pu vous le nommer moi-même.

— Le 0475-541 564. »

Et voilà, le tour était joué. Maintenant, l'annuaire des téléphones. « Fauvol Pierre, antiquités » dans les pages blanches et, dans les jaunes, en plus, l'adresse de son commerce à Liège. Il tenait le joli cœur.

Il n'y avait plus qu'à patienter jusqu'à son retour pour aller le trouver, lui dire deux mots. Lesquels, il ne le savait pas encore, il avait trois jours pour y réfléchir. Ensuite, quand Fauvol se serait débiné, il parlerait à Élise, comme Marie-Rose le lui avait demandé.

Il essaya de se remettre aux affaires de l'Immo, mais impossible. Les six lettres du nom de Fauvol se superposaient à chaque page de ses dossiers. Le nom se scindait en deux : « Fau » et « Vol ». « Fau » : évidemment, ce type était un faux jeton ; et « Vol » : il lui volait Élise, qui n'appartenait qu'à lui et à personne d'autre. Une fripouille, en résumé.

D'ailleurs antiquaire, comme profession, c'était déjà louche. Le genre d'activité où l'on trafique le neuf en vieux, les croûtes en chefs-d'œuvre, la verroterie en joyaux. La boutique de Fauvol devait être un fameux capharnaüm. Lui-même connaissait bien le quartier de la cathédrale, pourtant il n'avait aucun souvenir d'un magasin d'antiquités digne de ce nom.

Rien à faire, il était incapable de se concentrer, il fallait qu'il se rende sur place.

Une demi-heure plus tard, il laissait sa voiture au parking Saint-Paul et s'engouffrait dans la rue Bonne-Fortune. Par où se rendre rue des Clarisses, il ne s'en souvenait plus trop bien. Il avait pris à gauche, à droite, au hasard, comme aimanté pourtant par un instinct infaillible.

Tout à coup, il se trouva devant la vitrine de Fauvol Antiquités. Elle était fermée par un volet métallique ajouré. À travers les interstices, il apercevait quelques rares meubles et surtout des étagères où étaient exposés de l'orfèvrerie, des cristaux, de la porcelaine. Il devait admettre que ce n'était pas exactement le bric-à-brac qu'il avait méchamment espéré.

Juste à côté, il y avait une boucherie. Il entra, demanda un pied de cochon en gelée à la bouchère et, tandis qu'elle l'emballait, il s'enquit d'un air innocent : « Fauvol est fermé, dirait-on ?

— Oui.

— C'est embêtant. Je lui avais réservé un vase de Chine, il m'avait proposé de passer aujourd'hui.

— Je ne voudrais pas faire la mauvaise langue, disons qu'il est juste un peu imprévisible.

— Ah oui ?

— Il est bien capable de fermer comme ça, sur un coup de tête, deux ou trois jours d'affilée. Si on s'y prenait comme lui dans la boucherie, on aurait vite fait la culbute !

— Il prospecte, je suppose.

— Pour ça, vous l'avez dit, il prospecte ! Encore que ce qu'il prospecte, ce n'est pas ce que vous croyez.

— Comment ça ?

— Ça ne me regarde pas, mais ce n'est un secret pour personne dans la rue qu'il prospecte surtout les femmes.

— Vous m'en direz tant ! Moi qui le prenais pour une sorte de moine, un ermite...

— De l'ordre de la jarretière alors ! »

Édouard aurait pu se jeter au cou de la bouchère. Il était ressorti en étreignant à défaut le pied de cochon sur sa poitrine. La vie et Élise lui souriaient à nouveau. Elle s'était fait embobiner par un coureur de jupons qui la laisserait tomber aussi vite qu'il l'avait levée. Ensuite, elle lui reviendrait, il la consolerait.

Évidemment, Fauvol lui avait coupé l'herbe sous le pied. Tant pis ! Un regrettable incident. Passons ! Après ça, elle ne la ramènerait plus autant devant lui. Il l'avait bien mise en garde. Fauvol sans doute l'aurait déniaisée. Après tout, ce ne serait pas plus mal, elle ferait moins la sainte-nitouche.

Bien sûr, il aurait préféré se réserver la priorité mais, après avoir cru Élise totalement perdue, la retrouver, même abîmée, lui ôtait un fameux poids de l'estomac. S'il avait voulu s'écouter jusqu'au bout, il se serait même découvert une pointe de compassion pour elle. Pauvre fille, cette affaire allait drôlement la défriser ! Une étape obligée probablement sur le chemin de toutes les femmes.

De retour au bureau, il avait repris du poil de la bête au point que c'était cet après-midi-là qu'il avait refusé les vingt-cinq mille euros à la blanchisseuse. Toutes ces bonnes femmes s'imaginaient qu'on pouvait le mener par le bout du nez. C'est ce qu'on allait voir !

Il attendait Élise de pied ferme. Jeudi, la croisière terminée, elle se trouverait à la maison quand il rentrerait. Marie-Rose et les gosses étant à la mer jusqu'à samedi, ils disposeraient de deux soirées pour eux seuls. Aurait-elle déjà découvert le traquenard dans lequel elle s'était fourvoyée ? Si oui, il lui ouvrirait ses bras consolateurs et vogue la galère ! Si non, il se montrerait sucre et miel, c'était le mieux sans doute en attendant une rupture qui ne saurait tarder lorsqu'il serait allé trouver Fauvol le lendemain. Il pourrait même s'excuser de s'être emporté l'autre jour. Reculer pour mieux sauter, en somme…

Le jeudi soir, avant de regagner la rue Ortsmans, il avait acheté un gros bouquet de roses. Lorsqu'il rentra cependant, Élise, qu'il s'était imaginée déjà dans le séjour, n'y était pas. Peut-être dans son appartement, effondrée de chagrin sur son lit ? Il était monté, il toqua à la porte. Pas de réponse, pas le moindre bruit.

Il redescendit. Il se retrouva face au bouquet qu'il avait couché sur la table, disposé en une espèce de nature morte qui semblait le narguer. Est-ce qu'Élise s'était enfermée ? Allait-il passer la nuit avec cette angoisse comme s'il allait dormir dans une maison hantée ? Il y retourna, frappa à coups de poing, cria : « Élise ! Élise ! je t'en prie ! », il secoua la poignée. Rien.

Si, au moins, il avait eu la clé… Mais, quelques semaines après l'affaire de Rimini, outre la salle de bains à elle qu'elle avait exigée – rien de compliqué, le minimum, douche, toilettes, lavabo –, elle avait demandé, tant qu'on y serait, qu'on pose une serrure Yale à la porte du couloir.

« Pourquoi ? Qu'est-ce qui te prend ? s'était étonnée Marie-Rose.

— Les garçons grandissent. Tout le monde entre dans la salle de bains comme dans un moulin. J'en ai marre d'être sans arrêt sur le qui-vive. »

En réalité, elle ne redoutait pas tant les garçons qu'Édouard. Quelques jours après les vacances en Italie, alors qu'elle était dans la baignoire, il avait poussé la porte soi-disant par inadvertance – c'était une porte coulissante à la japonaise, sans verrou. Si elle n'avait pas menacé de hurler, il serait entré. Il n'avait pas pu s'empêcher de recommencer deux ou trois fois jusqu'à ce qu'elle exige sa douche.

Maintenant, c'est lui qui s'égosillait devant sa chambre : « Élise ! Élise ! » Ridicule ! Pas assez encore, pourtant, pour le dissuader de coller son œil à l'ancienne serrure sous la Yale, puis de s'asseoir à même le lino dans le couloir et de plaquer son oreille contre la porte. Il resta ainsi un long moment, jusqu'à ce qu'une crampe menace de lui souder les cervicales à l'épaule.

La douleur, enfin, le convainquit qu'Élise n'était pas rentrée. Elle était restée avec Fauvol, chez lui, dans sa boutique de Liège. Le saligaud s'offrait des prolongations avant de la jeter comme une vieille chaussette. Il en aurait presque pleuré de rage, de pitié aussi, principalement pour lui-même. Il geignait, pareil à un enfant qui n'a pas pu crocheter le placard aux confitures.

À huit heures, le téléphone sonna. Il était toujours sur son derrière dans le couloir, il l'entendait au rez-de-chaussée. C'était Marie-Rose évidemment, qui voulait parler à sa sœur. Il n'avait pas le courage de descendre. Elle le relança sur son portable. Impossible de se défiler.

« Tu n'es pas encore rentré ? Je viens d'appeler la maison.

— Je… voilà que j'arrive. Trop tard pour le téléphone.

— L'enfant prodigue aussi est de retour.

— L'enfant prodigue ?

— Élise ! Elle est ici, près de moi.

— Ah… d'accord… J'avais pensé… Alors, elle est allée directement à Blankenberge ?

— C'est ça. »

Une fois de plus, ses sentiments se payaient les montagnes russes de l'angoisse au soulagement. Il se remit debout.

« Et comment va-t-elle ?

— Un peu fatiguée. Je te la passe ?

— Non, non… Laisse-la se reposer. »

Le samedi à midi, tout le monde était de retour. Les gosses transbahutaient les valises, ils s'ébrouaient dans toute la maison. Marie-Rose n'avait qu'une hâte, s'installer sur le canapé avec un verre de chablis, mais elle était tombée en arrêt devant le bouquet de roses encore fraîches trônant au milieu de la table.

« Édou ! Des fleurs pour mon arrivée ! Si je m'attendais ! Ça faisait longtemps !

— Ben, oui. Je me suis dit : avec tout ce qu'elle a dû prendre sur elle pour ces vacances... Elle l'a bien mérité.

— "Des roses pour Marie-Rose", comme tu disais autrefois. C'est trop gentil. »

Elle s'était approchée, avait attiré sa bouche contre la sienne et y avait appliqué toute l'épaisseur de ses lèvres. Cela aussi, ça faisait longtemps. Pourtant l'épaisseur qui l'avait le plus troublé, c'était celle de ses épaules où s'enfonçaient ses doigts et qui lui répugnait un peu.

« Tu prends un verre avec moi ?

— Oui, je vais le chercher. »

Il était passé à la cuisine. Le dos tourné, Élise était occupée à préparer le repas, la petite Marie accrochée à son tablier.

« Alors, cette croisière ? »

Elle se retourna et, avec un demi-sourire, articula : « À refaire... Vraiment. »

Il rejoignit Marie-Rose, les deux verres de vin sur un plateau.

Elle avait raconté quelques épisodes du séjour à Blankenberge. Il n'aurait pu en répéter un seul mot.

Son esprit était accaparé par une seule question : comment interpréter la réponse et la moue d'Élise ? Interrompre Marie-Rose, l'interroger – Élise lui avait sûrement fait un compte rendu de son voyage –, il n'osait pas tant qu'elle était dans la pièce à côté.

C'est seulement le soir, une fois couchés, qu'il avait entrepris de la faire parler. Encore avait-il fallu passer d'abord par un devoir conjugal inattendu, résultat de l'inattendu bouquet de roses.

« C'est bon de se retrouver, hein, Édou.

— Oui.

— Il faut parfois une petite crise pour rallumer les sentiments.

— C'est vrai. Tu crois qu'elle est terminée, cette crise ? Je veux dire, Élise, c'est fini ?

— Je ne sais pas trop. Elle ne m'a pas dit grand-chose. Juste que la croisière s'était bien passée, parce que je le lui ai demandé. Ni chaud ni froid. Exactement comme si elle était allée en pèlerinage à Lourdes.

— À Lourdes ! Elle est bien bonne ! Dis plutôt à Capoue ! Les délices de Capoue avec un don Juan, voilà ce que c'était sa croisière !

— Là, c'est toi qui dérailles, chéri. Elle a rencontré son bonhomme sur un site catholique, elle me l'a dit. Un cul béni tout à fait inoffensif, j'en suis sûre, sinon je l'aurais empêchée de partir avec lui, tu penses bien.

— Eh bien, pour ton cul béni, tu peux repasser, crois-moi. Figure-toi que j'ai mené ma petite enquête. Je sais qui il est, ce gaillard. Il s'appelle Pierre Fauvol. Il est…

brocanteur à Liège, célibataire, connu dans son quartier comme le loup blanc. “Loup blanc”, je devrais plutôt dire “lapin blanc” ou mieux “chaud lapin” : on ne compte plus ses conquêtes.

— Ce n’est pas possible !

— C’est non seulement possible mais certain. J’ai des renseignements de très bonne source. Ce salopard racole des rosières sur les sites catholiques, il consomme et hop ! il jette les restes dans le ruisseau. Pour une première expérience, elle se sera drôlement fait blouser, Élise. »

Jusque-là, rassasiée après leurs ébats, Marie-Rose reposait sur le flanc, une joue posée au creux de l’épaule d’Édouard. Elle s’écarta, bascula sur le dos, la tête sur son oreiller, puis elle soupira, douloureusement, lui sembla-t-il.

« Pauvre Lili, pauvre petite… Oublie ce que je t’ai demandé : ne lui parle pas. Elle aura compris elle-même.

— Espérons que ça lui serve de leçon.

— Elle n’avait pas besoin de leçon, Édou. La leçon, elle l’a déjà reçue.

— Qu’est-ce que tu veux dire ?

— Écoute, je ne t’en ai jamais parlé, c’était entre Élise et moi. Mais maintenant autant que tu le saches. Quand elle était en première année d’infirmière, elle s’est laissé entraîner dans un bizutage, pas n’importe lequel, le “baptême” des étudiants de l’institut communal des Arts plastiques. Elle ne m’avait pas prévenue. Tout le monde sait comment ça se passe chez ces sauvages, tout le monde sauf elle. Une beuverie sans nom, des épreuves plus dessalées les unes que les autres puis, le clou de la soirée, du *living painting* sur les innocentes qui se sont aventurées là. J'aurais voulu que tu la voies le lendemain matin quand elle est venue me retrouver. Couverte de peinture, brisée, désespérée. Elle avait terminé la nuit entre les pattes d'un goujat qui l'avait... Bon, tu as compris.

— Je ne savais pas. Ça alors... Vous avez porté plainte au moins ?

— Elle m'a suppliée de ne pas le faire. Après, bien sûr, elle n'était plus la même. Ça n'excuse pas le drame qui s'est passé à l'hôpital quatre ans plus tard – tu sais bien quoi, hein – mais, tout de même, ça explique. »

Les trois semaines qui suivirent, Édouard, pour ainsi dire, n'avait pas quitté Élise des yeux bien qu'il ne la regardât jamais franchement. Pas de nouveau rendez-vous à Liège. Elle ne s'était plus absentée. Le cours ordinaire de la vie domestique avait repris.

En lui, un changement s'opérait. La passion rageuse attisée par les rebuffades d'Élise cédait désormais la place à un attendrissement des plus gratifiants. Avec Fauvol, elle avait voulu surmonter son ancien traumatisme, certaine qu'un usager de site chrétien serait un être délicat. Elle avait déchanté. Ce qu'elle voulait dire quand elle lui avait répondu : « C'est à refaire », c'était que le mal n'avait pas été réparé, que tout était à recommencer. Eh bien, lui s'en chargerait, il la réconcilierait avec son corps. Il n'y avait plus qu'à attendre l'occasion.

Hélas, le lundi 4 mai, lorsqu'il rentra le soir à la maison, il trouva Marie-Rose seule devant la télé. Élise était montée se coucher après lui avoir annoncé qu'elle passerait la nuit du lendemain à Liège, où l'attendait son ami. Marie-Rose était restée muette de stupéfaction. Quant à lui, il ne dormit que par brèves plongées, tête en avant, dans le puits sans fond qu'il avait déjà fréquenté lors de sa soûlographie.

À peine au bureau, la blanchisseuse, par-dessus le marché, venait de l'envoyer proprement bouler. Et maintenant, il portait la bouteille de cognac à ses lèvres bien qu'il pressentît qu'elle ne lui réussirait pas plus que les deux précédentes. Il avala une petite rasade, mais aussitôt son estomac se ramassa sur lui-même et refoula tout ce qu'il put de l'affreux arrivage. Il renonça.

Il replaça le flacon dans son tiroir et, machinalement – ou peut-être guidée par le destin –, sa main, en le repoussant le plus loin possible, heurta tout au fond un objet métallique. Il l'attira vers lui. Un petit coffret apparut, qu'il avait presque oublié. Il l'ouvrit à l'aide de la clé qui était attachée par une ficelle à la poignée. À l'intérieur, il y avait un pistolet. Il le prit en main.

C'était un Luger de l'armée allemande orné d'un svastika gravé sur la crosse. Son père l'avait trouvé après l'offensive von Rundstedt, une époque où il traînait des armes partout dans les trous d'homme creusés par les soldats. Quand son père était mort, Édouard l'avait emporté en souvenir avec une boîte de cartouches entamée.

Preuve que son père l'avait utilisé et donc qu'il pourrait servir encore.

12.

Un bon souvenir de Fred, quand il se remémorait Élise Dubois et les clients qui avaient gravité autour d'elle, c'était le premier mardi de mai lorsque Fauvol et le type à l'imperméable bleu étaient entrés ensemble au Belle-Vue. Comme il faisait beau, les quelques clients de la fin de l'après-midi prenaient le soleil en terrasse. Fauvol et le chanoine étaient les seuls à être allés s'asseoir à l'intérieur, dans le coin le plus éloigné du zinc où l'on ne pouvait pas non plus les apercevoir de la rue.

Fred s'était approché pour prendre la commande et n'avait pu se refuser le plaisir de lancer au chanoine : « Tiens ! Bonjour, monsieur ! Alors vous avez fait connaissance ? »

Fauvol, qui ne pouvait saisir l'allusion, avait levé un sourcil interrogateur sur son vis-à-vis et, vu qu'il restait à quia, c'est lui qui avait répondu : « M. le chanoine et moi sommes de vieilles relations.

— C'est bien ce que je pensais, ironisa Fred. Qu'est-ce que je vous sers ? »

Tandis qu'il retournait vers les pompes à bière, Fauvol s'étonna : « Vous connaissez le garçon ?

— Pas du tout... Il doit confondre. C'est la première fois que je passe le seuil de cet établissement. »

S'il se trouvait entre les murs du Belle-Vue, c'était effectivement parce que Fauvol l'y avait entraîné. La veille au soir, il lui avait donné un coup de fil qui lui annonçait que son contact pour le *Ruth dans le champ de Booz* avait augmenté le prix de cinquante mille euros et en plus qu'il menaçait de céder le tableau à un autre amateur si on ne mettait pas l'argent sur la table dans les trois mois.

« C'est épouvantable, cet homme est un requin.

— Nous pouvons renoncer...

— Renoncer ? Vous n'y pensez pas ! Cette toile doit rentrer dans les biens de l'Église. Non, non ! Il faut faire vite. À ce sujet, excusez ma curiosité, vous avez des nouvelles d'Élise ?

— Ah oui, j'allais vous le dire. Nous avons rendez-vous demain. Demain soir pour être précis, à l'hôtel du Faubourg...

— Tout de même ! Vous me soulagez ! Écoutez, Pierre, je dois absolument vous parler avant votre rendez-vous. »

La rencontre ne pouvait avoir lieu à son appartement du quai Roosevelt. Il avait invoqué une indispensable discrétion, avait marmonné à voix basse une explication confuse liée à Mme Blanmont qui, sans doute, tendait l'oreille dans la pièce à côté.

Fauvol, pour sa part, n'était pas davantage en mesure de le recevoir. Le mardi, c'était le jour de sa femme de ménage. Même si elle essuyait la poussière dans la boutique, on pouvait toujours s'attendre à ce qu'elle fasse irruption sans crier gare dans l'appartement. C'était une de ces employées irremplaçables qui, l'habitude aidant, considèrent la maison qu'elles entretiennent comme la leur et leur employeur comme un meuble encombrant qu'elles mettraient volontiers au rebut.

Fauvol avait donc suggéré au chanoine de se retrouver en ville. Le Belle-Vue lui était venu de lui-même à l'esprit, sans doute parce qu'il serait question d'Élise. En un éclair, il l'avait revue dans sa petite robe printanière pénétrant dans la brasserie un mois plus tôt déjà et, malgré lui, son cœur avait esquissé une légère cabriole dans sa poitrine.

« Votre bière, mon révérend, et la vôtre, monsieur l'antiquaire. »

Fred commença par mettre en place les deux sous-bocks qu'il avait choisis à leur intention derrière le comptoir. On y voyait une pin-up à moitié nue chevauchant le goulot d'une bouteille. Il les installa devant le chanoine puis devant Fauvol. Par réflexe, la main du chanoine amorça un mouvement afin d'écarter l'impudique cavalière, mais il la contint. Fred, d'ailleurs, venait de déposer le verre de Jupiler au milieu du carton, la faisant disparaître du même coup.

« Que cela ne vous empêche pas de boire ! dit-il au chanoine et, en servant Fauvol : Vous, les jolies filles, vous les collectionnez ?

— Moi ?

— Je parle des cartons à bière, monsieur, j'en ai des dizaines que je garde ici depuis des années. Très vintage, vous savez. Si cela vous intéresse…

— Non, merci. »

Fred s'éloigna avec son air de grand seigneur. Fauvol haussa les épaules et choqua son verre contre celui du chanoine. C'est seulement à ce moment, en voyant la pin-up réapparaître quand l'autre porta la bière à ses lèvres, qu'il comprit l'allusion du garçon. Le chanoine d'ailleurs retourna le sous-bock sur son côté vierge avant d'y reposer son verre. Puis il soupira longuement comme un maître indulgent obligé de sermonner son élève.

« Eh bien, vous pourrez vous vanter de m'avoir donné des émotions, Pierre. Cinquante mille en plus !

— Je suis vraiment désolé. Je vous assure que je ne fais que transmettre, je ne prends pas un centime.

— Je vous crois, je vous crois. Bon, eh bien, je suppose qu'il faudra faire contre mauvaise fortune bon cœur.

— Je le crains.

— À propos de cœur, alors Élise vous a rappelé ?

— Oui. Un message d'elle hier soir.

— Vous avez répondu ?

— Naturellement.

— Quand la voyez-vous ?

— Tout à l'heure, à l'hôtel du Faubourg.

— Au moins une bonne nouvelle ! Un peu plus, je pensais que tout était fini entre vous, je l'avoue.

— Moi-même j'étais très inquiet.

— Bien… bien… »

Le chanoine hocha la tête, satisfait mais provisoirement seulement, car ses yeux aussitôt abandonnèrent le visage confus de Fauvol et se fixèrent sur un coin de la table. Il se demandait comment il allait aborder la question brûlante qui lui avait fait accepter de venir au Belle-Vue sans réfléchir qu'il n'éviterait pas les remarques impertinentes du barman.

Le lendemain de la croisière sur le Rhin, il était accouru à la boutique de Fauvol pour savoir comment ça s'était passé.

« Un temps superbe. Des paysages magnifiques. Toutes ces maisons colorées sur les berges, c'est ravissant.

— D'accord, mais vous avec Élise ?

— Nous… Eh bien, gentiment. C'est une personne agréable. Naturellement, on ne se connaît pas encore assez. »

Pas assez pour quoi ? Le chanoine avait complété de lui-même : ils étaient restés comme frère et sœur. Fauvol était tout à fait capable de baratiner les femmes, il l'avait vu à l'œuvre dans sa boutique, mais cela n'allait pas plus loin. De l'esbroufe pour camoufler sa vraie nature.

Cette croisière immaculée aurait dû réjouir le serviteur de Dieu. En dehors du mariage, point de sexe : c'est la doctrine que l'Église défend contre vents et marées. Néanmoins, quelque part au fond de lui-même, une voix – celle de Satan ? – lui susurrait que, si la morale était sauve, ce n'était pas pour autant de bon augure pour ses affaires. Est-ce qu'Élise, derrière ses mines de vierge effarouchée, n'espérait pas justement qu'il se passe quelque chose ? Et, puisqu'il ne s'était rien passé, n'allait-elle pas jeter le manche après la cognée ? Peut-être même avait-elle déjà deviné Fauvol et lui inspirait-il de l'aversion ?

Les semaines suivantes n'avaient fait qu'exacerber ses doutes. Il avait revu Fauvol deux ou trois fois. Il passait à sa boutique comme par occasion quand il avait affaire à la cathédrale, il s'enquérait pour la forme s'il avait l'une ou l'autre trouvaille récente à lui montrer mais, en fait, il voulait seulement savoir si ses relations avec Élise progressaient. Au mieux, il constatait qu'elles piétinaient. Aucune nouvelle rencontre en perspective, des courriels creux, rien de tangible.

« Ça ne vous tracasse pas, Pierre ?

— Si, un peu, je l'avoue.

— Invitez-la !

— Je l'ai fait.

— Et alors ?

— Apparemment, elle est trop occupée pour l'instant. »

Le chanoine se rongeait les sangs. Il avait escompté un arrangement rapide. Élise approchait des quarante ans, si elle s'en était remise à un site de rencontres c'était qu'elle était décidée à mener les opérations rondement. Pour l'été, le mariage aurait dû être réglé, Fauvol toucherait le pactole et, si la jeune épouse hésitait, lui en savait assez sur son passé pour la convaincre. Le nouveau mari emporterait le *Ruth dans le champ de Booz* et le lui transmettrait. Ainsi imaginait-il le couronnement d'une vie dédiée à l'art sacré, après quoi il se retirerait dans la maison de campagne de Mme Blanmont, où la cellule Arts et Antiquités de la police fédérale ne songerait jamais à enquêter.

La veille au soir, le coup de téléphone de Fauvol l'avait carrément mis aux abois. Les cinquante mille euros en supplément, c'était déjà un fameux morceau à avaler, mais le pire c'était l'ultimatum fixé à trois mois par le receleur. Il avait senti ses jambes se dérober sous lui. Heureusement, comme par miracle, Fauvol lui avait annoncé le rendez-vous qu'Élise venait de lui accorder. Une manœuvre typique de la divine Providence, qui attend toujours que nous soyons au fond du désespoir pour nous offrir une faveur inespérée. Encore s'agit-il de saisir la chance par les cheveux. Fauvol était trop godiche, il fallait lui mettre le pied à l'étrier.

Par quel bout commencer? Subitement, le chanoine avait la langue comme une râpe. Il reprit une gorgée de Jupiler, s'humecta les lèvres et se lança enfin : « Me permettez-vous de vous parler non pas en tant que prêtre, Pierre, mais tout simplement d'homme à homme?

— Bien sûr, monsieur le chanoine.

— Vous allez rencontrer Élise. Vous m'avez dit que vous la trouviez agréable. Elle vous plaît?

— Tout à fait.

— Vous avez su la toucher par votre délicatesse, j'en suis convaincu.

— J'espère que je ne lui ai pas déplu.

— Et pourtant, elle vous a battu froid ces dernières semaines.

— Ça, on peut le dire.

— Pourquoi ?

— Je ne sais pas.

— Pouvez-vous imaginer qu'elle ait éprouvé une certaine déception lors de votre croisière ?

— Une déception ? Je ne vois pas. À quel sujet ?

— Eh bien, Pierre, ai-je besoin de vous le rappeler ? Élise est une femme. Une femme désire être traitée comme un être humain, indépendamment de son genre, mais aussi tout simplement et principalement comme une femme. Vous comprenez ?

— Euh… oui… non…

— Allons, Pierre, je ne vais pas vous faire un dessin ! Qu'est-ce qu'une personne de sexe féminin attend d'une personne de sexe masculin ? »

Fauvol fronçait les sourcils, comme s'il n'y voyait pas clair. Alors, sous le coup d'une inspiration subite, le chanoine souleva son verre du rond à bière, le posa de côté, retourna le carton sur la face pin-up et le fit glisser sous le nez de Fauvol.

« Vous devinez, je suppose, ce que suggère cette fille dénudée à califourchon sur le goulot de la bouteille ? C'est exactement ce qu'Élise souhaite, Pierre, et pas avec une bouteille… »

Le chanoine dut se rendre compte aussitôt que sa démonstration n'était pas très catholique, car il reprit le carton, le retourna sur le côté pile et reposa son verre dessus. Fauvol balançait la tête sans un mot. Est-ce qu'il hésitait encore sur ce qu'il lui restait à faire ?

« Il faut vaincre vos préjugés, Pierre. Les gens comme vous, en fait, sont paralysés par la peur de l'autre sexe. Osez, mon ami ! Vous verrez que, lorsque vous aurez goûté au plaisir le plus naturel qui soit, celui que procure la chair féminine, vous ne pourrez plus vous en passer. »

Malgré lui, un éclair de lubricité traversa les pupilles du chanoine. Fauvol, à qui il n'avait pas échappé, ne put réprimer un sourire ironique qui un instant balaya de son visage son air de pénitent. Comment un pieux chanoine pouvait-il louer les plaisirs de la chair avec cette ardeur de prosélyte ? Surprenant, non ? D'ailleurs, il était en train de piquer un fard. Fauvol s'empressa de rectifier son masque et s'enquit avec un regain de candeur : « N'est-ce pas un péché que vous me conseillez ?

— Eh bien, vous vous confesserez ! rétorqua aussi sec le chanoine, comme s'il s'agissait d'une simple formalité.

— Ah... d'accord », opina Fauvol, passablement épaté.

Il semblait découvrir tout à coup les commodités de la morale catholique. On peut pécher autant qu'on veut, il suffit ensuite de s'agenouiller dans un confessionnal et l'affaire est dans le sac. Aurait-il tué père et mère, le pécheur peut avoir la conscience tranquille. Voilà certainement ce qui permettait au chanoine de composer avec la sienne tandis qu'il faisait main basse sur le patrimoine religieux et prenait du bon temps avec sa ménagère.

« Alors, nous sommes bien d'accord, Pierre ? s'inquiéta-t-il encore, vous ferez le nécessaire ?

— Je ferai de mon mieux.

— Parfait. »

Il avala le reste de son verre et fit signe à Fred, qui s'empressa.

« Autre chose, messieurs ?

— Merci. L'addition. »

Fred alla chercher le ticket et le lui tendit en ajoutant en guise de plaisanterie : « À la fin, il faut toujours payer, n'est-ce pas ? »

Cela, c'était sans doute la morale ordinaire, celle dont doivent se contenter les mécréants.

Ils sortirent du Belle-Vue, traversèrent la terrasse, où l'imperméable bleu du chanoine recueillit un tacite succès, et se séparèrent, Fauvol vers la rue Haute-Sauvenière, le chanoine vers le boulevard.

Après qu'il eut fait quelques pas, le cœur plein d'espoir d'avoir mis Fauvol sur la bonne voie, il ralentit. Il allait rentrer chez lui et retrouver Mme Blanmont. Sans qu'il y prenne garde, elle s'était déjà introduite dans certaines circonvolutions inactives de son cerveau tandis que les autres étaient occupées à embobiner Fauvol. Cependant, ce n'était pas le problème du commerce charnel qu'il entretenait avec elle depuis des années qui ralentissait ses pas, c'était plutôt le commerce tout court.

En effet, jusque-là, il n'avait pas résolu le problème de l'argent nécessaire à l'acquisition du Piero della Francesca. C'était une somme considérable. Pour la réunir, il savait qu'il aurait besoin de Julia. Or il n'avait pas encore osé lui en toucher le premier mot. Elle était capable de l'envoyer paître. Il fallait qu'il la prenne par les sentiments.

Dès qu'il entra dans le hall de l'appartement, le fumet de la cuisine du soir pénétra ses narines. Elles reconnurent aussitôt le gigot d'agneau meunière, spécialité de Mme Blanmont. Le chanoine se frotta les mains : c'est qu'elle était dans un bon jour propice aux bons sentiments. Il se débarrassa de son imper et de sa veste, chaussa ses mocassins en feutre et alla jusqu'à la cuisine.

Mme Blanmont était à l'évier, occupée à laver sous le filet d'eau la salade verte indispensable en accompagnement. Elle chantonnait, sanglée dans un tablier à bavette qui enserrait une taille encore assez concave pour une femme au seuil de la soixantaine.

« Julia ! Quelle bonne idée ! s'exclama-t-il en se penchant sur le four, les yeux écarquillés devant la vitre derrière laquelle la viande mijotait sur un lit de pommes de terre en rondelles.

— Ça te convient ?

— Et comment ! Tu le sais bien !

— Ce n'est pas vraiment de saison peut-être. C'est un plat d'hiver plutôt.

— J'en mangerais à tous les repas, moi ! Tu es trop gentille ! »

Il s'approcha par-derrière, posa les mains sur ses hanches et lui colla un baiser dans le cou.

« Arrête, vieux fou, ou je t'arrose ! » s'écria-t-elle et, faisant volte-face, elle aspergea sa figure de quelques gouttes d'eau. Il les essuya du bout des doigts et se signa malicieusement : « *In nomine Patris et Filii et Spiritus Sancti !*

— Sacrilège ! Va dresser la table eucharistique ! »

Il la quitta avec un éclat de rire. Le gigot à la meunière les mettait toujours d'excellente humeur. La raison, ils la connaissaient tous les deux, mais pas question de la formuler. Elle remontait aux débuts de leur vie commune, bien des années auparavant. Sans doute les humains s'apparient-ils sous le même joug dans le noble but de charrier à deux leur lourd destin. Cet attelage, cependant, ne s'accomplit le plus souvent qu'à l'aide des humbles moyens de la vie ordinaire. Ce qui avait embroché Julia au chanoine, ce n'était pas la poétique flèche d'un Cupidon ailé, mais le simple manche d'un gigot de mouton.

Dans ses débuts, le chanoine avait été curé à Jalbourg, un gros patelin planté dans les terres grasses du pays de Herve. Il desservait neuf églises alentour, chacune autrefois gérée par un prêtre qui tuait le temps en maniant la canne à pêche, l'enfumoir à ruches ou la baguette de sourcier. Plus de vocations, fini le farniente ! Lui courait d'une chapelle à l'autre et exerçait en plus la charge d'aumônier à l'hôpital Saint-Jean de Verviers. C'est là qu'au cours d'une nuit atroce Marie-Rose Dubois et sa sœur Élise se jetèrent à ses pieds. Une autre histoire…

Mme Blanmont, elle, tenait une ferme de quatre-vingts prim'Holstein avec son mari, Jean Blanmont, un homme si soigneux qu'il portait une blouse de laboratoire pour laver les pis de ses laitières et y appliquer délicatement les tuyaux ventousés du robot de traite. Un matin, un pan de la blouse blanche fut happé par la prise de force du tracteur qui distribuait le fourrage. Le crâne de Jean cogna le timon, émit un craquement de coque entre les mâchoires d'un casse-noisettes et, à l'instant même, Mme Blanmont devint une veuve de trente-cinq ans.

Le chanoine, qui n'était pas encore le chanoine, mais l'abbé Félix Grimaux, enterra Jean et, selon son devoir de pasteur, alla de semaine en semaine s'assurer que Mme Blanmont surmonterait le drame. Une femme seule ne pouvait continuer la ferme. Elle l'avait vendue, touché l'assurance décès de son mari et acheté un ancien moulin isolé dans une vallée entre les trois hameaux qui étaient ses clients quand il moulait encore. Vu l'isolement, elle avait confié ses deux filles de douze et quinze ans au pensionnat des Filles de la Croix que lui avait recommandé le chanoine.

Le même isolement, sans doute, avait conféré à ses visites pastorales un tour de plus en plus intime. Un soir, Mme Blanmont le régala d'une recette d'agneau qu'elle avait baptisée « à la meunière » à cause du moulin bien entendu. Arrosé d'un aloxe-corton, couronné d'une fine champagne, le souper fut un enchantement. Le chanoine insista pour essuyer la vaisselle. Un verre lui échappa des mains. Mme Blanmont se pencha pour ramasser les débris, il voulut la devancer. Ils se retrouvèrent front contre front, tombèrent à genoux et leurs bouches à leur tour se rejoignirent. Cette nuit-là, le chanoine ne regagna pas son presbytère ni les autres soirs de ses visites pastorales.

Lorsqu'il fut promu en ville à la direction du patrimoine, Mme Blanmont s'établit à demeure au quai Roosevelt dans le confortable appartement qu'il avait acquis avec son aide. Elle avait désormais dépassé largement l'âge canonique de quarante ans auquel l'Église autorise les femmes pieuses à se mettre au service d'un prêtre. La passion de l'époque du moulin était retombée, mais un gigot meunière rallumait la flamme encore de loin en loin.

Ainsi en fut-il ce premier mardi de mai dans leur chambre à coucher. Après que Julia eut remis sa chemise de nuit, le chanoine, qui venait de renfiler son pyjama, crut le moment propice pour aborder la question qui avait à peine quitté son esprit pendant leurs ébats.

« Julia, il faut que je te parle de quelque chose.

— Quoi donc, mon ami ?

— J'ai en vue l'achat d'un tableau exceptionnel.

— Eh bien, achète-le si ça te fait plaisir.

— Le problème, c'est le prix. Tu comprends, c'est un vrai chef-d'œuvre.

— C'est-à-dire ?

— Quatre cent cinquante mille euros.

— Quoi ! Félix, tu es tombé sur la tête !

— Je suis sûr qu'il vaut beaucoup plus, un million peut-être. Ce serait une assurance pour nos vieux jours.

— Mais où veux-tu trouver une pareille somme ?

— Eh bien, je suis décidé à revendre l'appartement. J'ai déjà prévenu monseigneur que je souhaitais résigner ma charge au patrimoine. Nous n'en aurons plus besoin, nous pourrons nous retirer au moulin.

— Vendre l'appartement !

— Oui, il ne nous servira plus à rien.

— Mais Félix, j'ai mes habitudes, moi, ici. Je n'ai pas envie d'aller m'enterrer à la campagne.

— Tu y as bien vécu autrefois, non ?

— C'est le passé, ma vie a changé, ce n'est pas à toi que je dois l'expliquer. Écoute, Félix, l'appartement t'appartient, d'accord, mais tu sais très bien que j'y ai mis de l'argent pour que tu puisses te l'offrir. Tu ne peux tout de même pas le vendre contre mon gré !

— Allons, allons, ma petite Julia… »

Il posa la main sur sa cuisse, amorça une caresse, mais elle le repoussa.

« Ta manie de collectionneur, j'ai toujours fermé les yeux dessus. Mais, cette fois, tu passes les bornes. Si tu vends l'appartement, n'espère pas te replier au moulin. Je me passerai allègrement de toi. Quand je pense que je viens de me mettre en quatre pour te satisfaire alors que moi, je n'en ai rien à cirer, je suis drôlement récompensée ! »

Elle bascula sur le côté, lui tourna le dos et bientôt les secousses entre ses épaules lui indiquèrent qu'elle s'était mise à sangloter.

13.

Lorsque Fauvol arriva rue du Mont-Saint-Martin, lui aussi ralentit le pas de même que le chanoine l'avait fait sur le boulevard. Ce n'était pas qu'il craignît son rendez-vous avec Élise à l'hôtel du Faubourg comme le chanoine redoutait son retour auprès de Mme Blanmont; au contraire, il venait de prendre conscience qu'il avait été emporté par une hâte inattendue depuis qu'il avait quitté le Belle-Vue. Pourquoi était-il si pressé ?

Il s'arrêta, hors d'haleine, et consulta sa montre : sept heures moins dix. Il était en avance sur l'heure convenue avec Élise. Pas de doute : il était impatient de la revoir.

Il devait bien se l'avouer, quand bien même il aurait juré du contraire quelques instants auparavant lorsqu'il était en présence du chanoine. Peut-être s'était-il alors laissé prendre au jeu de l'homo qui doit se faire violence. C'est qu'il devait garder le chanoine dans ses bonnes dispositions. Aussi longtemps que le saint prêtre s'imaginerait qu'il œuvrait à remettre un pécheur sur le chemin de la morale catholique, il ne renoncerait pas au projet scabreux de s'approprier du même coup un tableau volé. Une bonne intention excuse une faute, c'est de la casuistique de base. Fauvol avait été au collège chez les Jésuites.

Une fois qu'il avait été débarrassé du chanoine, cependant, ses jambes, comme si elles connaissaient mieux que lui son inconscient empressement, avaient presque couru jusqu'à la rue du Mont-Saint-Martin. Et maintenant son cœur prenait le relais. Il frappait effrontément contre sa poitrine.

Fauvol s'efforça de respirer à fond. Il franchit le portail de l'hôtel et entra à la réception. Tout de suite il repéra Élise. Elle était assise à la même place qu'à leur première rencontre, où ses yeux l'avaient cherchée d'eux-mêmes. La tête plongée dans un magazine dont elle feuilletait les pages, elle ne l'avait pas aperçu. Il eut le temps de procéder à un bref examen.

Elle portait une robe bleue unie agrémentée d'un haut superposé, une tenue très chic qui s'accordait au mieux à sa taille de guêpe. Avait-elle fait couper ses cheveux ? Il lui sembla que sa nuque était plus dégagée, mais peut-être était-ce seulement parce qu'elle était penchée. Un léger hâle colorait ses jambes nues. Le bout ouvert de ses chaussures à lanières découvrait des ongles peints.

Il s'approcha, elle l'aperçut, se leva, souriante. Est-ce qu'il devait l'embrasser ? Quand ils s'étaient quittés à la fin de la croisière, elle lui avait accordé un baiser furtif sur la joue, pointu comme un bec d'oiseau, rien de plus. Elle ne bougeait pas. Aucun mouvement pour lui suggérer sa conduite. Il s'arrêta devant elle, hésita puis, se rappelant la révérence du capitaine de la *Lorelei*, il lui saisit la main qu'il porta à ses lèvres tout en se reprochant aussitôt le parfait ridicule de son geste.

« Élise, quel bonheur de vous retrouver ! Vous m'avez fait peur.

— Peur, Pierre ? Pourquoi ?

— Je pensais que vous ne vouliez plus me voir. Est-ce que j'ai fait quelque chose qu'il ne fallait pas ?

— Pas du tout. Vous n'avez rien fait, je dirais même que vous n'avez pas encore fait assez.

— Pas assez ? Que voulez-vous dire ?

— Nous verrons cela tout à l'heure. Asseyez-vous. »

Il s'assit dans le fauteuil en face d'elle, le même qu'à leur première entrevue. Pas de doute, ses cheveux étaient plus courts. Depuis la dernière fois, elle avait pris des couleurs, mais sans excès, elle n'était pas du genre à se faire bronzer. Pour le reste, elle se retranchait toujours derrière le même air un peu coincé, même s'il remarquait quelque chose de différent dans son regard, une façon plus aiguë de plisser les yeux qui suggérait de la résolution voire une certaine malice à son encontre.

La fille de la réception apporta deux coupes de vin pétillant.

« J'ai pensé que ça vous ferait plaisir, dit Élise en levant son verre.

— Oui, bien sûr… Vous avez commandé ?

— Je me suis permis de prendre un peu les devants. »

Fauvol avala une gorgée.

« Du champagne !

— Pourquoi pas ? »

Cette fois, à coup sûr, il y avait une pointe de provocation dans sa réponse, comme si elle voulait lui indiquer que cette boisson extravagante n'était qu'une entrée en matière, qu'elle le prévenait : elle était prête à d'autres folies. Il opina de la tête et bêtement demanda : « Vous aimez le champagne ?

— Je ne sais pas encore, je n'en bois jamais. Ça n'a pas l'air mauvais. J'ai demandé qu'on monte le reste de la bouteille dans la chambre.

— Ah oui ? Je vais m'occuper de la réservation.

— C'est fait.

— Vous avez déjà pris la chambre ?

— Oui, je suis arrivée à cinq heures. Je voulais me changer avant que vous ne soyez là.

— Très bien, très bien…

— Vous connaissez les Deux Faisans ?

— Le restaurant ?

— Oui. J'ai réservé une table. C'est la réceptionniste qui m'a conseillée. »

Fauvol ne put réprimer une lippe ébahie.

« Vous n'aimez pas ? s'inquiéta-t-elle.

— À mon tour de vous dire que je n'en sais rien encore. Je n'ai pas l'habitude de ces établissements huppés. Vous êtes sûre… ?

— Ne vous faites aucun souci, Pierre, c'est moi qui paie l'addition, le restaurant et l'hôtel.

— Vous ? Il n'en est pas question. C'est à moi de…

— Chut ! Plus un mot ! J'ai déjà tout arrangé à la réception. Laissez-vous faire. »

À nouveau, Fauvol nota la contraction de la paupière inférieure, mi-volontaire, mi-amusée. Il ne savait que dire. Il reprit une gorgée de champagne.

Jamais, avec aucune des femmes qu'il avait connues, il n'était arrivé qu'elles paient quoi que ce soit. En général ses dépenses se résumaient à quelques verres, un dîner dans un endroit qu'il choisissait, une brasserie, une friterie même, sous prétexte qu'il avait des goûts très simples, et la soirée se terminait dans son appartement au-dessus de la boutique. Pour une passade d'une nuit, ses largesses lui semblaient tout à fait proportionnées. Il avait eu quelques maîtresses de plus longue durée qui ne voulaient pas qu'on les voie fréquenter sa garçonnière, qu'il rencontrait dans des hôtels. Il fallait que cela en vaille la peine, c'était plus coûteux, mais quelle que fût la dépense, c'était lui qui mettait la main à la poche.

Maintenant qu'Élise lui annonçait qu'elle prenait tout en charge, il se sentait mal à l'aise. Le renversement des rôles le perturbait. C'était comme si Élise le rétribuait pour ce qu'elle attendait de lui. Il n'avait jamais réfléchi que ce qu'il déboursait lui-même pour ses conquêtes constituait une sorte de rémunération, moins triviale sans doute que celle qu'il aurait accordée à une professionnelle, mais peut-être tout aussi réelle. Au contraire, il n'y voyait de sa part qu'une générosité qu'il considérait avec complaisance.

Est-ce que les femmes pouvaient être humiliées de ce commerce ? Certaines femmes du moins, qui n'étaient pas dupes des conventions bourgeoises, des femmes comme Élise. Il lui avait offert une croisière – en promotion, il est vrai –, elle tenait à lui offrir une soirée pour ne rien lui devoir. Elle voulait se placer sur un pied d'égalité avec lui.

Décidément, Élise n'était pas ordinaire. Son détachement après la croisière, sa froideur pendant les trois dernières semaines étaient déjà d'une femme qui ne s'en laissait pas conter. Est-ce qu'elle avait en tête de prendre l'ascendant sur lui ? Il avait drôlement intérêt à redresser la barre s'il voulait qu'elle lui cède l'argent dont il avait besoin pour le tableau.

De quoi avaient-ils soupé aux Deux Faisans, de quoi avaient-ils causé, Fauvol aurait été incapable de le rapporter, à supposer qu'on ait pu le lui demander quand, à la fin de la semaine, toute l'affaire fut terminée. Il n'avait qu'une seule préoccupation à l'esprit : le moment où le maître d'hôtel viendrait présenter l'addition, quand Élise la saisirait au vol et déclarerait : « C'est pour moi ! » Il se représentait déjà le regard du larbin qui ne manquerait pas de le flinguer.

C'était plus fort que lui, quand le café fut servi, il demanda à Élise de l'excuser un instant. Il passa dans la pièce contiguë par laquelle on accédait aux toilettes. Il y découvrit le maître d'hôtel qui tapotait sur l'ordinateur de la caisse.

« La note, je vous prie », dit-il et il paya en espèces, soulagé au point d'ajouter un pourboire qu'il regretta l'instant d'après.

Revenu près d'Élise, il avala son café avant d'annoncer fièrement : « On peut y aller, c'est réglé.

— Mais je vous avais dit..., protesta Élise.

— Il n'aurait plus manqué que ça ! »

En la voyant dépitée, cependant, il eut honte de la manœuvre mesquine dont il avait cru tirer de l'orgueil. Il s'attendait qu'elle trouve le geste élégant, elle semblait déçue plutôt.

En fait, depuis qu'il lui avait baisé la main dans les salons de l'hôtel, il n'arrivait pas à pénétrer les sentiments d'Élise. Résolue, certainement, elle l'était, mais qu'est-ce qu'elle ressentait au fond ? Rien en tout cas qui puisse s'accorder avec le ton incandescent de son mail. « Je brûle de vous dévorer » ou quelque chose de ce genre... S'il y avait un incendie, il couvait...

À quoi fallait-il s'attendre ? Maintenant qu'il lui avait coupé l'herbe sous le pied, pour ne pas l'offenser davantage, il valait mieux sans doute lui rendre l'initiative.

De retour à la réception, se remémorant leurs habitudes de la croisière, il suggéra : « Je vous laisse monter dans la chambre.

— Comme vous voulez, acquiesça-t-elle, mais ne tardez pas. »

Puis, soudain, comme si elle s'en avisait seulement : « Vous n'avez pas pris vos affaires ?

— Quelles affaires ?

— Eh bien, pour la nuit. Je ne sais pas... Votre brosse à dents ?

— Euh... non.

— Ah bon… »

Jamais, quand il emmenait une femme à l'hôtel, il n'avait emporté une valise ni la moindre mallette. La nuit était censée résulter d'un coup de cœur pour lequel rien n'était prévu. Il aurait fallu être le dernier des ploucs pour venir avec un caleçon et un singlet de rechange.

Pourtant, Élise de son côté devait avoir déposé une valise dans la chambre. Elle lui avait dit qu'elle s'était changée en l'attendant. Encore une discordance entre eux. De plus en plus, il avait l'impression déroutante qu'ils ne jouaient pas dans la même pièce.

D'un coup d'œil à sa montre, il se fixa dix minutes d'attente et se mit à arpenter le salon si nerveusement que la réceptionniste lui demanda si tout allait bien.

« Oui, oui, pas de problème.

— Ne vous inquiétez pas, cela se passera merveilleusement », dit-elle avec un sourire encourageant.

Le comble ! Cette fouine croyait avoir affaire à un empoté qui se demandait s'il allait pouvoir assurer. Était-ce à elle qu'Élise avait payé la chambre ? Dans ce cas, c'était encore pire. Pour qui le prenait-elle ? Il n'osait se représenter ce qu'elle imaginait. Néanmoins, comment mieux décrire la scène ? Il devait être comme une de ces femmes de hasard pour qui il avait si souvent déboursé des nuitées à l'hôtel.

Il décocha un coup d'œil haineux à la réceptionniste et se dirigea vers l'ascenseur. Au moment où la porte s'ouvrit, cependant, il se rendit compte qu'Élise ne lui avait pas communiqué le numéro de la chambre. Il se retourna, désemparé, et, d'où elle était, l'employée lui lança : « La 206, monsieur ! » Il aurait pu l'assassiner.

Lorsqu'il frappa à la 206, il avait définitivement renoncé à pronostiquer la tournure qu'allait prendre la suite. « Oui », répondit faiblement Élise, mais ce filet de voix était peut-être dû à l'épaisseur de la porte. Il entra. L'unique lampe allumée était celle de la table de chevet à côté d'Élise. Son visage seul émergeait des draps.

« Viens vite », souffla-t-elle en le tutoyant soudain.

Il s'engouffra dans la salle de bains, se déshabilla, ne gardant que son slip américain et – par distraction – ses chaussettes. La glace du lavabo lui renvoyait une image cruelle. Pour la première fois de sa vie, il se demanda comment une femme pouvait ressentir le moindre attrait pour le monument effondré qu'il avait sous les yeux. La peau de ses bras flottait, ses mamelons pendouillaient sur des sortes de bajoues envahies de poils grisonnants, il avait beau bloquer sa respiration, son ventre refusait de rentrer dans sa cavité. Tant pis ! Il fallait y aller…

« Éteignez ! murmura-t-il pour se ménager et il alla se glisser dans le lit dont son tibia avait préalablement éprouvé la solidité du montant.

— Enfin, nous y voilà ! » soupira Élise. Elle se rapprocha. Apparemment, elle avait oublié de fourrer une chemise de nuit dans sa valise.

La fenêtre de la chambre était basculée. L'haleine tiède du mois de mai agitait les rideaux, elle répandait les effluves du pollen qui voltigeait sur la ville depuis les coteaux en fleurs. La rumeur de la circulation n'était plus qu'un murmure. La main d'Élise, tout de suite, avait entrepris d'explorer le monument effondré. Sous ses doigts, Fauvol sentait, mentalement du moins, se restaurer son corps d'autrefois mince et musclé.

Cependant, un autre phénomène se produisait, qu'il n'avait jamais éprouvé même avec son ancien corps de jeune homme. Il ne venait pas de son épiderme, mais de plus profond sous la surface, à l'endroit où son cœur se calfeutrait à l'abri des sentiments. Il percevait ses battements presque avec douleur, comme s'il lui adressait des reproches. Est-ce qu'il n'aurait pas pitié de cette femme si douce qui peu à peu s'emparait de lui, quelles que fussent ses réticences, lui qui avait cru s'emparer d'elle ?

Alors, bien que le moment ne s'y prêtât guère, il décida qu'après la transaction avec le chanoine, il rendrait à Élise l'argent qu'il allait lui extorquer si possible. La conscience en paix, il se laissa descendre dans l'ivresse du plaisir.

Il ne s'aperçut qu'il avait refait surface qu'en entendant à nouveau la sirène d'une voiture de police qui déchirait la nuit dans le lointain. Il était sur le dos, son cœur s'était apaisé, ses battements s'éteignaient comme le pas d'un cheval qui rentre au paddock. En respirant profondément, il retrouvait le parfum poivré de la brise printanière. À ses côtés, Élise reposait, tranquille elle aussi et silencieuse.

En principe, c'était le moment où il attendait un compliment de ses conquêtes. Au besoin, il le sollicitait. Pour cette fois, cependant, il n'avait pas l'intention de la ramener. Ce qui lui brûlait les lèvres, c'était au contraire les mots de gratitude qu'il aurait voulu trouver, plus sincères sans doute que ceux qu'il espérait de celles qu'il croyait avoir comblées.

Il s'empara de la main d'Élise, la pressa et murmura : « Merci, merci... ma chérie. » Il ne savait trop comment l'appeler. « Ma chérie » était un peu guindé, mais tous les autres petits noms du genre « mon chou », « ma poulette » dont il usait habituellement lui semblaient saugrenus.

« Jamais, jamais, je ne me serais attendu..., ajouta-t-il.

— C'est gentil, Pierre. Tu as fait ce qu'il fallait, toi aussi.

— Ah...

— Après tout, ce sont des choses toutes naturelles. Il suffit de se laisser aller à son instinct.

— Oui, sans doute. »

Il escomptait des propos plus romantiques, voir rejaillir la flamme du courriel avec lequel elle l'avait rappelé. Elle l'avait drôlement allumé, mais maintenant le feu semblait assoupi. D'ailleurs, quelques minutes après, il comprit à sa respiration qu'elle s'était endormie.

Bientôt le sommeil l'emporta lui aussi. Dès que les lueurs de l'aube blanchirent les tentures, cependant, il ouvrit les yeux, plus dispos qu'il ne l'avait jamais été. Aussitôt qu'Élise se réveillerait, il fallait amener le financement du tableau sur le tapis. Il récapitula le scénario définitif qu'il avait arrêté dans sa tête : une manœuvre adroite dont Élise devait sortir indemne.

Bien sûr, il s'agissait de lui faire avaler un bobard qui rende l'opération morale, émouvante même. Comment s'en tirer autrement ? De toute façon, entre un homme et une femme, le mensonge n'est-il pas inévitable ? Les couples les mieux assortis se disloqueraient si l'un apprenait la part que l'autre, à bon droit, ne veut pas lui révéler. Pour vivre à deux, chacun se construit un personnage acceptable, et c'est ce personnage que l'on aime dans son partenaire. Pourquoi tout fiche en l'air au nom d'un stupide accès de sincérité ?

Il se leva, alla jusqu'à la fenêtre, écarta les rideaux. La chambre donnait sur un petit jardin baigné de soleil où étaient disposées quelques tables en fer. Par terre, des moineaux se disputaient des restes d'amuse-gueule avec une férocité inattendue chez ces innocents volatiles. Finalement, il n'y a pas de vie sans cruauté.

Un froissement d'étoffe le fit pivoter. Élise se réveillait, elle s'étirait. Aussitôt, il revint cacher sous les draps le monument effondré.

« Bien dormi, ma chérie ?

— Comme un loir. Et vous… et toi ?

— Je me suis réveillé très tôt, ça fait un moment.

— Quelque chose n'allait pas ?

— Je ne sais pas… Trop de bonheur peut-être…

— Tant mieux !

— Tout de même, je dois vous… je dois t'avouer que je n'ai pas pu m'empêcher de penser à Camille. »

Est-ce qu'elle allait s'offusquer ? Elle posa délicatement sa main sur son bras.

« C'est normal, je suppose, Pierre.

— Tu te souviens du tableau *Ruth dans le champ de Booz* dont je t'ai parlé, celui par lequel Camille m'a fait comprendre que je devais prendre un nouveau départ, comme le suggérait le soleil levant ?

— Oui, bien sûr.

— Tout à l'heure, je regardais justement par la fenêtre le soleil se lever. J'ai eu l'impression que Camille me renouvelait le signe qu'elle m'avait donné, comme s'il se réalisait.

— C'est pour ça que tu es tout chose.

— S'il n'y avait que cela...

— Quoi d'autre ?

— Figure-toi que ce tableau qui m'est si précieux a été volé et que je sais où il se trouve.

— Non !

— Je l'ai vu pas plus tard que samedi chez un collectionneur flamand, un type avec qui je fais des affaires quelquefois, des affaires parfaitement légales, je te rassure. Je n'aurais jamais cru qu'il fasse du recel à l'occasion. Il m'a proposé de l'acquérir. Deux cent trente mille euros ! Une somme tout à fait au-dessus de mes moyens.

— Il faut le dénoncer !

— Non, tu n'y penses pas. Dans notre milieu, forcément, il peut se passer des choses pas très nettes. Mais si je le dénonce, je suis grillé. Plus personne ne voudra me vendre quoi que ce soit. Je dois l'acheter. Sinon, ce serait abandonner Camille : Ruth, c'est elle, je te l'ai dit ! Ce serait même cracher sur le présage qu'elle m'a donné de notre rencontre.

— Comment vas-tu faire ?

— Je ne sais pas. Je me demandais si toi… Ah, j'ai honte !

— Si moi, quoi ?

— Si tu ne pourrais pas m'avancer les deux cent trente mille euros… »

Comme il le redoutait, Élise aussitôt se figea. Elle lâcha son bras, vira la tête sur l'oreiller et se mit à considérer le plafond, où dansait une petite tache de lumière échappée aux tentures. Elle resta ainsi un long moment sans un mot. Il était plus mort que vif. Puis, elle soupira et se tourna de son côté.

« Va t'habiller s'il te plaît et descends à la réception. Je te rejoindrai. »

Fauvol s'exécuta, sûr d'avoir gaffé irrémédiablement. Elle allait lui annoncer que tout était fini, qu'ils ne se reverraient plus.

Par chance, une autre réceptionniste était à l'accueil. Celle de la veille aurait conclu à la débandade, elle aurait entrepris de le consoler. Il s'assit dans son fauteuil. Il paraît que certains condamnés avant l'exécution sont envahis par un calme absolu. Il aurait pu le confirmer.

Élise arriva, vêtue de sa robe bleue, souriante malgré tout, la pupille cependant plus acérée encore. Elle se posa en face de lui à sa place.

« J'aurais pu tout imaginer, mais pas que tu cherches une bonne poire pour lui extorquer de l'argent.

— Un simple prêt, je te le jure, une avance.

— Comment te faire confiance ? Déjà, tu as voulu me faire gober que tu n'avais eu qu'un seul amour.

— Je t'assure…

— Allons, Pierre ! Tu me prends pour une cruche ? Tu es un véritable coureur de jupons. Tu as eu des dizaines de femmes, je suis bien renseignée, tu sais. Il n'y en a qu'une sans doute que tu n'as jamais eue, cette Camille que tu as inventée de toutes pièces pour me rouler dans la farine. Ose dire que ce n'est pas vrai ! »

Fauvol baissa la tête. Il était ratiboisé. Il aurait voulu disparaître sous le tapis. Il amorça un mouvement de côté pour s'esquiver, mais Élise le retint en pointant sa poitrine de l'index.

« Reste là ! Écoute, les deux cent mille euros, je te les donnerai, je m'en fiche, oui, mais à une seule condition.

— Tout ce que tu voudras.

— Je vais rester ici à l'hôtel, deux nuits encore. Tu n'en parleras à personne. Et chacune de ces deux nuits, tu viendras coucher ici avec moi. Rendez-vous à neuf heures. »

14.

Pour qui n'en a pas l'habitude, porter un revolver sur soi est une affaire plus délicate qu'on ne l'imaginerait. La première idée qui nous viendrait à l'esprit sans doute serait de fourrer l'objet à l'endroit destiné à cet usage : la poche revolver. C'est ce que fit Édouard alors qu'il se trouvait encore au volant de sa BMW garée place du Vingt-Août. Il retira le Luger de l'attaché-case posé sur le siège passager et l'introduisit entre sa fesse droite et le siège. Le canon froid et rigide lui bourra si brutalement la peau qu'il se redressa illico sur son séant et sortit de la voiture comme sous l'effet d'un levier.

Cependant, à peine debout dans l'ouverture de la portière, il constata que, sous le poids de son contenu, son pantalon pendait d'un côté. Depuis quelques années, en effet, il avait opté pour le confort des bretelles, mais jamais encore il n'avait éprouvé avec une telle évidence les inconvénients de la suspension verticale par rapport au ceinturage horizontal. Impossible de s'exposer aux regards dans ce pantalon bancal.

Il jeta un coup d'œil autour de lui et attendit que le passant qui s'approchait, et se demandait sans doute ce qu'il fichait planté comme une borne à côté de sa bagnole, l'eût dépassé. Il reprit le Luger. Le fourrer à la façon des gangsters de cinéma à sa taille qui bâillait légèrement, c'était risquer qu'il se retrouve l'instant d'après au niveau de ses chaussettes. D'un autre côté, le glisser contre sa cuisse dans une poche de devant aurait eu le même effet boiteux que dans la poche revolver. En conséquence, il opta pour la poche intérieure gauche de sa veste, d'où il transplanta son portefeuille vers la poche droite, en sorte de rétablir un certain équilibre entre les deux pans de sa tenue.

La veille, quand il avait sorti le pistolet du coffret au fond du tiroir de son bureau, il l'avait soupesé longuement dans sa main, rempli d'indécision, encore surpris de s'en être emparé, puis l'avait remis en place, saisi d'une frayeur soudaine. Il avait tenté de se replonger dans ses dossiers, mais le dépit que lui provoquait la brusque lubie d'Élise de passer la nuit avec Fauvol continuait à le tenailler, augmenté du reproche de lâcheté que lui adressait une voix tapie dans ses entrailles. Lâche et incapable. Saurait-il seulement se servir du Luger ? Pas question d'étendre Fauvol raide mort, mais au moins de lui fiche la pétoche en tirant un coup en l'air. Étant le troisième garçon de sa famille, il avait été exempté du service militaire. Il n'avait jamais utilisé d'arme.

Il avait repris le pistolet, la boîte de munitions, les avait placés dans son attaché-case et avait déclaré à Grâce, sa secrétaire, qu'il partait visiter une maison.

Une demi-heure plus tard, il s'engageait dans un chemin forestier de l'Hertogenwald. Il s'arrêta dans une clairière cernée d'un rideau de grands hêtres. Il déposa le Luger et les cartouches sur le capot de la BMW. Comment le charger? Après qu'il l'eut manié de toutes les façons, par hasard, le chargeur s'éjecta de lui-même de la crosse. Il le manipula à son tour pour y insérer une balle jusqu'à ce qu'il crût trouver le sens et la position qu'elle devait prendre sur la rampe. Puis il s'avança, bras tendu, en direction d'un tronc dont l'écorce lisse aurait pu lui évoquer une peau humaine, quand, tout à coup, il lui sembla percevoir un bruit de moteur.

Vite, il était remonté dans la BMW, avait fait demi-tour et avait, en effet, croisé un garde forestier. L'homme s'était arrêté à sa hauteur, avait baissé sa vitre : « Égaré, monsieur?

— Non, non. Fatigué. Je me suis arrêté pour dormir dans un coin tranquille. »

Il avait la certitude que le garde le dévisageait déjà comme un criminel.

Rentré à l'agence, tout tremblant, il avait décidé d'attendre d'avoir repris ses esprits avant d'aller à Liège se colleter avec Fauvol. À quinze heures, cependant, Marie-Rose lui avait passé un coup de fil. Elle avait une césarienne sur les bras, il fallait qu'il rentre pour s'occuper des gosses. De cette façon, il n'avait finalement rien entrepris de ce qu'il ressassait depuis le matin contre le ravisseur d'Élise.

Les enfants avaient expédié leur goûter, les garçons avaient disparu dans leurs chambres et, à Marie, il avait expliqué qu'Élise était allée retrouver une amie d'enfance pour une soirée pyjama. Marie-Rose était là pour le souper, qui se résuma à un plat de macaronis trop cuits.

De minute en minute, il imaginait la rencontre entre Fauvol et Élise. Il avait dû l'inviter au restaurant, dans une brasserie où les garçons lui adressaient des clins d'œil complices, il l'avait baratinée avec le répertoire des fadaises qui lui servaient à embobiner ses pétasses, et elle, pauvre innocente, elle buvait ses paroles comme une collégienne. Puis, il l'avait entraînée chez lui, dans sa boutique, à son appartement. L'après-midi, il avait préparé la place, disposé des bougies, vaporisé du patchouli. Le lit était tendu de draps à fleurs, les lumières tamisées, elle n'avait pas remarqué les multiples miroirs, de la penderie, de la coiffeuse qu'il avait orientés en sorte de garder un œil ouvert sur tous les angles de sa partie de jambes en l'air.

C'était comme si Édouard avait été bâillonné et ligoté sur une chaise dans la chambre de Fauvol, condamné à assister à toute la scène. Il n'avait pu s'endormir qu'au petit matin. Il était accablé, mais soulagé malgré tout parce que, au moins, c'était fini. Élise serait de retour pour midi au plus tard. On était mercredi, elle devait prendre les enfants en charge au retour de l'école.

Peut-être que la découverte de la garçonnière de Fauvol, si vulgaire après les artifices de la croisière sur le Rhin, lui aurait ouvert les yeux. Sinon… Sinon quoi ?

Marie-Rose pourrait intervenir. Jusqu'ici, elle n'avait même pas bougé un orteil. Tout ce qu'elle avait trouvé à lui dire en rentrant de sa césarienne c'était : « Élise est au courant de tout, Édouard. Je lui ai expliqué ce matin avant qu'elle parte ce que tu avais appris à propos de ce Fauvol. Elle sait que c'est un don Juan.

— Et alors, qu'est-ce qu'elle t'a dit ?

— "Il est célibataire, non ?" Comme la chose la plus ordinaire du monde ! »

Après ça, ils avaient ruminé chacun de leur côté assis sur le canapé devant la télé. À dix heures, Marie-Rose était allée revoir son accouchée et, à son retour, il était au lit, il ne lui avait accordé que quelques grognements.

Au petit déjeuner, avant de partir à l'agence, il l'avait relancée : « Le sida, tu lui en as parlé ?

— Le sida ? Non… Pourquoi ? Il a le sida ?

— Je n'en sais rien, c'est possible, avec sa vie de bâton de chaise. Ou autre chose, une maladie vénérienne.

— Tu crois ?

— Marie-Rose, c'est toi qui es gynéco ! Si jamais elle chope une sale maladie, qu'est-ce que les gens diront ? "Et sa sœur qui est gynéco !" Tu vois le topo ?

— Bon, bon !

— Tu la mettras en garde dès ce soir.

— D'accord. »

Ce serait remis à plus tard. À midi, Marie-Rose l'avertissait qu'Élise n'était pas rentrée. Les enfants s'étaient retrouvés porte close devant la maison. Marc avait téléphoné de chez les voisins. Édouard avait rappliqué dare-dare, puis Marie-Rose avait pris le relais à seize heures. Toujours aucune nouvelle d'Élise.

Édouard était reparti avec la BMW, sans un mot à Marie-Rose, et maintenant, à dix-sept heures trente, il se dirigeait vers la boutique de Fauvol, les jambes légèrement flageolantes, le Luger dans la poche gauche de sa veste.

Il arriva devant la boucherie où il avait appris des confidences de la bouchère quel cavaleur était Fauvol. Elle était au comptoir, occupée à emballer un steak sanguinolent en bavardant avec une cliente. De peur qu'elle ne le reconnaisse à travers la vitrine, il passa rapidement, une main en éventail sur le côté de la figure.

Fauvol Antiquités, cette fois, n'était pas fermé par le volet métallique. À l'intérieur, personne. Son cœur battait au point qu'il lui semblait que le Luger vibrait légèrement dans sa poche. Il saisit la poignée de la porte, mais hésita avant de l'abaisser.

En un instant, la pensée lui était venue que tout cela ne valait peut-être pas la peine. Il risquait de commettre l'irréparable. Pourquoi ? Qu'est-ce qu'il en avait à faire des fredaines d'Élise ? Une femme qui n'était même pas belle, aux côtés de laquelle il avait vécu pendant des années sans lui prêter plus d'attention qu'à un chat ou à un canari avant de s'en enticher brusquement. Pour son intelligence ? Pour sa gentillesse ? Non : à cause de ses jambes, de ses genoux, de la naissance de ses cuisses découvertes par une saute de vent italien. C'est par ce truchement absurde qu'il s'était mis à brûler pour le reste de sa personne. Il avait beau se secouer, il ne se possédait plus. Les éclairs de lucidité qui le traversaient n'étaient que des éclairs justement, qui n'empêchaient pas le tonnerre assourdissant de ses sentiments.

Il poussa la porte. Une sonnette retentit comme au théâtre après l'entracte pour annoncer la reprise de la comédie. Il s'avança vers le fond entre les meubles patinés et les bricoles alignées sur les étagères. Personne ne se présentait. Il posa ses mains tremblantes sur le comptoir. Puis, machinalement, il saisit une petite cruche décorée d'émail où l'on voyait un satyre caché derrière un buisson guetter une nymphe penchée sur une fontaine.

« Bohême, début XVIIe », annonça soudain Fauvol à la porte de la réserve.

Édouard faillit lâcher le bibelot. Fauvol s'approchait, sourire commercial, dans le jean tire-bouchonnant et la veste de velours que nous lui connaissons déjà quand il est chez lui.

« Vous vous intéressez au verre ? Je viens de rentrer un Saint-Gobain, un beau Val-Saint-Lambert aussi, je peux vous les montrer.

— Non, merci. Ça ne m'intéresse pas.

— Bien... Dans ce cas, que puis-je... ?

— Je suis le beau-frère d'Élise, monsieur. Édouard Gayet.

— Ah... »

Fauvol esquissa un mouvement de recul, avala sa salive.

« Eh bien, enchanté, monsieur Gayet.

— Où est Élise ?

— Élise ? Je… je n'en sais rien.

— Vous mentez.

— Mais…

— Vous étiez avec elle hier soir, cette nuit.

— En effet.

— Alors, dites-moi où elle se trouve.

— Je ne peux pas vous le dire.

— Écoutez, monsieur Fauvol, Élise était chez vous, elle devait rentrer à la maison pour midi au plus tard. Elle n'est pas revenue. Je veux savoir ce qui se passe.

— Je vous assure qu'il ne se passe rien du tout. Elle rentrera bientôt, ne vous inquiétez pas.

— Elle est ici, j'en suis sûr. »

Fauvol était pâle comme un plâtre. Édouard ne valait guère mieux, mais devant le désappointement de Fauvol, il reprenait son aplomb. Sa voix d'abord chevrotante s'affermissait peu à peu. Il se déporta au pied de l'escalier à vis de l'appartement et soudain cria : « Élise ! Élise ! Je suis là ! C'est Édouard ! N'aie pas peur !

— Mais enfin, qu'est-ce que vous faites? demanda Fauvol, stupéfait.

— Vous la séquestrez.

— La séquestrer ? Vous êtes fou ! »

Édouard revint vers lui, lentement, les yeux brillants. Il sentait la sueur coller sa chemise comme un sparadrap contre son échine.

« Ah ça, je suis fou ? » grogna-t-il tout en portant la main à la poche gauche de sa veste.

Ce geste d'intimidation que Fauvol avait vu cent fois au cinéma lui parut tellement chiqué qu'il ne put s'empêcher de grimacer un sourire. Édouard en déduisit que l'autre s'imaginait qu'il bluffait, qu'il n'avait rien à l'intérieur de sa veste. Alors, avec un spasme de plaisir cruel, il voulut lui mettre le Luger sous le nez. Malheureusement, la pointe du guidon au bout du canon accrocha la doublure de la poche si bien qu'avec le pistolet il entraîna la moitié de sa veste qui se souleva jusqu'à son menton dans un craquement sinistre.

L'arme se retrouva ainsi devant sa propre bouche, comme s'il allait se faire sauter la cervelle sous le regard de Fauvol. Lui n'avait pas eu le temps de s'effrayer pour de bon. Machinalement, il observa : « Parabellum Luger P08, années trente. » Édouard baissa le bras. Le bide total.

« Une arme de collection…, ajouta timidement Fauvol. J'en ai vendu il y a quelques années, mais je ne le fais plus. Même neutralisées, comme elles doivent l'être, ça reste tout de même des armes. Je n'aime pas ce qu'elles représentent. »

Il tendit la main.

« Je peux le voir ?

— Non », dit sèchement Édouard. Il le fit réintégrer sa poche trouée.

Fauvol voyait bien qu'il n'avait rengainé que le pistolet, pour le reste, il était toujours aussi démonté.

« Si vous voulez, je vais vous montrer l'appartement. Vous pouvez visiter toutes les pièces. Suivez-moi ! »

Fauvol le précéda dans l'escalier.

« Venez, venez, ça ne me dérange pas du tout ! »

Il l'entraîna dans le séjour, la kitchenette, la salle de bains, la chambre à coucher, qui ne comportait aucun des miroirs qu'Édouard avait conjecturés dans ses divagations de la nuit. C'est peut-être ce détail qui le convainquit définitivement qu'Élise n'était pas là.

« Il n'y a ni cave ni grenier, précisa Fauvol quand ils revinrent au séjour. Asseyez-vous, vous prendrez bien un verre. Après toutes ces émotions. Un Belgian Owl, ça vous dit ? »

Édouard s'assit dans le fauteuil solitaire près de la fenêtre sans songer à répondre. Lorsque Fauvol revint de la cuisine avec deux verres, il le rembarra : « Rien pour moi. Jamais d'alcool.

— Autre chose peut-être ? Un Spa ?

— Non, je ne veux rien de vous. Qu'est-ce que vous vous imaginez ? Qu'on va faire ami-ami ? »

Fauvol déposa les whiskies sur l'appui de fenêtre. Il se posta en face d'Édouard, du bout des fesses sur une chaise, comme s'il était prêt à s'en éjecter. Édouard n'avait pas vidé son sac, il le voyait bien. L'absence d'Élise n'était que l'entrée en matière. Pour clore ce chapitre-là, il prit sa voix la plus conciliante : « Ce matin, Élise m'a expliqué qu'elle voulait s'offrir deux ou trois jours de repos. Elle rentrera à la fin de la semaine, soyez sans crainte. Elle fait un peu de tourisme.

— Une nouvelle croisière ? ironisa Édouard.

— Pas que je sache. Envie simplement de se changer les idées, il me semble.

— Quelles idées ? Les idées que vous lui avez fourrées en tête !

— Moi ? Je suis tout à fait incapable d'influencer Élise, vous savez.

— Allons, monsieur Fauvol, vous croyez que je ne vous connais pas ?

— Allez-y toujours. Je n'ai rien à cacher de toute façon.

— Vous êtes un noceur. Vous menez une vie de patachon.

— Dites donc ! Vous n'exagérez pas un peu ?

— Je me suis renseigné.

— Ah oui ? Où ça ?

— Peu importe. Osez dire que vous ne courez pas les femmes.

— Je suis un type normal, c'est tout. J'ai connu quelques femmes, c'est vrai. Et alors ? Je ne suis pas un ascète. Elles étaient d'accord, je n'en ai jamais forcé aucune.

— Sauf que maintenant, avec l'âge, c'est devenu plus difficile de rabattre le gibier dans vos filets. Du coup, vous vous êtes mis à chasser sur Internet, pour piéger de pauvres filles naïves.

— Je n'ai jamais essayé de piéger personne, je vous assure.

— Sur un site catholique, en plus, vous n'avez pas honte ?

— Justement, c'est un site respectable.

— Vous avez l'intention de faire un mariage chrétien, c'est ça sans doute ! À l'église, avec les grandes orgues ! »

Fauvol encaissa la pique. Ses yeux quittèrent le visage hargneux d'Édouard, ils se réfugièrent sur un coin paisible de la carpette turque où était installé le fauteuil. Il sembla réfléchir quelques instants, s'empara d'un des deux whiskies et avala une gorgée. Puis il reposa le verre en le faisant claquer comme le marteau d'un commissaire-priseur qui a prononcé : « Adjugé ! »

« Je veux épouser Élise, en effet, que cela vous plaise ou non, dit-il, presque étonné lui-même de sa soudaine prétention. Je suis décidé, je vais lui faire ma demande. Ce sera à elle de voir. Elle est majeure, sa vie lui appartient, tout cela ne vous regarde pas. Vous venez me chercher noise, vous me faites la morale : de quel droit ? Élise sait parfaitement à qui elle a affaire. Je ne lui ai rien caché de ma vie. Si elle veut de moi, elle sera ma femme. »

Fauvol avait renoncé à la défensive, il était sorti de ses retranchements avec un air de défi qui désarçonna Édouard. S'il n'avait refusé la boisson que Fauvol lui avait proposée, il aurait peut-être bu une rasade, malgré ses récentes expériences avec les alcools forts. Il n'avait plus le choix, la résolution de Fauvol l'obligeait à brûler d'autres cartouches que celles du Luger. Il allait bousiller l'image d'Élise. Il aurait préféré ne pas en arriver là, mais il lui aurait plutôt cassé une jambe pour qu'elle ne lui échappe pas.

« Admettons qu'Élise sache qui vous êtes, Fauvol, mais vous, savez-vous qui elle est ?

— Je ne la connais pas assez, sans doute, mais tout de même nous avons correspondu par mails. Puis nous avons causé sur le bateau.

— Conclusion ?

— Conclusion ? Ce n'est pas vraiment à votre honneur, monsieur Gayet. Élise est une femme timide, modeste, vous et votre épouse en avez profité pour en faire votre boniche. Le ménage, la cuisine, la lessive, garder vos gosses, pour vous, elle est juste bonne à ça.

— Des tâches qui honorent bien des mères de famille.

— Sauf qu'elle n'est pas la mère. Vous l'avez cloîtrée entre les quatre murs de votre maison.

— C'est vrai. Seulement, il y avait peut-être une raison.

— Vous permettre à vous et à votre épouse de mener vos carrières à votre guise, débarrassés de la popote.

— Non, monsieur Fauvol, une autre raison, dont elle ne vous a certainement pas parlé. Pas du tout dans l'intérêt de sa sœur ou de moi-même. Dans son intérêt à elle.

— Quel intérêt ?

— Pour la protéger d'elle-même, parce que Élise est une personne fragile.

— C'est peut-être l'impression qu'elle donne à première vue, mais j'ai bien compris qu'elle pouvait avoir une main de fer dans un gant de velours.

— Vous ne soupçonnez pas à quel point vous avez vu juste. »

Une double barre se creusait entre les sourcils de Fauvol. Édouard en conclut qu'il devait avoir essuyé lui aussi les soudaines brusqueries d'Élise, comme celles dont lui-même avait fait les frais à l'agence quelques semaines plus tôt. Voilà la faille par laquelle il allait instiller le poison qui infecterait les sentiments de ce dévergondé jusqu'à les tuer dans l'œuf.

« Est-ce qu'Élise vous a dit qu'elle a un diplôme d'infirmière ? reprit-il.

— Non…

— Vous voyez qu'elle ne vous a pas tout dit. Elle a même exercé un certain temps chez nous, à l'hôpital Saint-Jean.

— Je ne savais pas.

— Elle était très compétente, vous savez, trop peut-être… Mais sujette à des mouvements d'humeur imprévisibles. Résultat d'une profonde dépression à la suite de la mort tragique de son père. En général, elle se montrait d'une extrême douceur avec les malades. Malheureusement, elle pouvait aussi les prendre en grippe. Certains, plus agités, lui devenaient carrément insupportables. De là à vouloir les calmer, les calmer de manière définitive, il n'y avait qu'un pas, si vous voyez ce que je veux dire.

— Pas du tout…

— Une piqûre, tout à fait banale, un produit à la place d'un autre, on ne s'en rend même pas compte, et bye-bye le pauvre type qui vous casse les oreilles à force de gémir. Ce qui devait arriver est arrivé. Par chance, sa sœur débutait dans le même hôpital comme gynécologue. Je vous passe les détails, Marie-Rose a pu arranger les choses. Bien entendu, il n'était plus question qu'Élise continue à exercer. Elle en convenait elle-même. C'est la raison pour laquelle nous l'avons gardée à la maison. Elle ne demandait pas mieux. Il fallait la protéger d'elle-même, comme je vous l'ai dit. Élise est quelqu'un de dangereux, monsieur Fauvol, je préfère que vous le sachiez. »

Édouard quitta son fauteuil. Il n'était pas fâché du résultat. Fauvol avait le bec cloué. Il ne pensait même pas à achever son verre.

« Eh bien, je vous laisse. Réfléchissez...

— Je... je vous raccompagne. »

Ils descendirent l'escalier. Sur la porte de la boutique, Édouard ajouta encore : « Si, tout à fait par hasard, vous rencontriez Élise, dites-lui de rentrer immédiatement à la maison. Elle a oublié ses antipsychotiques. Si elle ne prend pas ses médicaments... »

15.

Le cabinet de la doctoresse Marie-Rose Dubois à l'hôpital Saint-Jean ne comportait pas de salle d'attente. Il était situé au bout du deuxième étage de la maternité. En face de sa porte, contre le mur, on trouvait quelques chaises en tubes chromés et une desserte sur roulettes où s'empilaient des magazines défraîchis. C'est là que patientaient les doublement patientes de ses rendez-vous toujours en retard.

On y aurait rarement vu un individu de sexe masculin. L'un ou l'autre jeune mari seulement, pour un premier enfant, qui s'effrayait encore d'avoir occasionné la déformation du mignon petit ventre de sa jolie femme, consterné par son masque rougeaud, ses nausées, ses vergetures. Le mâle, dans cette situation, n'est qu'un auxiliaire embarrassé, exposé aux sourires condescendants des femmes resplendissantes du pouvoir extraordinaire de donner la vie dont il n'a été que le déclencheur désormais inutile. Il se tasse sur son siège et regarde ses chaussures avant de s'engouffrer dans le cabinet avec son épouse pour éviter le pire : qu'est-ce qu'un homme ferait seul devant la porte d'une gynécologue ?

C'est pourtant le spectacle qu'offrait le mercredi soir où nous a conduits notre récit un personnage au crâne barré de quelques filaments capillaires comme dessinés au crayon et vêtu de l'imperméable bleu que nous connaissons. Le chanoine Félix Grimaux, en effet, attendait dans le couloir heureusement désert que Marie-Rose en ait fini avec sa dernière visite avant de le recevoir.

L'après-midi, vers dix-sept heures trente, c'est-à-dire au moment où Édouard pénétrait dans la boutique de Fauvol, il avait reçu un coup de téléphone de Marie-Rose à son bureau de l'évêché, où il avait passé la journée à régler une histoire de succession avec le notaire de monseigneur. Elle lui demandait de venir le plus tôt possible à l'hôpital. Elle-même devait assurer ses consultations puis rentrer à la maison, où ses enfants étaient seuls. Un problème avec sa sœur, Élise, avait-elle annoncé sans davantage de précisions.

Le chanoine aurait pu prendre la mouche de se voir ainsi convoqué, mais s'agissant d'Élise et sans doute de sa liaison avec Fauvol, qu'il n'avait pas revu depuis la veille au Belle-Vue, il s'était inquiété. Se serait-il passé quelque chose la nuit dernière, au cours de laquelle Fauvol, sur ses recommandations, devait passer à l'acte ? Un fiasco, une maladresse, un incident qui avait ramené Élise en catastrophe dans les bras de sa sœur ? Marie-Rose se trouvait-elle comme autrefois face à une situation qui la dépassait, pour laquelle elle avait besoin de son aide ?

Ce contretemps s'ajoutait à l'irrésolution qui le paralysait depuis le matin. Lorsqu'il s'était tiré de son mauvais sommeil, il avait dû affronter le silence têtu de Mme Blanmont. Elle avait quitté sans un mot la bordure du lit où elle s'était repliée la nuit hors de sa portée, n'avait pas répondu à son bonjour quand il s'était attablé devant son café et sa brioche au chocolat, ne s'était pas enquise s'il rentrerait pour midi lorsqu'il avait endossé son imperméable et avait dardé sur lui le regard de Jésus à Judas quand il avait fait mine de lui donner un baiser avant de partir pour l'évêché.

Là, il avait réexaminé son projet de vendre l'appartement qui avait mis Julia dans tous ses états. Ce n'était pas la première fois qu'elle lui faisait la tête, c'était même sa mesure de représailles favorite en cas de différend. Muette, digne, inabordable, elle le servait avec une moue de dédain, s'enfermait dans sa cuisine et écoutait en boucle une vielle cassette d'Alain Souchon qu'elle savait l'exaspérer. Cela durait deux jours au minimum, une semaine au plus, au bout de laquelle, ne pouvant plus supporter *Allô maman bobo,* il enterrait la hache de guerre en reconnaissant qu'il avait tort même s'il restait persuadé qu'il avait raison.

C'est ainsi qu'il avait admis que la teinture noire de ses cheveux la rajeunissait, que la bave des limaces guérirait ses verrues ou que la lecture de Barbara Cartland valait bien celle de Dostoïevski. Pour le coup cependant, baisser pavillon, c'était renoncer à la vente de l'appartement, donc à l'acquisition du *Ruth dans le champ de Booz.* Autant s'arracher les yeux de la tête. Le tableau, il le voulait comme une ultime convoitise, celle après laquelle on renoncera à tout, tant il paraît impossible que l'on désire encore autre chose une fois cet exorbitant désir assouvi.

Maintenant, il ne fallait pas qu'à la bouderie de Julia vienne s'ajouter une désastreuse rupture entre Élise et Fauvol. Sans le maillon Élise-Fauvol, la chaîne qui conduisait au tableau serait rompue, il pouvait lui dire adieu, car jamais il ne l'achèterait directement à un receleur.

Aussi avait-il assuré à Marie-Rose au téléphone qu'il ferait au plus vite. Il avait emprunté la fourgonnette Citroën de l'évêché qui servait à distribuer de la nourriture et des couvertures aux sans-abri et était parti à Verviers. Sur place, il avait frappé à la porte de Marie-Rose. Elle l'avait entrouverte, elle serait à lui dans un instant, le temps d'expédier sa dernière patiente.

Quand il entra à son tour dans le cabinet, après avoir croisé le regard ironique de la future mère qui en sortait, Marie-Rose tout de suite lui saisit les deux mains.

« Monsieur l'aumônier, merci, merci d'être venu !

— C'est bien normal, docteur ! Ça me fait drôle que vous m'appeliez "aumônier". Depuis le temps ! Vous me rajeunissez !

— Oui, je sais, excusez-moi. Vous êtes doyen, je crois, ou…

— Chanoine seulement, chargé du patrimoine. »

Un instant, ils se jaugèrent l'un et l'autre. Ils ne s'étaient plus rencontrés depuis des années. Combien au juste ? Voyons, l'affaire remontait à 1994. Quinze ans déjà…

Marie-Rose était mince alors, presque frêle. Elle s'était épanouie, son visage, malgré l'anxiété qui le crispait, évoquait un fruit appétissant doré au soleil. Le chanoine était heureusement surpris.

Chez Marie-Rose, l'impression n'était pas du tout la même. Dans la rue, elle n'aurait pas reconnu le chanoine. En fait de fruit, sa tête à lui avait plutôt l'air ratatiné d'un pruneau d'Agen. Elle était presque déçue qu'il ait tellement vieilli, comme si elle craignait que son ascendant soit périmé. Elle chassa cette pensée.

« Venez, venez, monsieur le chanoine », dit-elle. Elle le fit asseoir face à son bureau, où elle prit place en posant de côté le stéthoscope qui reposait en collier sur sa blouse blanche.

« Eh bien, ça fait un bail, commença le chanoine, ne sachant si c'était à lui de rompre la glace.

— Oui, mais je n'ai jamais oublié ce que vous avez fait pour Élise et pour moi.

— Simplement mon possible, vous savez.

— Vous nous avez sauvées et, aujourd'hui, je suis sûre que vous le pouvez encore.

— Voyons, voyons, docteur…

— Marie-Rose…

— Oui, Marie-Rose, bien sûr… Qu'est-ce qui se passe ?

— Il s'agit d'Élise.

— Élise ? Qu'est-ce qu'elle est devenue ?

— Elle vit chez moi.

— Pas mariée ?

— Non, non. Elle s'occupe de la maison, de mes enfants. J'ai quatre enfants.

— Bravo !

— Vous imaginez si je suis occupée du matin au soir. Ici, à l'hôpital, il faut être disponible pratiquement vingt-quatre heures sur vingt-quatre et, dès que je peux m'éclipser, c'est pour retrouver mes petits poussins. J'ai toujours voulu une famille nombreuse, bien soudée. En plus, je ne pouvais pas abandonner Élise. Après l'affaire… le drame que vous savez, elle est venue habiter chez moi. Nous avons une très grande maison, elle a son appartement. Tout de suite, les enfants sont arrivés. Élise avait l'air contente, complètement apaisée. Elle les choyait comme une vraie mère. Il y a un mois encore, si on me l'avait demandé, j'aurais juré qu'elle était parfaitement heureuse, en tout cas autant qu'une personne comme elle puisse l'être.

— Et maintenant ?

— Maintenant, rien ne va plus. Du jour au lendemain, elle s'est jetée sur un homme qu'elle a rencontré sur Internet. Un site catholique, soit dit en passant. »

Le chanoine se sentait envahir par la jouissance si particulière que l'on ressent quand quelqu'un se mêle de nous rapporter ce que nous savons mieux que lui et que nous faisons l'âne pour avoir du son. Il demanda d'un air parfaitement candide : « Un site catholique ? Vraiment, ça existe ?

— Apparemment. En tout cas, d'après Élise.

— Après tout, ce serait plutôt rassurant. On peut supposer que les gestionnaires filtrent les inscriptions, ils ne prennent pas n'importe qui. À son âge… Quel âge a-t-elle ?

— Trente-neuf ans.

— Comme le temps passe ! À trente-neuf ans, si elle a décidé de se marier – ce qui est parfaitement légitime –, elle ne va pas chercher un parti au bal du samedi soir. Le monde change. Pourquoi pas Internet ? Surtout avec la caution de l'Église. Elle a trouvé quelqu'un de convenable, j'en suis convaincu.

— C'est ce qui vous trompe. Mon mari s'est renseigné. L'homme dont elle a fait la connaissance – un certain Fauvol, brocanteur à Liège – est un pervers sexuel. »

Une grimace souleva la joue droite du chanoine : la famille avait appris que Fauvol était homo. La tuile ! Il essaya de tempérer : « À tout péché miséricorde ! Peut-être cet homme est-il résolu à s'amender par un mariage qui le guérira de ses erreurs.

— Franchement, monsieur le chanoine, je crois que lui prêter ce genre d'intention serait de la dernière naïveté. Je pense plutôt que cet individu n'a qu'une idée en tête : se payer une fille complètement coincée, histoire de changer ses habitudes, et l'ajouter à la longue liste de ses méfaits. Quand il l'aura brisée comme un jouet qui ne l'amusera plus, il la laissera tomber. »

Fauvol en train de lister ses méfaits ! Le chanoine n'y aurait jamais songé ! Il le tenait pour un solitaire paralysé par une attirance pour les hommes qu'il n'osait affirmer. Devait-il vraiment l'imaginer en collectionneur pervers ?

Un de ces chasseurs nocturnes dont il avait entendu parler, qui cherchent les étreintes furtives de garçons inconnus dans les ruelles borgnes de la ville ?

« Mais Élise elle-même, que dit-elle de cet homme ? reprit-il le plus tranquillement possible.

— Ses mœurs, elle prétend qu'elle s'en balance. Je crains, je redoute le moment où elle comprendra qu'elle ne compte pas plus que ses autres expériences, quand elle s'apercevra qu'elle n'aura été qu'une poupée de chiffon entre les pattes de ce brigand. Pauvre, pauvre petite Lili ! »

Un sanglot tout à coup brisa la voix de Marie-Rose. En formulant devant le chanoine les motifs de son inquiétude qu'elle gardait en elle jusqu'alors, elle s'était émue elle-même plus qu'elle ne l'aurait cru. De prime abord, ce qui la contrariait, c'était qu'Élise la laisse en plan pour le ménage, les enfants. Sans elle, toute l'organisation de la maison s'effondrait. Cependant, en avançant de plus nobles raisons au prêtre, elle s'apercevait qu'elles étaient là aussi, en retrait, mais bien réelles dans son cœur.

Car elle aimait Élise tout simplement et la perspective de la perdre lui déchirait l'âme. Jamais elle n'aurait eu l'idée saugrenue de mettre ses sentiments pour Édouard en compétition avec ceux qu'elle éprouvait pour sa soeur, pourtant si elle avait dû le faire, elle aurait admis qu'elle se serait plutôt séparée de lui que d'Élise. Pure supposition, bien entendu, il n'en était pas question. N'empêche, son affection pour Édouard, dont elle avait été si toquée à ses débuts, était retombée comme le lait retombe et colle au fond de la marmite au bord du fourneau dans lequel, en revanche, les braises de son amour pour Élise n'avaient jamais cessé de rougeoyer.

Élise était sa petite sœur, sa Lili, son bébé. Après le divorce de leurs parents, elle lui avait tenu la tête hors de l'eau. Présente, en effet, leur mère était plus absente que leur père, vraiment absent. Tandis qu'Élise végétait à l'athénée Thil Lorrain, Marie-Rose avait entamé brillamment médecine sans cesser de la soutenir à bout de bras. Elle l'avait poussée à entrer à l'école provinciale d'infirmières, en promettant de l'aider. Élise avait réussi tant bien que mal.

Côté cœur, le désert, pas la moindre amourette d'adolescente, jusqu'au jour où, sur un coup de tête, elle s'était laissé entraîner au « baptême » des élèves des Arts plastiques où un futur barbouilleur l'avait passée à la casserole. Une fois de plus, Marie-Rose avait pansé les plaies.

En 1994, alors qu'elle était dans sa quatrième année de spécialisation en gynécologie à l'hôpital Saint-Jean, elle avait fait engager Élise comme infirmière en médecine interne. Une période où les malheurs s'accumulèrent pour sa sœur.

D'abord, pour la première fois, Marie-Rose la laissa à elle-même chez leur mère. Elle venait de se marier sur un coup de tête et de s'installer avec Édouard dans un petit studio non loin de l'hôpital.

Édouard était trois ans plus jeune que Marie-Rose. Il avait passé quelques années prétendument à HEC, mais surtout dans les tavernes du célèbre Carré de Liège, était entré dans une agence immobilière quand ses parents lui avaient coupé les vivres et avait rencontré Marie-Rose par l'intermédiaire du pare-chocs arrière de sa 2 CV, qu'il avait embouti au feu rouge de la place du Palais. En remplissant le constat à l'amiable, il avait noté son adresse et son téléphone. Aussitôt il avait entrepris un siège d'un mois, au bout duquel elle avait capitulé sans conditions. Leur relation aurait pu étayer la théorie de l'attirance des contraires. Peut-être Marie-Rose s'était-elle avoué qu'elle en avait assez de son rôle d'étudiante modèle et d'ange gardien de sa sœur.

Ensuite, brusquement, leur père était mort sur la route en Lituanie. Élise l'avait toujours porté aux nues. Pour devenir un père modèle, rien de tel que d'échapper à l'éducation quotidienne des enfants. Et ce n'était pas la fortune qu'il laissait en héritage qui aurait pu consoler Élise. Elle était totalement indifférente à l'argent. Cependant le pire était encore à venir.

Le matin du 15 novembre 1994, sœur Thérèse de la congrégation des Sœurs de la charité, qui à l'époque fournissait encore des religieuses infirmières à Saint-Jean, constata en prenant son service le décès d'un homme de cinquante-six ans, hospitalisé pour une bradycardie. Rien ne permettait de prévoir une issue fatale. La sœur, chef du service où travaillait Élise, découvrit rapidement ce qui s'était passé. Élise avait fait au malade une piqûre d'adrénaline au lieu d'une piqûre d'atropine. Les ampoules, de même forme toutes les deux, se trouvaient dans la case A des injections à administrer. Sœur Thérèse prit Élise à part, lui demanda des explications, mais Élise fut incapable de sortir un mot de sa bouche. La sœur allait la dénoncer.

Paniquée, Élise s'en remit à Marie-Rose. C'est elle qui aussitôt fit appel au futur chanoine Grimaux, alors aumônier de Saint-Jean. Sœur Thérèse, en effet, n'aurait été que trop heureuse de jeter des pierres dans le jardin de Marie-Rose, car on murmurait au sein de la congrégation qu'avec son maître de stage, elle pratiquait des curetages qui n'étaient que des avortements déguisés.

Pourquoi le chanoine avait-il accepté de tirer les deux sœurs de la terrible situation où elles se trouvaient ? Peut-être parce que, peu avant, Mme Blanmont avait obtenu de Marie-Rose un dispositif qui la mettait à l'abri d'une encombrante progéniture sacerdotale. Toujours est-il qu'il plaida l'erreur d'une débutante auprès de sœur Thérèse. Son silence charitable lui serait compté dans les cieux. La sœur accepta à condition qu'Élise débarrasse le plancher sur-le-champ.

Complètement déstabilisée, Élise quitta sa mère et emménagea rue Ortsmans. Quelques mois plus tard, Marc venait au monde. La présence de l'enfant sembla l'apaiser. Elle revêtit son rôle de nounou avec un empressement inattendu.

Jamais ensuite elle ne s'était plainte. Jamais il n'avait été question qu'elle vole de ses propres ailes et encore moins qu'elle convole. Elle semblait avoir trouvé enfin le genre de vie qui lui convenait et qui, du même coup, convenait à Marie-Rose. La mort de leur mère, un an plus tard, avait entériné la situation. Comment croire, dès lors, que sa brutale toquade pour une sorte de play-boy était autre chose qu'un coup monté par ce Fauvol ?

« Il faut que vous parliez à Élise, monsieur l'aumônier, absolument.

— Franchement, je ne sais pas trop. Je ne l'ai pas revue depuis toutes ces années. Comment voulez-vous… ? Puis, je dois dire que je me sens très mal à l'aise d'intervenir dans la vie d'Élise. Ce n'est plus une enfant ni même une jeune fille. Elle est libre de vivre comme elle l'entend. Elle sait sûrement quel genre d'homme est ce Vaufol…

— Fauvol.

— Oui, Fauvol. Si au moins je le connaissais lui, je pourrais sonder ses intentions, vous rassurer.

— Vous nous avez sauvées autrefois. Est-ce que cela ne crée pas une sorte d'obligation ? On ne tire pas un désespéré hors de l'eau pour le laisser se noyer lorsqu'il y retombe. N'abandonnez pas Élise. Vous avez été si bon déjà pour nous, si compréhensif, si généreux. »

Le chanoine ne put réprimer un sourire de complaisance. La nuit du sauvetage lui revenait avec plus de précision. Il s'était trouvé devant deux femmes effondrées. Pas un instant il n'avait supposé qu'Élise, avec sa petite figure d'oiseau pris au filet, pût avoir ourdi un acte criminel. Il était touché, ému devant leur détresse.

C'était dans les premiers temps de sa liaison avec Mme Blanmont. Ce que la hiérarchie de l'Église considère comme le péché le plus abominable pour un prêtre avait brisé la gangue qui s'était formée autour de son cœur quand il vivait au-dessus de la mêlée, chaste, solitaire.

Comment l'arrogance n'envahirait-elle pas celui qui est chargé d'absoudre les fautes sans jamais les commettre ? Mme Blanmont avait fait voler sa suffisance en éclats.

Marie-Rose voyait juste en parlant de noyade. Les prêtres qui demeurent dans le rang veulent sincèrement secourir les gens qui se noient. Seulement, ils restent sur la berge, ils lancent des conseils, des encouragements, parfois même des bouées de sauvetage. Le chanoine s'était jeté à l'eau. Il savait enfin ce qu'on ressent au milieu du fleuve, la joie de barboter dans l'onde tiède, mais aussi les flots glacés, les courants qui entraînent vers le fond comme ce tourbillon dans lequel Élise avait été prise.

Non sans peine, il avait obtenu le silence de sœur Thérèse. Il avait entortillé son appel à la charité dans un cas de conscience : à quoi bon, puisque le mal était fait, y ajouter cet autre mal que serait l'intransigeance pour une erreur ? Comme cela ne suffisait pas, il avait dû se résoudre à un léger chantage qu'il n'avait pas mentionné à Marie-Rose. Qui était responsable du service où travaillait Élise ? La sœur – infirmière en chef – n'aurait-elle pas dû contrôler les actes d'une débutante ? Elle risquait elle-même de gros ennuis dans un moment où bien des voix s'élevaient contre le travail des sœurs dans les hôpitaux. Le chanoine, en effet, s'était résigné à l'idée que, dès lors qu'on patauge dans les eaux de la commune humanité, il faut faire avec les choses pas très nettes qui flottent à la surface.

Dans les jours qui suivirent, Marie-Rose lui avait remis un gros chèque à l'ordre des œuvres paroissiales. Ce n'était pas grand-chose, d'après elle : Élise et elle avaient hérité de la fortune considérable de leur père. Il n'avait pu refuser. Il avait acquis une authentique icône byzantine du Christ Pantocrator. Son intention était de la placer dans une des églises qu'il administrait alors, mais il n'avait jamais pu décider laquelle, si bien qu'elle était restée accrochée au moulin chez Mme Blanmont.

Déjà il y avait entreposé quelques œuvres que des paroissiens à l'article de la mort, sachant son goût pour le beau, lui léguaient avant de passer dans un monde où ils n'en auraient plus besoin. Il les acceptait par compassion. Les donateurs pour la plupart étaient des paysans prospères qui avaient appris qu'on n'a rien pour rien. Refuser leur legs, c'était leur fiche la frousse de se trouver sans quittance devant le guichet de saint Pierre.

Ainsi sa passion pour les beaux objets s'assortissait avec le souci sincère qu'en bon pasteur il avait de ses brebis. Une fois devenu chanoine cependant, en charge du patrimoine, plus de brebis, seulement des œuvres d'art partout autour de lui, qu'on lui confiait les yeux fermés. En lui, la passion avait pris toute la place.

Il était hors de question qu'il rende Élise à sa sœur si, pour cela, il devait renoncer au tableau de Piero della Francesca. Au contraire, il venait de décider de faire tout ce qu'il pourrait pour qu'elle épouse Fauvol et, bien entendu, en communauté de biens ! Au demeurant, pourquoi ne la rencontrerait-il pas comme le demandait Marie-Rose ? Au lieu de l'inciter à rentrer au bercail, il la conforterait dans sa toquade pour Fauvol. Si jamais elle avait changé d'avis à cause des mœurs bizarres de son galant, il pourrait même la menacer, pris de remords tardifs, de revenir sur la triste affaire de l'hôpital. Il voulait ce mariage, coûte que coûte.

« Puisque vous insistez, je parlerai à Élise, dit-il. Demain, si vous voulez. Chez vous ?

— Eh bien… je ne sais pas. Elle a passé la nuit avec ce type, elle devait revenir ce matin, mais elle n'est pas encore rentrée.

— Appelez-moi quand elle sera là. Je verrai ce que je peux faire pour éviter ce mariage.

— Mariage ? Encore heureux, monsieur le chanoine, elle ne songe pas au mariage. Elle me l'a bien dit. Cette histoire est une expérience, l'expérience d'une femme qui n'en a jamais vraiment eu et qui sent que le temps passe, si vous voulez mon avis. Le démon de midi en quelque sorte, version féminine.

— Vraiment ? Vous croyez ?

— À vrai dire, je le souhaite même.

— Qu'est-ce que vous voulez dire ?

— Eh bien, j'espère qu'elle n'a pas fait de bêtise.

— Quelle bêtise ?

— Je ne vous l'ai pas encore dit…

— Eh bien ?

— Cet homme dont elle a causé la mort autrefois, peut-être que ça ne devrait pas m'inquiéter, mais il était antiquaire lui aussi. »

16.

Grâce à la diminution du trafic et à la brise vespérale, les dix coups du clocher de la cathédrale Saint-Paul parvinrent jusqu'au parc de l'hôtel du Faubourg, où Fauvol était assis à une table de jardin devant un verre de Lambertus. Il était arrivé à neuf heures comme convenu, s'était dirigé vers l'ascenseur sans un regard pour la réceptionniste – la même que la veille au soir, celle qui s'imaginait l'avoir deviné – mais n'avait pas eu le loisir d'appuyer le doigt sur le bouton d'appel, car elle l'avait hélé juste avant :

« Monsieur ! Mme Dubois est sortie. Elle m'a demandé de vous prévenir. Si vous voulez bien l'attendre. Je vous sers quelque chose ? »

Plutôt que de rester au salon sous son museau de fouine, il s'était fait servir dans le parc. Il avait eu le temps de récapituler une nouvelle fois les événements de la journée. Le matin, quand il avait quitté Élise, il avait décidé, puisqu'elle l'avait en grande partie démasqué, de lui avouer toute la vérité. Ce qui l'étonnait, c'est qu'elle ne l'ait pas aussitôt envoyé sur les roses. Au contraire, elle lui avait pour ainsi dire ordonné de revenir et lui avait même promis le paquet d'argent qu'il lui demandait. Vraiment bizarre... En tout cas, moralement – s'il osait se permettre –, impossible de s'exécuter sans mettre les choses au clair. Après cela, si elle le débarquait, ça lui percerait le cœur, il le sentait, mais qu'y faire ?

Quant à l'irruption du beau-frère dans sa boutique, il n'en était pas encore revenu. Qu'est-ce qui avait pris à cet énergumène de brandir un pistolet dont visiblement il ne savait pas se servir ? Un peu plus, il se serait tiré une balle dans le gosier, à supposer que l'arme ait été chargée, ce qui, du reste, était invraisemblable – on ne trouvait plus de munitions pour ce type de Luger juste bon pour le marché aux puces. Une poule mouillée qui voulait se donner des airs de coq de combat.

Le bouquet, ç'avait été le portrait d'Élise qu'il lui avait dressé en infirmière sadique, la seringue au poing, pour ainsi dire, le doigt sur le piston, une goutte de poison perlant au bout de l'aiguille ! Une sorte de dingue sous tranquillisant, qui justement avait oublié ses pilules ! Dur à avaler, même si, à trop y réfléchir, le fantasme de la mante religieuse qui zigouille le mâle après l'accouplement lui provoquait quelques frissons.

L'air fraîchissait d'ailleurs. Tandis que le dernier coup de la cathédrale vibrait dans l'espace, Fauvol perçut le pas d'Élise sur le gravier. Sur sa robe bleue de la veille, elle avait passé un fin gilet traversé par la bandoulière du petit sac en cuir qu'elle portait lors de leur première rencontre.

« Pierre, pardon ! Je vous ai fait attendre.

— Ce n'est rien, je profitais de la douceur de la soirée. »

Il avait quitté sa chaise, se tenait debout à deux pas d'elle, à la distance que son retour au vouvoiement paraissait lui imposer.

« Vous avez soupé ?

— Oui, oui. »

En fait, il n'avait rien mangé, il s'était imaginé qu'il prendrait malgré tout quelque chose ensemble. Elle hocha la tête. Son visage, à cause de l'éclairage ténu des bornes lumineuses le long du sentier, semblait très pâle, sans la dureté toutefois ni le mépris qu'il avait craint d'y trouver. Il y découvrait même une sorte de grâce absente à la lumière du jour.

« Eh bien, je vais toujours monter. Vous me rejoignez ? »

Elle n'attendit pas sa réponse, pivota sur ses talons et s'éloigna, transformant du même coup la question en injonction.

Dix minutes plus tard, il la rejoignit avec les encouragements muets de la préposée du hall. Elle était couchée. Il passa dans la salle de bains. Pendant qu'il se préparait, ses yeux tombèrent sur les objets qu'elle avait disposés sur la tablette du lavabo, brosse à dents, dentifrice, crème et une petite trousse sur laquelle était imprimée une croix rouge. Son cœur fit un bond. Était-ce là qu'elle dissimulait la fameuse seringue ? Sa main s'avança pour ouvrir la trousse, mais dès qu'il sentit entre ses doigts la tirette de la fermeture Éclair, il se reprit. On trouverait, sans chercher loin probablement, des gens bien élevés qui ont fini assassinés à cause de leur discrétion. À chacun sa morale. Il avait peut-être envisagé un moment d'escroquer une femme ; fouiller dans son sac, il ne se le serait jamais permis.

Dans la chambre, Élise avait éteint la veilleuse de chevet. Les tentures un peu disjointes, cependant, laissaient passer assez de lune pour qu'il gagne la couche sans s'estropier comme la veille. À peine entre les draps, il s'empara de la main d'Élise qui s'était illico posée sur lui et semblait prête à entamer ses explorations.

« Élise, Élise, je vous en prie, parlons un peu d'abord. Je... je voudrais m'expliquer à propos de ce que vous m'avez dit ce matin.

— Je ne vous y oblige pas, Pierre. Nous pouvons continuer comme ça, vous savez, sinon je vous aurais déjà quitté.

— Je l'ai bien compris. J'aimerais pourtant que vous sachiez qui je suis vraiment, comment toute cette histoire a commencé dans laquelle je vous ai embarquée.

— Ça n'a pas d'importance, je vous assure. »

Elle cherchait à dégager sa main comme si son unique préoccupation était de remettre au plus vite le couvert de la veille. Mais il ne lâcha pas prise et même s'écarta un peu de son corps brûlant trop près du sien pour qu'il puisse rassembler froidement ses idées.

« D'abord, vous avez raison, je n'ai pas été l'homme d'une seule femme. Camille, je l'ai inventée. Je me croyais malin, vous avez deviné. Pour autant, n'allez pas imaginer que je suis un bourreau des cœurs. Vous m'avez bien regardé, je suppose ! J'ai eu quelques aventures, rien de plus. Des envies de posséder quelqu'un, comme ça, subites, pour me délivrer d'une espèce d'exaspération, je dirais, qui s'accumulait en moi. Pas question d'amour dans tout ça, vous le comprenez bien. Je n'y pensais même pas. Pourquoi, je n'en sais rien. »

Un instant, l'interrogation resta en suspens dans son esprit. Il se promit d'y réfléchir plus tard, bien qu'une réponse se présentât d'elle-même à lui, mais trop sommaire, trop désagréable aussi. Ces passades avaient commencé quand il était étudiant aux Beaux-Arts. Il voulait être peintre. Pour être un artiste, cependant, ce n'est pas assez de le vouloir. Même travailler ne suffit pas. On a beau s'esquinter le tempérament, si on n'a pas – comment dire ? – le génie, ou peu importe comment appeler cet influx mystérieux qui confère une âme aux œuvres, autant se battre les flancs.

Un jour qu'il s'escrimait sur une nature morte, des fruits sur une coupe, le professeur lui avait jeté la pomme entre les mains en lui criant : « Croquez-la plutôt avec les dents, c'est ce que vous ferez de mieux ! » Avec les modèles vivants, ce n'était pas plus brillant. Était-ce le dépit qui l'avait poussé à dévorer la chair des femmes faute d'avoir pu la coucher sur la toile ?

« En somme, poursuivit Élise sans dissimuler son ironie, il n'y a que Camille que vous ayez aimée.

— On peut dire ça.

— Dommage qu'elle n'ait jamais existé.

— C'est encore plus vrai que vous ne le pensez. Quand j'ai inventé cette histoire, je me suis pris au jeu. Je me faisais presque envie dans le rôle que je m'y étais donné.

— À vos autres chéries, vous débitiez aussi le même boniment ?

— Non, non. Ce n'était pas nécessaire. Pour ce que nous avions à faire, elles savaient à quoi s'en tenir.

— Pas la peine de les enfumer, autrement dit. Il n'y a que pour moi qu'il fallait ce cinéma.

— Vous, c'était différent, c'est vrai.

— Vu que j'étais la petite bécasse que vous aviez l'intention de plumer. Comment saviez-vous que j'avais de l'argent ? Et d'abord, comment m'avez-vous trouvée ? Les autres, vous les dénichiez sur Internet ?

— Non.

— Alors ? »

Fauvol soupira. Que dire pour la faire croire à sa sincérité si Élise continuait à tourner en dérision chacune de ses explications ? Il aurait peut-être mieux fait de laisser tomber, de lâcher sa main et de partir. Pourtant, il sentait s'affermir au fond de lui une résolution encore mal définie. Celle-là, sans doute, qui l'avait poussé en présence d'Édouard à déclarer brusquement qu'il épouserait Élise. Édouard parti, évidemment, il s'était demandé ce qui lui avait pris de jouer au prétendant sérieux. N'empêche, cette résolution subite était toujours là, il ne l'avait pas reniée, même s'il ne pouvait mettre sa tête à couper qu'elle aboutirait. Ses doigts pressèrent un peu plus la main d'Élise.

« Je vais tout vous dire, Élise, je vous le promets. Mais, pour commencer, il faut que vous sachiez ce que je voulais faire de cet argent. Le tableau dont je vous ai parlé, *Ruth dans le champ de Booz*, je ne l'ai pas inventé. Il existe bel et bien. Le receleur qui en demande deux cent trente mille euros aussi. C'est la pure vérité. Seulement, ce n'est pas pour la prétendue ressemblance de Ruth avec Camille qui n'existe pas que je veux l'acheter. Ce n'est même pas pour moi. C'est pour un client, un collectionneur fou qui est prêt à en donner quatre cent cinquante mille euros. Vous comprenez? Cette opération peut me rapporter quatre cent cinquante mille euros moins deux cent trente mille, ce qui fait deux cent vingt mille euros. Une occasion unique! Qui ne se représentera pas avant longtemps, peut-être même jamais. Mon seul problème, c'est que je n'ai pas les deux cent trente mille de mise de fonds. Il fallait que je les trouve. Si vous me les prêtez, naturellement je vous les rendrai une fois l'affaire conclue. Ce n'est qu'une avance.

— Vous me les rendrez? Décidément vous me prenez pour une idiote.

— Il faut me croire, Élise!

— Je me demande bien pourquoi.

— Je vais vous le dire. Vous devez me croire parce que d'abord, c'est vrai, dans un premier temps, j'avais pensé que je trouverais quelqu'un de naïf, qui goberait mon histoire de Camille, qui me céderait l'argent, tout simplement, par compassion, à qui je ne l'aurais jamais rendu. Vous voyez, je ne vous mens plus. Je l'avoue, j'étais sur le point de me comporter comme la dernière des crapules. Mais c'était théorique tout cela, ce n'était qu'un plan, un mauvais tour que je projetais avant de vous connaître. Maintenant que je sais qui vous êtes, je serais incapable de vous voler un centime. Si vous m'avancez la somme, je vous la rendrai, je vous le jure, et même j'espère que vous accepterez la moitié du bénéfice que je tirerai de la vente. Cent dix mille euros.

— Si vous saviez à quel point je me fiche de l'argent.

— Je veux bien le croire, Élise, parce que vous, vous n'en avez jamais eu besoin. Tandis que moi il faut que j'en trouve absolument. Je suis complètement fauché. Je me donne des airs comme ça, le type à l'aise, le grand seigneur. Mais je n'ai pas un radis devant moi. La boutique ne me rapporte rien. Il y a des semaines où je ne vois même pas un client. En plus, je gère comme une pantoufle. Je suis couvert de dettes. Tenez, pour la croisière, j'avais fait un chèque sans provision, j'ai déjà reçu trois rappels. Si j'ai eu l'idée de ce... montage pour acheter le tableau, c'était pour me sortir du pétrin. Si je rate ce coup-ci, je mettrai la clé sous le paillasson. C'est ma dernière chance.

— Ben voyons ! Un nouveau chantage ?

— Oh, Élise, de grâce, ne dites pas ça ! Je suis un sale type, mais si vous croyez encore que je veux vous tromper, je m'en vais tout de suite. »

Aussitôt, après une pression dans laquelle il avait mis un semblant d'irritation, il repoussa la main d'Élise contre sa hanche, où ses propres doigts rencontrèrent la tiédeur de sa peau. Il était prêt à sortir du lit, à retourner à la salle de bains, à se rhabiller, à repartir, du moins si elle ne le rappelait avant qu'il franchisse la porte, ce qu'il désirait violemment maintenant car sa hanche nue avait d'un seul coup éperonné ses sens. Il bascula sur le côté, sans y mettre une détermination vraiment plausible, et au même instant une giclée d'espoir inonda son cœur. Élise l'avait rattrapé. Elle venait d'agripper sa jambe avec une telle détermination qu'elle y avait même enfoncé les ongles. La dernière douleur dont il se serait plaint.

« Doucement, Pierre ! Si vous voulez vraiment me convaincre de votre honnêteté, il faut remplir votre part du contrat maintenant.

— Quoi ? Quel contrat ?

— Ne faites pas l'innocent, je vous l'ai dit ce matin. Encore deux nuits avec moi. Et vous savez pour quoi... »

La main d'Élise remontait sur sa cuisse et rencontra la preuve qu'il avait très bien compris.

Une fois de plus, la situation lui échappa complètement. Lorsqu'il était enfant, sa mère l'avait emmené dans un parc d'attractions où se trouvait un immense toboggan. Elle avait grimpé avec lui jusqu'en haut. Bien qu'il vît les autres enfants se précipiter avec des cris de joie dans le tube, il était paralysé par la peur. Sa mère l'avait encouragé, elle l'avait posé sur l'orifice et lui avait appliqué une petite poussée dans le dos. Alors, l'ivresse du corps aspiré par un tourbillon l'avait envahi, dépossédé de lui-même, incapable de penser, tout entier livré au vertige d'une chute sans danger dans l'abîme. C'est ce bonheur qu'il ressentait. Peut-être la mort, quand elle se présente et qu'on n'y résiste pas, est-elle la seule qui puisse se mesurer à celui-là.

Avec ses maîtresses, le plus souvent, quand il rouvrait les yeux, le drap qu'il relevait pesait tout à coup sur lui comme une chape de plomb. Jamais ce n'était ce qu'il avait escompté. Trop direct, trop technique, trop... n'importe quoi. Tant de mal pour amener une femme dans son lit et pour un si piètre résultat ! À qui la faute finalement ? se demandait-il. Pouvait-il attendre autre chose d'une fille parfaitement interchangeable ? Il suffirait de trois ou quatre semaines avant qu'il ne se souvienne même plus de son prénom. Juré, c'était la dernière ! Serment qu'il tenait jusqu'à la suivante.

Avec Élise, quelle différence ! Il se sentait plus vivant, meilleur même. Et il pouvait compter encore sur la nuit suivante : quelle chance ! Ensuite, il y en aurait d'autres, il voulait le croire. Elle lui pardonnerait son méchant projet. Grâce à l'argent qu'ils allaient gagner ensemble sur le dos du chanoine, ils pourraient commencer une vie nouvelle, tous les deux, ailleurs peut-être, où elle voudrait.

Il murmura : « Élise... » Il cherchait ses mots. Il brûlait de reprendre la conversation sur le ton de la confidence à présent. Mais elle l'interrompit : « Attends une minute, je passe à la salle de bains. Repose-toi. »

Elle le laissa et, le cœur chaviré, il perçut la silhouette souple de son corps qui se mouvait dans la pénombre. Bruit mat de la porte qui se refermait, pluie apaisante de la douche. L'espace de la chambre se remplissait d'une atmosphère de tranquillité domestique, comme une ouverture sur un avenir de bonheur inespéré. Elle avait bien dit : « Attends... Repose-toi ! » Elle avait repris le tutoiement. S'était-elle laissé attendrir ? Allait-elle oublier ses préventions, l'écouter, ne plus lui rire au nez sans arrêt ?

Un léger claquement parvint jusqu'à lui, un flacon qu'elle reposait sur le lavabo. Il lui remit à l'esprit la trousse de pharmacie et les avertissements du beau-frère. Mais il n'éprouvait plus la moindre crainte. Il en souriait comme d'un épouvantail à moineaux.

Quand Élise eut repris place à ses côtés et qu'elle eut soupiré : « Qu'est-ce que je me sens bien maintenant ! » il demanda humblement : « Tu pourrais m'écouter encore un peu, Élise ?

— Pourquoi pas ? Vas-y toujours...

— Je voudrais que tu comprennes que je regrette ma combine ridicule. Je veux que tu sois contente.

— Je le suis, Pierre, ne te fais pas de souci.

— Justement, je m'en fais. Tu n'as pas oublié tes médicaments ?

— Qu'est-ce que tu racontes ? Quels médicaments ?

— Tu n'as pas des médicaments à prendre ?

— Non, pas du tout. Je n'en prends jamais d'ailleurs, même pas une aspirine. Où vas-tu chercher ça ?

— Eh bien, cet après-midi, j'ai eu une visite un peu curieuse. Ton beau-frère.

— Édouard ?

— Oui, Édouard Gayet.

— Qu'est-ce qu'il voulait ?

— D'abord que je lui dise où tu te trouvais. Rassure-toi, je ne l'ai pas fait. Puis surtout que je cesse de te voir.

— De quoi il se mêle ?

— Ce serait dans mon intérêt, je courrais des risques avec toi si tu ne prends pas tes pilules, des calmants ou quelque chose de ce genre.

— Non ! C'est pas vrai !

— Tu n'as pas de seringue non plus ?

— Qu'est-ce que je ferais d'une seringue ?

— Je ne sais pas. Tu es infirmière, paraît-il, tu ne me l'avais pas dit.

— J'ai à peine pratiqué un an.

— Il y a eu un problème ?

— Alors, ça aussi, il a fallu qu'il le ressorte ! »

Elle se tut. L'étoffe de l'oreiller qu'elle avait pris entre ses doigts émit un léger crissement.

« Écoute, Pierre, je ne vais pas m'étendre sur cette vieille histoire, reprit-elle, la voix légèrement tremblante. Mais, tout de même, il y a quelque chose que tu dois savoir. C'est que cette affaire a été un malentendu du début à la fin. J'étais la coupable idéale, c'est tout.

— J'en suis absolument certain, ma chérie. »

Il s'empara de ses doigts serrés en poing et ils se détendirent peu à peu. Grâce à ce ballot de Gayet, elle commençait à le considérer comme son allié.

« Tu sais qu'il m'a même menacé avec un pistolet ? »

Il l'ajoutait, pas du tout sur un ton dramatique, mais comme une bonne blague.

« Édouard ?

— Oui. Oh, je suis sûr qu'il n'était pas en état de fonctionnement. »

Elle se redressa sur un coude, lui passa la main dans les cheveux.

« Tu as dû avoir peur, mon pauvre !

— Pas vraiment. C'était tellement… exagéré.

— Et tu es venu malgré tout !

— Ben, oui, tu vois. »

Elle continuait à lui caresser le crâne, mais soudain elle s'arrêta.

« Suis-je bête ! Évidemment, pour deux cent mille euros, tu es prêt à prendre quelques risques.

— Élise ! »

Il se dressa à son tour, la saisit par les épaules.

« C'est vrai, j'espère qu'on pourra s'arranger pour l'argent. Pourtant, si je suis venu, c'est pour toi d'abord, oui, pour toi ! Même si tu n'as pas cette somme, même si tu ne veux pas me la prêter, j'espère de tout cœur que nous continuerons à nous voir.

— J'ai l'argent qu'il faut, sois tranquille. Tu as tes informations, j'imagine.

— Oui, enfin, indirectement.

— Explique.

— C'est mon client, celui qui veut m'acheter le tableau, qui est au courant.

— Il me connaît ?

— Apparemment.

— Comment ?

— Je ne sais pas. C'est un chanoine.

— Un chanoine ? Un prêtre ?

— Oui.

— Je ne connais aucun prêtre, je n'ai pas mis les pieds dans une église depuis la mort de ma mère.

— C'est plutôt un fonctionnaire de l'évêché. En principe, il s'occupe du patrimoine des églises, mais encore plus du sien. Il veut ce tableau à tout prix. Il doit passer par moi ; le vendeur, il ne le connaît pas. Lui-même n'a pas l'argent tout de suite. Il compte réaliser des avoirs dès qu'il sera sûr que la toile est entre mes mains. Il m'a conseillé de trouver une femme riche sur Internet. Il me croit homo, figure-toi, il veut me marier par la même occasion, pour me "soigner". Il t'a repérée sur un site catho.

— Mais c'est qui, ce fouineur ?

— Il s'appelle Grimaux. Félix Grimaux.

— L'aumônier ?

— Non, le chanoine.

— Ça va, Pierre, je me comprends. Il ne manquait plus que lui dans la comédie ! Cette fois, on est au grand complet ! »

17.

La réceptionniste de l'hôtel du Faubourg, celle qui avait accueilli Fauvol le mardi soir puis le lendemain, si elle avait dû témoigner dès ce moment et non comme elle le fit si confusément auprès de Benoît Michiels pour ses *Récits des bas-côtés*, aurait révélé un authentique talent de romancière. C'était, en effet, une personne dotée d'une forte imagination. Durant les longues heures qu'elle passait à son poste, par-dessus l'écran de son ordinateur, elle gardait toujours un œil sur les clients. La plupart, des femmes et des hommes d'affaires, des congressistes, des touristes, ne présentaient hélas aucun intérêt. Bien qu'elle s'efforçât, sur la recommandation expresse du manager, de les appeler par leur nom, tous ces individus revêtus de l'accoutrement de leur état, porteurs d'une carte Visa Gold et demandant l'heure du breakfast en globish lui semblaient sortir du même moule. Ils glissaient sur la surface de sa conscience avec l'indifférence de leurs valises à roulettes.

Ce qu'attendait Dana – son prénom figurait sur son badge, en vue de personnaliser d'éventuelles plaintes –, c'était le client original qui, de loin en loin, pénétrait dans le hall comme un chien dans un jeu de quilles. Aussitôt, une sorte de courant électrisait l'hémisphère droit de son cerveau, celui des élucubrations, s'il faut en croire les neurobiologistes. Elle pouvait même le sentir, comme un frisson, dans la raie de ses longs cheveux bruns.

Hors de question, bien entendu, de soutirer au nouvel arrivant des informations sur la raison de sa présence si particulière : la fonction de Dana l'obligeait à la plus stricte discrétion. Elle devait donc compenser l'absence de renseignements par la capacité à deviner la vie des autres dont elle se croyait douée.

Elle-même, cela dit, n'aurait jamais revendiqué une quelconque imagination. Elle se prévalait plutôt de son intuition, et même d'une intuition étayée par un savoir scientifique. C'est qu'elle avait étudié la psychologie à l'université dans l'intention première de se comprendre elle-même, à laquelle elle avait renoncé après un trimestre avant de se tourner vers l'observation moins risquée du comportement de ses semblables. Diplômée, elle n'avait pas trouvé d'emploi. Le marché est saturé de psychologues.

Derrière son comptoir, elle se consolait donc en exerçant ses connaissances et son flair sur les clients hors normes. À l'occasion, si elle les sentait désemparés, elle n'hésitait pas à leur donner une impulsion salutaire, comme l'aurait fait une thérapeute de métier. C'est ainsi qu'elle avait cru bon d'encourager Fauvol lorsqu'il prenait l'ascenseur pour rejoindre Élise à la chambre 206.

Dès qu'il était arrivé, elle l'avait repéré. Il était, c'était on ne peut plus clair, dans ses petits souliers. Quand elle s'était approchée pour leur servir le champagne au salon, elle avait remarqué avec quelle confusion il s'adressait à Élise. Il la vouvoyait. Deux inconnus en présence l'un de l'autre pour la première fois sans doute. En réalité, Élise et Fauvol étaient déjà venus dans les salons de l'hôtel du Faubourg un mois auparavant, on s'en souvient, mais elle ne pouvait pas le savoir comme nous, elle n'était pas de service ce jour-là. La bouteille de Veuve Clicquot, c'est Élise qui l'avait commandée avant que Fauvol n'arrive. Voulait-elle l'étourdir séance tenante en lui versant une boisson qui monte directement à la tête ? L'hypothèse était tentante.

C'est que déjà Élise l'avait intriguée lorsqu'elle s'était présentée deux heures plus tôt. Elle avait payé d'avance trois nuitées en cash et avait indiqué qu'elle réglerait tous les autres frais de la même façon à la fin du séjour. À ce moment, Dana avait pensé qu'elle devançait un mari retenu en ville par des affaires du genre lobbying pour lesquelles on évite de laisser des traces. Il la rejoindrait ensuite, sans avoir à se soucier des formalités de réservation. Le malaise de Fauvol, sa gêne en présence d'Élise, à qui il n'avait seulement pas serré la main, l'amenait à réviser entièrement sa première version.

Ce type coincé n'avait pas l'habitude du beau sexe. Il lui semblait même qu'elle l'aurait mieux encadré en tête à tête avec un bel éphèbe. Il était là en vue d'une expérience, la première peut-être, pour se prouver quelque chose, échapper – qui sait ? – aux rets d'une mère castratrice...

Naturellement, Élise était une professionnelle de luxe. Elle réglait la note dans le cadre d'une prestation forfaitaire, tous frais compris. Si elle avait réservé trois nuits d'affilée, c'est qu'elle avait planifié ses rendez-vous avec trois clients locaux successifs. Une organisation tip-top.

Dana avait donc été bien surprise en voyant Fauvol rappliquer le deuxième soir, le mercredi. Sans doute Élise pouvait-elle se permettre une certaine souplesse. Elle avait décommandé le deuxième client et négocié une nouvelle nuit avec Fauvol, moyennant supplément. Soit Fauvol n'avait pas assumé du premier coup, soit il avait eu une révélation et en redemandait.

Le lendemain matin, le jeudi, peu avant dix heures trente, alors qu'elle venait prendre son service à l'hôtel, elle passa devant le Belle-Vue. Et là, tout à coup, elle aperçut Élise attablée non pas avec Fauvol, mais avec un inconnu. Elle en déduisit instantanément qu'il s'agissait du client de la nuit à venir, voire du client de la veille reporté, car l'homme avait l'air d'assez méchante humeur.

Le plaisir d'échafauder son intrigue – véritable jouissance du romancier – éclipsait la légère gêne qu'elle éprouvait à l'égard d'Élise. Comment cette femme, qui ne payait pas de mine, avait-elle pu envisager de se vendre ainsi à des inconnus ? Dana aurait cherché en vain des signes de perversion ou de vulgarité dans son comportement. Tout ce qu'elle y décelait, c'était une détermination sans faille. Fallait-il y voir le dessein de s'imposer aux hommes, voire de les humilier ? La revanche d'un épisode douloureux avec un vieil oncle, dans son enfance ? À travers la vitrine du Belle-Vue, Élise, qui avait posé son menton sur son poing fermé, donnait plus l'image d'une combattante que d'une courtisane. À cet instant, Dana l'envia et elle disparut au coin de la rue.

Si Dana avait su que le « client » en face d'Élise n'était autre qu'Édouard, son beau-frère, comment l'aurait-elle casé dans son feuilleton ? On frémit à l'idée de l'explication scabreuse qu'une psychologue était capable d'échafauder, bien que déjà la réalité elle-même ne fût pas piquée des vers.

En fait, Édouard était arrivé quelques minutes plus tôt seulement. Il venait à peine de commander un café à Fred, qui était occupé à le préparer derrière le zinc. Élise, pour sa part, était sur place depuis un quart d'heure, elle avait bu la moitié de son diabolo menthe et s'était même laissée aller à un brin de conversation avec le garçon. Fred semblait tout heureux de la retrouver, il lui avait demandé si elle allait bien depuis la dernière fois, comme s'il s'adressait à une habituée. Elle l'avait trouvé si touchant de bonne volonté qu'elle avait consenti à quelques répliques sur le temps qu'il faisait : « Beau, d'accord, un peu frais peut-être, tout à fait de saison. » Encouragé, Fred avait poussé l'audace jusqu'à demander si elle attendait... une certaine personne.

« Mon beau-frère.

— Ah, très bien. »

Il aimait mieux cela qu'une nouvelle rencontre avec Fauvol, qu'il tenait définitivement pour une franche canaille. En servant le café d'Édouard, néanmoins, il lui sembla qu'Élise avait pris un air bien plus circonspect qu'en présence de Fauvol. Par-dessus l'épaule d'Édouard, il lui adressa un discret clin d'œil qui l'assurait qu'en toutes circonstances elle pouvait compter sur lui dès lors qu'elle se trouvait dans son établissement.

« Tu aurais pu m'appeler directement », commença Édouard. Son sourire crispé s'efforçait d'atténuer le reproche.

« Tu n'avais pas besoin d'affoler Marie-Rose.

— J'ai essayé à ton bureau. J'ai eu ta secrétaire, tu n'étais pas là.

— Et mon portable ?

— Je ne connais pas ton numéro. »

Il concéda une nouvelle grimace, puis reprit un ton plus bas en se penchant vers elle : « Tu ne lui as rien dit, à Marie-Rose, hein ?

— Non, rien de particulier.

— À propos de nous deux…

— Pas de panique, Édouard ! »

Elle avait téléphoné à Marie-Rose de sa chambre après son petit déjeuner en compagnie de Fauvol. Lui était reparti, congédié pour la journée, elle avait des choses à faire. Marie-Rose était aux cent coups.

« Où étais-tu passée ?

— Je suis à Liège, à l'hôtel.

— Quel hôtel ?

— Peu importe, je prends encore cette journée. Je serai de retour demain matin.

— Mais enfin, qu'est-ce que tu fabriques ? Tu imagines les problèmes ici ? Les enfants ?

— Désolé, Mirose, mais c'était indispensable.

— Tu aurais pu me prévenir que tu serais absente plusieurs jours.

— Ça en aurait fait des histoires ! Demain, tout sera réglé, rassure-toi.

— Justement je ne suis pas rassurée, je me fais du souci pour toi. Je ... je t'aime, moi, figure-toi.

— Moi aussi je t'aime, Mirose, il n'y a rien de changé entre nous. Je te demande seulement de me lâcher un peu.

— Tu vois toujours ce type ?

— Oui.

— Un coureur de jupons, Lili, je te l'ai dit.

— Je m'en fiche.

— Tu... tu as pris tes précautions, j'espère ? Tu n'avais qu'à me demander, je t'aurais donné une plaquette de pilules, j'ai des échantillons tant que je veux.

— Ne te tracasse pas, je prends toutes les précautions qu'il faut.

— C'est déjà ça. Tout de même, je ne te comprends pas.

— Je t'expliquerai, tu comprendras tout. En attendant, je voudrais voir Édouard, aujourd'hui, ce matin si possible.

— Édouard ? Pour quoi faire ?

— Un truc à arranger pour mon argent.

— Qu'est-ce que tu dois arranger ? Tu peux prendre tout ce que tu veux dans la boîte De Beukelaer. Il n'y avait pas assez ?

— Si, si.

— Alors ?

— Ça aussi, je t'expliquerai. Dis à Édouard de venir à dix heures trente au café Le Belle-Vue, à côté de l'opéra. »

Édouard, pas de doute, était accouru toutes affaires cessantes, il était arrivé avant l'heure. L'horloge Martini au-dessus de la porte indiquait dix heures vingt-cinq. Même s'il essayait de faire bonne figure, il était tendu. Avait-il relaté à Marie-Rose sa visite de la veille à la boutique de Fauvol, armé de son pétard ? C'était tellement extravagant, il aurait risqué de se découvrir devant Marie-Rose plus en rival qu'en beau-frère. Non, il ne l'avait pas mise au courant, mais il se demandait si Élise, de son côté, informée par Fauvol, c'est sûr, n'avait pas rapporté la scène à sa sœur. D'où la question qu'il venait de poser presque en chuchotant.

Le « Pas de panique » d'Élise, si mordant qu'il fût, sembla le rassurer. Il versa les deux sachets de sucre servis avec le café dans sa tasse et la porta à ses lèvres. Quand il la reposa sur la soucoupe, un sourire moins apprêté souleva un coin de sa bouche.

Déjà, sans doute, son esprit gambergeait vers une perspective plus réjouissante. Élise voulait le voir parce qu'elle avait rompu avec l'antiquaire. Ce salaud était monté sur ses grands chevaux, elle avait pris peur, elle l'appelait au secours. Ou bien non, plutôt, c'était Fauvol, sous le coup de son intervention décisive la veille à la boutique, qui avait renoncé. Dans un cas comme dans l'autre, Élise revenait à lui.

Il se pencha de nouveau et avança une main jusqu'au milieu de la table dans l'espoir – aussitôt déçu – qu'Élise la saisirait.

« Je préfère que Marie-Rose reste en dehors de tout ça. Je ne voudrais pas qu'elle souffre, vois-tu. J'ai de la tendresse pour elle. C'est drôle, j'ai l'impression qu'elle est devenue ma belle-sœur, à ta place. Nous allons arranger cette malheureuse histoire tous les deux. Tu me fais confiance, hein, maintenant ? C'est pour ça que tu m'as appelé.

— Effectivement, j'ai besoin de toi.

— Tu n'imagines pas le plaisir que tu me fais. Je commençais à désespérer. Alors, c'est fini ?

— Fini ? Quoi ? Qu'est-ce qui est fini ?

— Ce Fauvol, cet obsédé...

— Doucement, Édouard ! Obsédé ! Sur ce plan-là, tu n'as pas grand-chose à lui envier, je te signale.

— Tu le quittes, j'espère ?

— Ce n'est pas à l'ordre du jour. »

Ah, si Édouard était venu la veille à la même heure, après ce qu'elle venait de découvrir de Fauvol, elle se serait peut-être montrée moins cassante.

Au réveil, en effet, quand Fauvol avait testé avec ses gros sabots sa combine pour lui faucher deux cent trente mille euros, la déconvenue, pas besoin d'insister !

Déjà Marie-Rose l'avait drôlement refroidie en lui apprenant, à la suite des renseignements qu'Édouard avait pris, que son timide prétendant était un cavaleur de première, mais qu'il ait joué les enfants de Marie pour la détrousser, ça, elle n'y aurait jamais pensé.

Tandis qu'elle était dans la salle de bains et lui dans le hall de l'hôtel où elle l'avait envoyé attendre son verdict, debout devant la glace, elle avait pleuré à chaudes larmes. Elle était prête à lui demander de disparaître à jamais de sa vie, mais elle s'était reprise. Elle avait vérifié avec soin sa température, qui restait tout à fait satisfaisante, l'avait reportée machinalement dans le carnet de moleskine, avait passé son visage à l'eau froide et tamponné ses yeux.

Alors, avec toute la raillerie qu'elle avait pu imprimer à ses traits, elle s'était traitée d'idiote. « Ce serait vraiment dommage de s'arrêter maintenant, hein, ma vieille », avait-elle articulé entre ses dents. Repartir à zéro avec un autre ? Recommencer la pêche sur le Net ? Pour tomber sur un plus vicieux ? ou sur un incapable ? Au moins celui-ci savait y faire. Il dépassait toutes ses espérances. L'argent, elle pouvait toujours le lui promettre, des paroles, ça ne l'engageait à rien, pourvu qu'il lui procure ce que son corps avide réclamait à tout prix. À tout prix, justement, à tout prix ! Quitte à passer pour une cinglée !

« À propos, Édouard, tu as pensé à apporter mes pilules ?

— Quelles pilules ?

— Mes médicaments. Tu sais bien, les médicaments que je prends pour ne pas faire de crise. Sinon, je peux devenir dangereuse, hein ?

— Qu'est-ce que tu racontes ?

— Ce que tu as raconté à Pierre.

— Pierre ?

— Pierre Fauvol, ne fais pas l'innocent. Tu lui as fait comprendre que j'étais une espèce de maniaque, une malade sous psychotropes, non ?

— Ben oui, c'est vrai. Je voulais... je voulais lui faire peur.

— Ça, on peut le dire ! Même que tu lui as mis un pistolet sous le nez. Pas vrai ?

— Mais...

— Dis donc, de nous deux, qui est le plus dangereux ?

— Élise ! Tu ne comprends pas que ce type se moque de toi ? Tu vas fiche ta vie en l'air à cause de lui. Tout ce que j'entreprends depuis des jours, c'est pour te sortir de ses griffes. Un dévergondé qui te videra comme une malpropre dès qu'il sera fatigué de toi.

— Tiens, ça me rappelle quelqu'un que je connais. Une chiffe molle qui a épousé une gynéco, qui n'en veut plus, qui lorgne sa sœur et qui lui aussi la jettera après usage.

— Ce n'est pas vrai ! Je te jure... je te jure...

— Ah ! tais-toi, s'il te plaît ! »

Si l'idée de placer Édouard et Fauvol sur les plateaux de la même balance ne s'était présentée d'elle-même, elle ne lui serait jamais passée par la tête. Eh bien, franchement, Édouard ne faisait pas le poids. Fauvol valait cent fois mieux que lui.

Dieu sait pourtant si elle l'avait maudit pendant l'interminable journée de la veille. Elle avait erré en ville et s'était finalement réfugiée au parc de la Boverie. Posée sur un banc au soleil, elle avait fermé les yeux et tenté de reprendre son calme. Quand elle les avait rouverts, elle avait aperçu non loin d'elle, assis sur l'herbe au bord de l'eau, deux amoureux qui s'embrassaient. Des adolescents, presque des enfants, qui se donnaient de petits baisers comme les oiseaux la becquée. Un premier amour plein d'innocence. Eux, bien sûr, s'ouvraient tout grands leurs cœurs sans la moindre arrière-pensée.

Un tel abandon, elle ne l'avait pas connu à leur âge, elle ne le connaîtrait jamais. C'était trop tard. Des gens comme Fauvol et elle ne pouvaient plus s'aimer simplement. Ils se servaient des apparences de l'amour, mais ce n'était que l'habillage de machinations souterraines. Fauvol voulait son argent, maintenant elle le savait, mais à lui aussi, elle avait caché ses véritables intentions. La seule dupe qui restait au bout du compte, c'était Fauvol désormais.

Elle était rentrée à l'hôtel, moins assurée de tenir le beau rôle. La nuit, elle n'avait pu refuser à Fauvol d'écouter sa confession sur l'oreiller. Il avait voulu la rouler dans la farine, il le regrettait. Sincèrement sans doute puisqu'il était prêt non seulement à renoncer à l'argent qu'il voulait lui extorquer, mais qu'il acceptait de disparaître de sa vie si elle le lui demandait. Toutefois, si malgré tout elle pouvait lui pardonner, il aurait voulu faire encore un bout de chemin avec elle. Peut-être ce chemin conduisait-il au gazon où s'embrassaient les deux adolescents de l'après-midi.

Quand elle s'était une nouvelle fois emparée de son corps, il avait montré une sorte d'humilité dans ses caresses tout à fait étrangère aux façons supposées d'un bourreau des cœurs. Le matin, à sa propre surprise, elle s'était réveillée la tête sur sa poitrine. La main de Pierre caressait ses cheveux et elle avait été bouleversée – même si elle n'avait rien répliqué – lorsqu'il avait murmuré d'une voix pleine de tendresse qu'elle ne lui soupçonnait pas : « Élise, je t'aime. »

Contrairement à la veille, elle l'avait invité à prendre le petit déjeuner avec elle. Il s'était contenté de café en la suivant du regard, amusé, tandis qu'elle se resservait trois fois au buffet, comme quelqu'un qui s'apprête à abattre des arbres.

En la quittant, il avait avancé sa main sur la sienne, elle avait retourné sa paume et lui avait accordé une petite pression de ses doigts. Cela ne valait pas un baiser, mais déjà c'était une connivence.

Dès ce moment, en effet, elle avait décidé de risquer le tout pour le tout. Elle lui donnerait l'argent, elle le lui annoncerait ce soir pour leur troisième nuit. Question, au moins, d'avoir honoré sa part du contrat si, sait-on jamais, elle avait encore recours à lui dans l'avenir. C'est pour cela qu'Édouard était devant elle.

Comme elle venait d'élever la voix pour le faire taire, il tourna la tête vers la salle, de crainte qu'ils ne soient devenus l'attraction des autres consommateurs. Par chance, il n'y avait que trois ou quatre retraités indifférents plongés dans la lecture des chiens écrasés de *La Meuse*. Seul, au comptoir, le garçon avait levé ses gros sourcils.

Rassuré, Édouard porta son café à ses lèvres mais, avant qu'il n'ait bu, Élise déclara : « Il faut que je retire de l'argent de mon compte en banque. »

Édouard reposa la tasse pleine sur sa soucoupe.

« Retirer de l'argent de ton compte ? Pourquoi ? Tu peux puiser comme tu veux dans la boîte du ménage.

— Il s'agit d'une somme trop importante.

— Ah… Combien ?

— Deux cent trente mille euros.

— Quoi ! ! ! Qu'est-ce que tu veux faire avec deux cent trente mille euros ?

— Ça ne te regarde pas.

— Non mais tu imagines ce que c'est, deux cent trente mille euros ?

— Parfaitement. Papa m'a laissé une quinzaine de millions de francs, ça doit faire dans les quatre cent mille euros. Avec ce que j'ai hérité au décès de maman, je dois avoir au moins quatre cent cinquante mille. Et même plus puisque tu t'es chargé de les faire fructifier, non ? Moi je n'y connaissais rien, tandis que toi, tu es le financier de la famille. C'est pour ça que vous m'avez convaincue, Marie-Rose et toi, de te confier la gestion de tout ce qui me revenait.

— D'accord, d'accord, mais tout de même, c'est énorme. Deux cent trente mille !

— Il me restera encore un bon paquet. De toute façon, je n'en fais rien.

— Ce n'est pas une raison.

— Écoute, arrête de chipoter. Tu vas aller à la banque ce matin et me faire établir un chèque au porteur. »

Le visage d'Édouard était devenu aussi blanc que la soucoupe. Il avança les doigts pour saisir l'anse de sa tasse, mais sa main fut agitée d'une secousse et il renversa quelques gouttes de café sur la table. Du coup, pour la deuxième fois, il renonça à boire. Il sortit un mouchoir de sa poche et essuya tout en balbutiant : « Si tu t'imagines qu'on peut retirer autant d'argent comme ça, d'un claquement de doigts.

— Tu peux postdater le chèque de quelques jours, le temps de l'approvisionner. L'important, c'est que je l'aie ce soir.

— Ce soir ? Eh ben, ça, tu n'y vas pas de main morte... »

Édouard se recula contre le dossier de sa chaise, comme s'il avait reçu un coup à l'estomac. Il croisa les bras, il soufflait aussi fort qu'un cheval qui s'ébroue. Puis il resta un moment à réfléchir, la tête toujours agitée par un balancement tout aussi chevalin d'avant en arrière. Tout à coup, il s'immobilisa, fronça les sourcils, plissa les joues d'un air incrédule.

« Ne me dis pas... ne me dis pas que cet argent est pour cet individu !

— L'argent est à moi, j'en fais ce que je veux.

— Ah, c'est donc ça ! Quelle ordure ! Il n'avait pas assez de te salir, il fallait qu'il te détrousse. Eh bien, il peut aller se faire voir, je ne le permettrai pas.

— Occupe-toi de tes oignons, Édouard. Je sais ce que j'ai à faire.

— Non, Élise, non, je te protégerai, que tu le veuilles ou non.

— Tu feras ce que je te dis. C'est mon argent. Ou tu vas à la banque immédiatement, ou j'irai moi-même.

— Toi ? Mais à la banque ils verront tout de suite que tu n'as pas toute ta tête, ma pauvre fille. J'irai trouver le juge de paix, tiens, moi ! On te mettra sous tutelle. Il y a longtemps qu'on aurait dû le faire, pauvre idiote. Tu n'es qu'une malade. On devrait t'enfermer chez les dingues.

— Quoi ? »

Maintenant c'est elle qui avait pâli. Ses lèvres tremblaient. Elle se leva, attrapa la tasse devant Édouard et lui jeta le contenu en pleine figure.

18.

Vue du comptoir, où Fred essuyait machinalement quelques verres, la scène valait la peine. Une des plus mémorables de sa carrière. Élise, dressée sur ses jarrets, la tasse de café vide encore à la main, toisait Édouard, assis, bras écartés, menton bas, interdit devant les gouttes qui tombaient de son visage et s'ajoutaient comme des îles sur la carte blanche de sa chemise, où figuraient déjà les taches brunes de véritables continents. Elle pivota sur ses talons, déposa au passage la tasse devant Fred et prit la sortie. Aussitôt, Édouard se ressaisit, il bondit pour la rattraper. Avant qu'il atteigne la porte, cependant, Fred la barrait de sa personne petite mais trapue.

« Les consommations, monsieur !

— Quoi, les consommations ?

— Vous n'avez pas payé, le café puis le diabolo de madame.

— Combien ?

— Un instant, je vais préparer le ticket.

— Pas besoin de ticket ! Combien ?

— Ah, monsieur, nous sommes obligés de produire un ticket. Pour le contrôle TVA, vous comprenez ? Il n'y en a que pour quelques instants. Venez. »

Fred l'entraîna jusqu'à la caisse, tapota sur les touches et sortit l'addition qu'il vérifia.

« Pardon ! Une erreur ! J'ai encodé un expresso, c'était un allongé, n'est-ce pas ? »

Il inclina un œil vers la chemise d'Édouard dont l'état aurait suffi à établir sa bévue.

« Je recommence.

— Prenez ça, gardez la monnaie et votre ticket ! » s'exclama Édouard qui ne tenait plus sur place. Il arracha une coupure de dix euros à son portefeuille et la plaqua sur le zinc.

L'instant d'après, il était dehors, il enfilait au pas de course le boulevard de la Sauvenière par où, lui semblait-il, Élise s'était échappée. Mais elle avait disparu. Après cent mètres, il s'arrêta, déjà à bout de souffle, cassé en deux, les mains sur les cuisses. Il marmonnait pour lui seul : « Élise, reviens, reviens, bon sang ! »

Les passants s'écartaient. Un monsieur en complet qui galope comme un dératé, qui a cochonné sa chemise, qui soliloque devant tout le monde, forcément ça fait plus peur encore que tous les types efflanqués qui font la manche aux abords de l'opéra. D'ailleurs, la seule personne qui osa s'approcher, ce fut un de ces quémandeurs. Il lui mit une main déjà fraternelle sur l'épaule.

« Ça va, mec ?

— Oui, oui, merci.

— Tant mieux… T'aurais pas une tune ? »

Édouard secoua la tête, il rebroussa chemin jusqu'à la rue de l'Université où se trouvait sa voiture. Il s'y engouffra et tomba le front contre le volant. De gros sanglots secouaient son dos, il se mit à pleurer comme un enfant.

Il était incapable de réfléchir, c'était son corps tout entier qui savait qu'il était fichu. Élise le détestait, elle le méprisait. Son irruption imbécile dans la boutique de Fauvol, la veille, s'était retournée contre lui. Ridicule, Élise le trouvait ridicule. Maintenant elle voulait de l'argent pour celui qu'il croyait avoir éloigné d'elle. De l'argent pour quoi faire ? Pour partir tous les deux, filer le parfait amour sous d'autres cieux ?

Là, il avait vu rouge, il était sorti de ses gonds, les injures montaient toutes seules à sa bouche. Tandis qu'il cherchait les mots les plus blessants, il l'avait haïe à mort. Ce n'était pas qu'il ne la voulait plus. Au contraire, il la convoitait plus ardemment que jamais. Mais son désir, ce n'était plus de l'amour, c'était de la haine. La rage au ventre, il écumait comme un roquet à qui un molosse a confisqué son écuelle.

Qu'est-ce qu'il lui arrivait ? C'était affreux. Les spasmes qui ébranlaient son corps essayaient de le débarrasser de cette férocité bestiale dont il ne se serait jamais cru capable. Il fallait qu'il rentre au plus tôt dans le rang des braves gars dont il avait toujours fait partie, des gens insipides sans doute, mais qui ne feraient pas de mal à une mouche.

Déjà, cependant, son corps effondré savait que c'était impossible. Fini le bon zig. L'irréparable était en route. Du type quelconque qu'il avait été, il allait basculer dans le minable pour le restant de ses jours. Élise découvrirait sans tarder le reste encore caché de ses bassesses. Aujourd'hui, demain, Marie-Rose serait au courant de tout. Il ne pourrait même pas mentir, il n'aurait plus qu'à s'écraser.

Tout à coup, on frappa à la vitre. Il releva la tête. C'était le même meurt-de-faim qui l'avait pisté jusque-là. Il tendait sa main blanche et maigre. Édouard démarra. Dans le rétroviseur, il vit que le garçon lui adressait un bras d'honneur. Il ne s'en offusqua même pas. Il passa devant la BNP. Peut-être Élise s'y trouvait-elle, comme elle l'en avait menacé. Il haussa les épaules. Ce n'était plus la peine. Il donna un coup d'accélérateur. La BMW bondit, elle était prête à tout, même à foncer dans le décor, il le sentit comme un ultime réconfort.

S'il était entré dans la banque, Édouard aurait constaté qu'il avait conjecturé juste : Élise se trouvait bien dans le hall. Elle n'avait plus pénétré dans une agence depuis des années. Lorsqu'elle habitait encore avec sa mère, elle allait quelquefois à un guichet à sa place quand elle était trop dépressive pour quitter la maison. Depuis qu'elle vivait chez Marie-Rose, son unique banque, c'était la boîte à biscuits De Beukelaer.

Des gens faisaient la queue devant les automates. Il n'y avait qu'une seule employée derrière une épaisse vitre, occupée à son ordinateur. Elle n'avait même pas levé les yeux à l'arrivée d'Élise.

Élise s'approcha, elle se pencha vers le petit cercle percé de trous à hauteur de sa bouche. L'employée l'aperçut.

« Madame ?

— Je voudrais retirer de l'argent.

— Les machines sont derrière vous, madame. Vous avez votre carte ?

— Je... Non. C'est pour une somme importante.

— Combien ?

— Deux cent trente mille euros.

— Ah oui... Attendez un instant. Quelqu'un va s'occuper de vous. »

Elle disparut par la porte intérieure de son local. Quelques instants plus tard, une autre porte s'ouvrit sur le hall. Dans l'encadrement, un jeune type, genre conseiller dynamique, chemise bleue à manches courtes, cravaté rouge bordeaux, qui adressa des signes de sympathie appuyés à quelques usagers des automates, puis la fit entrer comme une exception. Il l'emmena jusqu'à un bureau meublé de trois chaises design, une armoire métallique béant sur des rangées de dossiers suspendus, une table avec les obligatoires clavier et écran.

« Alyson me dit que vous voulez retirer une somme importante. Deux cent mille ?

— Deux cent trente.

— Vous êtes cliente chez nous ?

— Oui, enfin à Verviers.

— C'est pareil. Vous pouvez me confier votre carte ?

— Je n'en ai pas. C'est mon beau-frère qui gère mon compte habituellement.

— Ah ? Une pièce d'identité ? »

De son petit sac, Élise sortit sa carte d'identité. Le dynamique conseiller pianota sur son clavier, avança le cou vers l'écran et déclara : « Élise Dubois, voilà ! Vous avez un compte, en effet. Avec les intérêts, il y a six cent quarante-deux euros vingt-cinq.

— Vous voulez dire six cent quarante-deux mille ?

— Non, six cent quarante-deux.

— Mais... mais c'est impossible ! »

En un geste d'impuissance, le conseiller ouvrit les paumes au-dessus du clavier. La différence entre le retrait que souhaitait la cliente dont les traits se décomposaient sous ses yeux et le solde de son compte était trop énorme pour qu'il ne comprenne aussitôt qu'il se trouvait devant une situation intéressante. Un drame peut-être, qui allumait en lui une excitation contenue. Ce n'est pas tous les jours qu'un argentier peut s'échapper de son train-train quotidien.

Il lui était arrivé quelques fois déjà de mettre le nez d'un client dans son découvert. À ces flambeurs inconscients, il se donnait les gants de faire la morale en douce. Mais à cette jeune femme consternée, que pouvait-il dire ? Son argent apparemment s'était volatilisé alors qu'elle n'y avait pas touché depuis belle lurette.

« Est-ce que vous voulez un café ? ou autre chose ?

— Non, non.

— Vous n'étiez pas au courant de ce solde ? »

Elle ne répondit pas. Il se livra à quelques passe-passe supplémentaires sur son clavier.

« J'ai ici l'historique de vos avoirs. Effectivement, je comprends votre étonnement. Vous aviez cinq cent sept mille quatre cent trente-deux euros en janvier 2006. Ils ont été transférés sur le compte de M. Édouard Gayet en une dizaine d'opérations. Les derniers mouvements datent de juin 2008. Votre beau-frère ?

— Oui.

— Eh bien, votre argent n'est pas perdu, madame Dubois. Il suffit que vous vous arrangiez avec M. Gayet. Je vois que vous lui avez accordé un mandat devant notaire sur la gestion de votre fortune. Tout cela m'a l'air parfaitement correct, je vous rassure. Vous êtes en bons termes avec M. Gayet ?

— Excellents. »

Élise lui adressa un sourire plus inquiétant qu'une grimace. Quelque chose clochait, il le voyait bien. Qui était le beau-frère ? Un m'as-tu-vu, sans doute, qui s'était emparé des biens de sa belle-sœur sous prétexte qu'elle n'y connaissait rien. Le genre macho, qui considère que les femmes sont juste bonnes à jeter l'argent par les fenêtres. Des inconscients qui s'imaginent qu'ils peuvent aussi bien faire que les vrais professionnels.

Comme le conseiller aurait aimé se parer de l'armure du chevalier bancaire sans peur et sans reproche, la placer à l'abri dans sa petite robe bleue derrière son bouclier de probité ! Qu'elle lui confie son argent dès qu'elle l'aurait récupéré, il saurait la guider avec douceur !

Mais Élise était déjà debout. Pour tout bouclier, il ne put que lui glisser sa carte de visite.

« Si je puis vous être d'une aide quelconque. Maintenant ou plus tard…

— Merci, je vais me débrouiller », dit Élise en tournant les talons.

Il se précipita pour lui ouvrir les portes et, en lui donnant accès au hall, il murmura : « Revenez me voir quand vous voulez. »

Élise s'éloigna à pas si pressés qu'on aurait dit qu'elle quittait un immeuble menacé d'explosion. Elle n'était pas près de remettre les pieds dans une banque. Quelle humiliation ! Elle traversa les rues sans s'occuper des feux rouges, saluée par des sérénades de klaxons, et se retrouva sur le pavé piétonnier entre l'opéra et la cathédrale.

Son cœur battait si fort qu'elle chercha un endroit où s'arrêter. Le quartier était calme, il n'y avait que de rares passants et, devant les commerces, quelques camionnettes de livraison. Deux chauffeurs s'apostrophaient gaiement.

Elle eut peur de passer près d'eux et se campa devant la vitrine d'une joaillerie. Jamais elle n'avait accordé la moindre attention à ce genre de boutique. Elle ne possédait qu'un bijou, une chaînette en or avec un christ en pendentif que son père lui avait offerte pour ses treize ans. Ses yeux se posèrent sur une bague, attirés non par la bague elle-même, mais par l'étiquette où figurait le prix : six cent quarante euros… Exactement ce qu'elle possédait encore. De quoi se payer cette bague ridicule. Le reste était passé dans la poche d'Édouard.

Jusqu'alors, comme elle l'avait si crânement déclaré à Fauvol, elle se fichait de l'argent. « Facile quand on n'en a pas besoin », avait-il répliqué. Il avait raison, elle disposait de l'argent de Marie-Rose. Comme dans les contes pour les enfants, la boîte magique De Beukelaer se regarnissait au fur et à mesure qu'elle y puisait.

Maintenant, pour la première fois, il lui fallait son argent à elle. Car l'éventualité jusque-là assez floue d'avancer deux cent trente mille euros à Fauvol s'était désormais transformée en résolution définitive. Qu'Édouard lui mette des bâtons dans les roues n'avait fait que renforcer sa détermination. Elle devait absolument fournir la somme à Pierre.

Pour dire les choses clairement, elle voulait le payer, s'acquitter de sa dette, ne rien lui devoir dès qu'il aurait terminé sa part du contrat. Si elle ne pouvait débourser ce qu'il aurait voulu, ils ne seraient pas quittes l'un et l'autre. Elle serait contrainte d'accepter pour ses services ce qu'il lui offrait de façon toujours plus insistante : son AMOUR.

Une proposition qui l'effrayait. Cet amour si soudain, si curieux, qu'est-ce que c'était ? De l'amour, elle ne connaissait que celui qu'elle portait à Marie-Rose. Aux enfants aussi, du moins tant qu'ils avaient été petits, à l'âge de Marie. L'amour mufle, façon Édouard, lui répugnait. Façon Fauvol, il l'ébranlait. Elle ne savait plus que penser, elle se sentait menacée d'y succomber.

Un seul moyen de se mettre à l'abri : payer Pierre, l'écraser sous la somme exorbitante qu'il demandait, noyer son amour dans le pactole.

Demain, dès son retour rue Ortsmans, elle allait procéder au grand apurement des comptes devant Marie-Rose. Édouard n'avait qu'à bien se tenir. En attendant, il fallait qu'elle retrouve assez de sérénité pour obtenir cette nuit encore la seule chose qu'elle désirait si ardemment de Fauvol.

Elle abandonna la vitrine de la joaillerie et repartit en direction de l'opéra. Elle allait rentrer à l'hôtel pour se reposer. Quand elle repassa devant le Belle-Vue, le soleil avait attiré quelques clients en terrasse. Fred, qui les servait, l'aperçut.

« Mademoiselle ! Mademoiselle ! Attendez ! J'ai des sous pour votre beau-frère. Il m'a donné dix euros, il n'a pas voulu que je lui rende la monnaie. C'est beaucoup trop !

— Gardez-la.

— Non, non, j'insiste. Il y a pour un café, si vous voulez.

— Après tout... »

Elle entra et s'assit, toujours à la même place. Cependant, Fred ne lui avait pas encore apporté son café qu'un homme en imperméable bleu se présentait sur le seuil, jetait un coup d'œil à l'intérieur et se dirigeait vers elle.

« Élise, vous permettez ?

— Pardon ? Mais qui... ?

— Chanoine Grimaux, anciennement aumônier à l'hôpital Saint-Jean. Vous me remettez ? »

Le chanoine s'imposa avec un sourire avenant très forcé.

La veille au soir, assez inquiet après son entrevue à l'hôpital avec Marie-Rose, il avait voulu repasser chez Fauvol. Il ne l'avait pas trouvé et pour cause : Fauvol, à ce moment, attendait Élise dans le parc de l'hôtel du Faubourg. Rentré chez lui, nouvelle déconvenue : l'appartement était désert. Sur la table du salon, un billet de Mme Blanmont :

Félix, je suis partie à la campagne pour te laisser réfléchir à ton aise. Je ne peux pas rester dans cet appartement sachant que tu veux le vendre contre mon gré. Je ne me sens plus chez moi. Si tu reviens à la raison, préviens-moi, je rentrerai. En attendant, ce n'est pas la peine de venir m'embêter au moulin.

Julia

Il avait trouvé du pilchard à la tomate au frigo, mangé à même la boîte, s'était envoyé un double Lambertus et avait dormi comme les lièvres, les yeux ouverts. Au matin, il était en plein cirage. Il ne voulait pas perdre Julia – déjà une nuit au lit sans sa chaleur, ç'avait été mortel –, mais il ne voulait pas perdre le tableau non plus. Il fallait réévaluer la situation avec Fauvol.

Il était passé à sa boutique, le volet était baissé. Était-il encore à l'hôtel du Faubourg où il l'avait vu entrer avec Élise le mois passé et où il lui avait dit l'avant-veille qu'il la rencontrerait ? Sur place, Dana lui avait appris que le monsieur de la nuit était reparti. Peut-être s'étaient-ils croisés sans s'apercevoir. La dame était sortie mais, avait-elle ajouté avec un air complice, elle l'avait aperçue au café Le Belle-Vue.

Fred venait de servir le café d'Élise. Il se pencha vers le chanoine : « La même chose, mon révérend ? »

Le chanoine acquiesça. Cela ou n'importe quoi...

« Eh bien, ça fait un bout de temps, commença-t-il.

— On peut le dire.

— J'ai parlé à votre sœur, hier.

— Ah...

— Elle m'a appelé pour m'expliquer la situation.

— C'est-à-dire ?

— Elle est inquiète. Cet homme que vous fréquentez...

— Oui ?

— Quelqu'un dont les mœurs sont un peu particulières, semble-t-il. »

Une brève contraction souleva un coin de la bouche d'Élise, ses doigts se mirent à gigoter à côté de sa tasse.

« Écoutez, monsieur le chanoine, jouons tout de suite cartes sur table. Ce quelqu'un, vous le connaissez mieux que moi. C'est vous qui avez organisé notre rencontre par le site Âmes sincères. Ce n'est pas la peine de faire semblant, je sais tout. »

Heureusement, Fred apportait son café. Le chanoine eut le temps d'encaisser. Il était cramoisi. Il attendit que le garçon s'éloigne.

« Je voulais... j'aurais voulu rester en retrait mais, puisque Pierre vous a mise au courant... Tout cela, je vous assure, je l'ai fait avec les meilleures intentions du monde. Je voulais que Pierre entre en contact avec une personne dont je connaissais le dévouement. J'espère un mariage qui le remette sur le chemin de la morale chrétienne, voilà tout.

— Tout? Pas tout à fait. Vous cherchiez une femme gentille, genre tricoteuse, d'accord, mais pourvue déjà d'un beau bas de laine.

— Euh... oui, je ne le cache pas. Pierre est sans le sou. Son commerce périclite. Une personne comme vous, qui a l'expérience de la gestion domestique, pourrait redresser sa barque.

— Et, du même coup, vous permettre d'acquérir un certain tableau.

— Ah, cela aussi, il vous l'a dit... Eh bien, pourquoi pas? Votre fortune permettrait de rendre à l'Église un bien qui lui a été dérobé. »

Il lui sembla qu'Élise opinait. Elle avala une petite gorgée de café, ajouta un peu de sucre et fit tourner sa cuiller, qui crissait contre les bords. Ses yeux passaient de sa tasse au chanoine. Elle avait l'air de réfléchir. Elle cherchait à retrouver le visage de l'homme bienveillant en qui elle avait mis sa confiance autrefois à l'hôpital. Elle ne voyait qu'une sorte de coquille vide qui avait perdu toute ferveur. Les yeux étaient éteints. Il ne s'y était allumé qu'une petite étincelle quand il avait été question du tableau. Le chanoine lui-même, d'ailleurs, évitait le regard d'Élise, comme s'il avait honte de ce qu'elle pouvait y découvrir. Elle se demandait si elle devait avoir pitié de lui ou l'enfoncer jusqu'au cou dans son hypocrisie.

« Il y a deux choses que j'aimerais préciser, monsieur le chanoine. La première, c'est que je n'ai pas l'intention d'épouser Pierre.

— Comment ? Mais pourquoi ?

— Cela me regarde.

— Ah ! bien sûr, je devine ce qui ne va pas. Il faut lui laisser le temps de… de se comporter comme une femme souhaiterait… selon la nature…

— Rassurez-vous, sur ce plan-là, il s'en tire à merveille.

— Dans ce cas, je ne comprends pas.

— Parce que vous m'avez persuadée autrefois de tirer Marie-Rose d'un mauvais pas, vous avez cru que je pourrais être encore une fois la bonne poire de service et que j'allais épouser votre poulain. Votre marionnette, devrais-je dire ! Oui, votre marionnette ! C'est vous qui tirez les ficelles pour que ce brave Pierre vous fournisse sans vous compromettre les œuvres que vous convoitez. Eh bien, vous allez devoir réviser votre plan, je vous préviens. Vous vous êtes fourré le doigt dans l'œil. Vous savez à combien s'élève ma fortune ? Six cent quarante-deux euros !

— C'est impossible ! Votre père…

— Mon père, oui, mais mon beau-frère, Édouard, a vidé mon compte sur le sien. Je viens de passer à la banque. Il ne me reste plus rien ! »

De cramoisi, le chanoine vira au blanc. Il porta sa tasse à ses lèvres en tremblant et dut s'essuyer le menton du revers de la main. Il soufflait bruyamment dans son nez. Élise le considérait comme un boxeur sans doute regarde son adversaire au tapis. Malgré tout, elle aurait voulu le relever. Soudain, une idée lui vint en tête.

« Vous savez ce que vous allez faire, vous qui avez l'art d'arranger les affaires ? Allez trouver Édouard puisque vous rendez visite à la famille et faites en sorte qu'il me restitue mon argent. Si vous y arrivez, monsieur le chanoine, vous aurez votre tableau. Sinon, je pourrais bien dévoiler vos petites manœuvres sur le patrimoine de l'Église. Pierre m'a mise au parfum, vous savez, et je commence à bien maîtriser le maniement d'Internet. »

19.

Plus d'un passant dut sourire ce jour-là peu avant midi en arrivant devant l'agence immobilière Gayet Immo à Verviers. Une fourgonnette Citroën stationnait devant la vitrine et, sur ses flancs, on pouvait lire l'inscription en banderole : « Société de Saint-Vincent de Paul – Aide aux sans-abri – Soupe populaire ». Est-ce que Gayet était sur la paille ? On se doutait bien que c'était impossible. N'empêche, la présence incongrue de la fourgonnette donnait dans l'œil. Elle ouvrait à l'imagination une perspective que la plupart n'auraient osé envisager franchement du fait de l'estime dont jouissait la famille Gayet. Peut-être, malgré tout, quelques mauvais esprits la caressèrent-ils furtivement.

L'agence d'Édouard Gayet s'affichait en effet comme le symbole même d'une réussite insolente. Les prix exorbitants qu'on pouvait lire en vitrine sous la photo des villas que l'agence proposait à la vente estomaquaient la majorité des gens qui avaient du mal à nouer les deux bouts.

Au milieu de la crise qui frappait la cité lainière depuis des décennies, tout le monde, décidément, ne logeait pas à la même enseigne. Si, malgré tout, on gardait en général ses réflexions pour soi, c'était du fait de la commune déférence pour les puissants et parce que Édouard Gayet était l'inattendu mari de la doctoresse Marie-Rose Dubois, une femme d'un dévouement et d'une bonté indiscutables.

De la fourgonnette, quelques-uns virent sortir un individu en imperméable bleu en dépit du ciel uniformément de la même couleur. L'une ou l'autre personne d'un certain âge, ayant autrefois subi une ablation de l'appendice ou des amygdales à Saint-Jean, avaient peut-être bénéficié des visites du chanoine mais, ainsi que nous l'avons dit, sans doute ne l'auraient-elles pas reconnu, abîmé qu'il était par les années et, plus encore à cet instant, brisé par son entrevue avec Élise.

Le chanoine courbait le crâne et le dos. Les commissures de sa bouche creusaient deux sillons comme des estafilades jusqu'à sa mâchoire. Il ne jeta de regard ni à gauche ni à droite, n'amorça pas le moindre mouvement vers le parcmètre sous le panneau « Excepté riverains » et s'engouffra dans l'immeuble.

Grâce, à l'accueil, lui offrit incontinent le panorama étincelant de ses belles dents africaines. Son patron était rentré une heure plus tôt d'un déplacement urgent et lui avait présenté une figure aussi décomposée que celle du nouvel arrivant. Son sourire équatorial ne l'avait pas plus déridé qu'il ne décrispa le chanoine, qui déjà lui intimait de l'introduire chez Gayet comme s'il avait rendez-vous avec un entrepreneur de pompes funèbres.

Grâce frappa à la porte d'Édouard, qui ne répondit pas. Vu la figure sinistre du chanoine, elle prit l'initiative de l'entrebâiller. Édouard était à son bureau, la chevelure inversée sur ses bras repliés devant lui. Avant qu'il ait pu rectifier sa position, le chanoine avait doublé Grâce par la gauche et se trouvait dans la place.

« Monsieur Gayet, est-ce que je peux vous parler ? commença-t-il sans se donner la peine de saluer Édouard qui lui découvrait une vraie tête de déterré. Je suis le chanoine Grimaux. »

Édouard fronça les sourcils.

« Je connais votre épouse, la doctoresse Dubois, j'ai été aumônier à Saint-Jean autrefois, au moment de l'affaire… du drame, si vous voyez, avec Élise, la sœur de la doctoresse, votre belle-sœur. »

À l'époque, Marie-Rose avait bien relaté à Édouard ce qui s'était passé à l'hôpital, elle avait fait état de l'intervention de l'aumônier, mais Édouard lui-même ne s'était jamais trouvé en sa présence. Et voilà qu'il bondissait devant lui comme le diable d'un bénitier.

« J'ai eu une conversation avec Élise, il y a moins d'une heure, monsieur Gayet. J'ai des choses à vous transmettre. Est-ce que… ? »

D'un geste de la main, Édouard l'interrompit. Il pointait Grâce du menton. Toujours plantée sur le seuil, elle s'attendait que le patron la prie de reconduire l'intrus qui lui avait brûlé la politesse.

« Grâce, s'il vous plaît, laissez-nous. Ça ira. »

Un peu déçue, elle referma la porte.

« Asseyez-vous. »

Édouard désignait la chaise Louis XVI où il avait voulu mettre Élise sur la sellette quelques semaines plus tôt. Le chanoine s'assit.

« Je précise que c'est à la demande de votre épouse que je suis allé voir Élise. Elle m'avait demandé de la persuader de renoncer au mariage que vous savez. Je puis tout de suite vous informer qu'il n'est pas dans ses intentions de se marier. Elle me l'a affirmé on ne peut plus clairement.

— Quoi ! Comment ? Je l'ai vue ce matin, moi aussi.

— Je sais, je sais.

— Elle n'était pas décidée à quitter cet individu.

— C'est-à-dire, si j'ai bien compris, qu'elle ne l'épousera pas, cela c'est certain, mais elle ne le quitte pas pour autant. Du moins dans l'immédiat.

— C'est insensé ! Pourquoi veut-elle rester avec lui ?

— Il semble qu'elle y soit contrainte en quelque sorte. Le temps de régler une certaine affaire, une affaire d'argent. Vous êtes au courant, je crois.

— Oui, je sais. Elle m'a demandé de lui faire un chèque de plus de deux cent mille euros. Pour cet escroc ! Jamais de la vie ! »

Peu à peu le chanoine, devant l'abattement d'Édouard, reprenait de l'assurance. Son cerveau s'échauffait, il recommençait à fonctionner à plein régime. À présent, en effet, il s'agissait de manœuvrer habilement. D'abord fournir à Édouard un argument infaillible pour qu'il admette qu'Élise devait céder cette somme à Fauvol, sans qu'il soit question de lui-même et de la transaction sur le tableau. Ce serait le plus périlleux. Ensuite lui faire comprendre en évitant de le brusquer qu'Élise savait désormais qu'il lui avait subtilisé son héritage et l'amener en souplesse à ce qu'il le lui restitue.

«Je comprends fort bien votre révolte, reprit-il sur le mode compatissant. Je dirais même que je la partage. Le problème, c'est qu'Élise est dans une situation très délicate. Cet homme entre les griffes duquel elle est tombée – ce Fauvol, c'est bien ça? – est au courant du terrible accident de la clinique Saint-Jean. Comment, je l'ignore, c'est incompréhensible, pratiquement personne ne l'avait su...»

Une brusque crispation ravala les lèvres d'Édouard. Le chanoine croyait inventer de toutes pièces que Fauvol était informé de l'affaire mais, en un éclair, cette grimace lui fit deviner qu'Édouard – quand, comment, il ne le savait pas – s'en était chargé. Quel imbécile ! Il était effondré. C'était le moment de saisir l'occasion et d'enfoncer le clou.

«Toujours est-il que la somme qu'il réclame sera le prix de son silence. Son commerce périclite, il est sur la corde raide, il ne s'en est pas caché à Élise. C'est extrêmement embarrassant. L'affaire de l'hôpital n'est pas prescrite. Quinze ans seulement. Imaginez la situation de votre épouse, complice de sa sœur. Je ne parle même pas de la mienne. Un procès d'assises... votre agence...»

En se lançant dans sa fable, le chanoine redoutait de devoir expliquer pourquoi Élise n'avait pas immédiatement rompu avec un homme qui la faisait chanter. Mais, maintenant, Édouard était trop consterné par la gaffe impardonnable qu'il avait commise en dénonçant Élise à Fauvol pour se poser des questions. Il avait mordu à l'hameçon et l'avait même avalé. Le chanoine se sentait pousser des ailes.

« De toute façon, continua-t-il d'un ton tout à coup apaisant, il ne s'agit que de l'argent d'Élise. Elle en fait ce qu'elle veut. Vous en avez la gestion, m'a-t-elle dit.

— Oui.

— Elle est décidée à vous la reprendre, je le crains.

— C'est impossible. Elle est incapable…

— Monsieur Gayet, allons ! Vous savez très bien qu'il lui suffit d'une démarche à la banque. D'ailleurs, elle s'y est déjà rendue ce matin.

— Évidemment, je m'en doutais.

— Et donc vous vous doutez aussi qu'elle a découvert que vous avez transvasé ses avoirs dans les vôtres.

— En effet, pour des raisons…

— Il va falloir lui restituer la totalité. »

Édouard baissa la tête, il avança le front contre ses mains nouées comme s'il se mettait à prier. Le chanoine en conclut qu'il venait à résipiscence. L'affaire était dans le sac. Quel soulagement ! Il attendit un moment, puis reprit avec l'amabilité du dentiste qui annonce au patient qu'il n'a plus qu'à se rincer la bouche : « Une petite signature, une formalité, et ce sera réglé. Pouvez-vous passer à la banque dès aujourd'hui ? »

Édouard se redressa. Dans son regard, au milieu de la douleur, il sembla au chanoine qu'une lueur de défi s'était allumée.

« Ni aujourd'hui ni demain », prononça-t-il.

Le chanoine s'efforça de sourire. Une ultime résistance à emporter, il fallait mettre un peu de pression.

« Vous savez, monsieur Gayet, c'est dans votre propre intérêt. Il y aurait des moyens légaux si jamais…

— Je sais, je sais, mais je ne rendrai pas son argent à Élise.

— Pour quel motif, je vous prie ?

— Pour le simple motif que je ne saurais lui rendre ce que je n'ai plus.

— D'accord, vous l'avez placé, investi ?

— Non, je ne l'ai plus du tout. Je l'ai perdu.

— Comment "perdu" ? Qu'est-ce que cela signifie ?

— Vous avez entendu parler du krach boursier, monsieur le chanoine ? J'imagine que tout cela est bien éloigné de votre monde éthéré.

— J'ai suivi l'actualité comme tout le monde.

— Je suis dans l'immobilier. J'ai cru au marché américain, les *subprimes*, tout le reste. J'avais l'argent d'Élise, elle ne s'en occupait pas. J'ai tout misé sur le même cheval, comme un idiot. J'ai tout claqué.

— Hein ? Comment avez-vous osé ! Votre argent passerait encore, mais l'argent de votre belle-sœur, qui vous avait fait confiance !

— Je ne peux pas vous expliquer. »

Plus exactement, il n'avait pas l'intention d'expliquer quoi que ce soit, surtout à un prêtre, un homme confit en chasteté, qui ne savait rien des femmes et qui brandirait sa morale de confessionnal. Pour commencer, il aurait fallu lui jeter sa passion pour Élise en pâture. Qu'est-ce qu'il pouvait y comprendre ? Lui-même n'arrivait pas à démêler l'écheveau de ses sentiments. C'était seulement depuis le matin, depuis qu'il avait compris qu'Élise allait découvrir qu'il l'avait ruinée, qu'une sorte de fil conducteur lui apparaissait.

Car, en fait, tout était lié à l'argent. Au départ, c'était Élise qui lui avait demandé de s'occuper de l'héritage qu'elle avait reçu de son père. En prenant possession de son compte en banque, inconsciemment, il s'était emparé d'une part d'elle-même. Et la confiance qu'elle lui avait témoignée, n'était-ce pas l'amorce d'autre chose à quoi il n'aurait jamais pensé autrement – il était encore très épris de Marie-Rose – mais qui s'était insinué en lui sans qu'il y prenne garde ? Pourquoi avait-il transféré son capital dans ses affaires à lui, sinon parce que de cette manière il accroissait son emprise sur elle ? Pourquoi avait-il joué sa fortune en Bourse ? Parce qu'il jouait avec elle, il touchait – c'est bien le mot – ses dividendes à défaut de mieux, il se grisait.

C'est seulement quand il eut tout perdu qu'il s'était retourné vers sa personne. Il ne pouvait plus tromper sa passion avec son succédané monétaire. Peut-être même qu'il avait laissé flamber ses actions sans broncher, parce qu'il en avait son compte – on ne saurait dire mieux –

de cette fausse possession, qu'il la désirait elle, son âme, son corps.

Le désastre financier était déjà bien entamé lorsqu'il avait tenté son coup de main sur les jambes et les cuisses d'Élise à Rimini. Après, il avait assisté en spectateur à la curée bancaire de l'automne 2008, avec la chute de Lehman Brothers, comme s'il voulait se venger de la rebuffade qu'il avait essuyée. Ou peut-être voulait-il se débarrasser des leurres de sa folie pour se consacrer à son objet réel avec l'énergie du désespoir.

Et maintenant, il avait tout bousillé, l'argent, Élise, puis le reste qui allait suivre en cascade, Marie-Rose, sa noble figure de paterfamilias, d'homme honorable. Alors, ce petit curé fagoté dans son imperméable, son ambassade au nom de l'honnêteté, de la justice, de la morale, qu'est-ce que ça pouvait bien lui faire ?

Il l'observait tassé sur son siège. Il avait l'air complètement ravagé. À croire que c'était son argent à lui qui était parti en fumée. Vu sa fonction, est-ce qu'il n'aurait pas dû compatir, proposer la mansuétude divine, le repentir, le rachat ? À tout péché miséricorde, non ? Qu'est-ce qu'il attendait pour lui remonter le moral ?

Finalement, c'était le chanoine qui avait peut-être le plus besoin d'un remontant. Après tout, pourquoi pas ?

Brusquement, Édouard demanda : « Vous voulez boire quelque chose ? »

Comme le chanoine ne répondait pas, il ouvrit le dernier tiroir de droite de son bureau et lui montra les deux échantillons d'alcool qui lui restaient. Il pressa un bouton du téléphone.

« Grâce, pouvez-vous nous apporter un rafraîchissement ? »

Grâce apporta une bouteille de Spa et deux verres. Quand elle fut ressortie, Édouard ramena à la surface les deux flacons qu'il avait planqués sur ses genoux et emplit les verres.

« Vous préférez le gin ou le whisky ? »

Le chanoine retrouva l'usage de la parole pour murmurer : « Le whisky. »

Ils burent tous les deux lentement, renfermés dans leur propre silence. Puis le chanoine se leva. Il ne tendit pas la main à Édouard, mais finalement quelque chose de fraternel passa dans ses yeux, et il prononça : « Bon courage, mon ami. »

Il repassa devant Grâce comme si elle n'était pas là. Dehors, il retira le PV sous l'essuie-glace de la fourgonnette et demeura un moment indécis au volant. Allait-il retourner à Liège, rendre compte à Élise ? Sa menace de dénoncer ses tripotages dans le patrimoine s'il ne convainquait pas Édouard de la rembourser tombait à l'eau. Elle comprendrait que c'était mission impossible. Aller voir Fauvol, à supposer qu'il soit chez lui à présent ? Lui faire le topo, autant dire remuer le couteau dans la plaie. Il n'en avait pas la force. Fauvol serait bien assez tôt au courant, qu'il se débrouille avec Élise !

Alors quoi ? Rentrer à l'appartement désert, tourner en rond, ouvrir une autre boîte de pilchard ? Malgré tout, il commençait à avoir faim. Il était une heure et quart.

Il démarra. Quand il arriva à l'autoroute, brusquement il prit la direction opposée à Liège. C'était comme si la fourgonnette avait décidé à sa place. Il roula quelques kilomètres puis sortit vers l'ancienne chaussée de Verviers. Cette fois, il était résolu, il allait se rendre au moulin, chez Julia.

Dans le mot qu'elle avait laissé la veille sur la table, elle l'avait averti que ce n'était pas la peine de venir l'embêter. Elle avait la dent dure, il le savait, ce n'était pas gagné. Maintenant, tout de même, c'était une autre histoire. Le tableau, il pouvait faire une croix dessus. Il n'y avait plus qu'à sauver les meubles, préserver au moins sa vie pépère avec Julia.

Lorsqu'il aborda la petite route de campagne qui descendait au moulin, il donna un tour de manivelle à la glace. L'air vif lui fit du bien. Le chemin était bordé de taillis embrasés par le soleil. La fourgonnette s'enfonçait doucement dans la lumière tamisée au crible du feuillage printanier. Il regagnait le paysage tranquille dans lequel il avait passé ses années de jeune prêtre, quand il sillonnait ses paroisses disséminées dans les champs. Le soleil, la pluie, la neige l'accompagnaient alors et renouvelaient chacune de ses journées. Après, en ville, il avait oublié la nature. Dans le béton, tous les jours se ressemblent. Il retrouvait soudain ses horizons familiers avec le soulagement que ressent le promeneur égaré qui, après avoir erré longtemps, retrouve un endroit qu'il reconnaît.

En vue du moulin, isolé au bout d'une allée empierrée, ce qu'il aperçut en premier, ce furent les draps de lit blancs que Julia avait mis à sécher au fil à linge tendu le long du bief. Il sourit. N'est-ce pas ainsi que, dans les contes, la princesse captive arbore sa bannière à l'arrivée de son preux libérateur ? Il gara la fourgonnette devant le perron de l'ancienne meunerie et aussitôt, à la fenêtre de la cuisine du corps de logis, la tête contrariée de la princesse lui fit reprendre contact avec la réalité.

Il entra. Julia s'était reculée au fond de la pièce, le dos à la rambarde du fourneau, les bras croisés sous la poitrine.

« Je t'avais pourtant demandé de me laisser tranquille.

— Je sais, Julia, j'avais bien compris.

— Qu'est-ce que tu veux ?

— Te demander pardon.

— Ah oui ?

— Je ne comprends pas comment j'ai pu prendre le risque de te perdre. Ton départ, hier, sans prévenir, ça m'a coupé les bras et les jambes. Tout ça pour un tableau ! Quelques centimètres carrés de peinture ! Comment ai-je pu ? Je suis... Je me fais honte.

— Première nouvelle !

— Je n'ai pas fermé l'œil de la nuit. J'étais accablé par ma bêtise, je ne pensais qu'à toi. Ce matin, j'ai décidé : le tableau, je n'en veux plus. J'y tenais, tu le sais, mais je tiens beaucoup plus à toi, tu penses bien. Tu peux être tranquille, je ne vendrai pas l'appartement. Je ne désire qu'une chose, c'est qu'on reste ensemble tous les deux… que tu m'aimes encore un peu malgré tout. »

Il se tut. Il ne restait qu'à attendre que le couperet tombe. Les épaules de Julia, toujours arc-boutée contre le fourneau, oscillaient légèrement, incrédules devant une capitulation si totale.

« Alors, c'est bien fini ? Tu ne veux plus de ce tableau ?

— Non, je te l'ai dit. »

Elle hésitait. Un coin de sa bouche se crispait comme si une dernière chose l'empêchait d'afficher sa victoire.

« Parce que, tout compte fait, je ne voudrais pas t'en priver si c'est tellement important pour toi.

— Non, Julia, non ! C'est dit, c'est fait. Je ne le veux plus, quoi qu'il m'en coûte. La seule chose importante, c'est toi. Le reste… »

Tandis qu'il protestait, le chanoine sentait qu'un phénomène inattendu se produisait en lui. Il n'avait pas du tout préparé la façon dont il présenterait la perte du tableau à Julia. Il avait laissé courir son intelligence. Accoutumée à ruser en permanence, elle avait d'un coup tordu la vérité à son avantage. Renoncer au tableau par amour pour elle ! Quel magnifique plan ! Il avait retourné Julia comme un gant ! Le comble, elle se faisait du scrupule devant l'énorme sacrifice qu'il venait de lui consentir !

Bref, il aurait pu se frotter les mains de la manœuvre. Pourtant une autre impression perçait en lui qui se substituait peu à peu à sa sotte satisfaction. Celle-là venait de plus profond en lui, d'une machine dont il se souciait aussi peu que de la roue du moulin qui rouillait depuis des années sur son axe : son cœur.

Son cœur s'était mis à battre sourdement, il l'inondait d'une chaleur soudaine qui repoussait la froideur du bluff sorti de son cerveau. C'était vrai qu'il aimait toujours Julia, qu'il n'aurait pas voulu la perdre. Il était ému comme un comédien qui s'est laissé prendre au rôle qu'il jouait. Sans la fripouillerie d'Édouard, sans la perte du tableau, il allait se couper de ce vieil amour auquel il tenait tant sans le savoir. La Providence – qui d'autre ? – lui épargnait une terrible erreur.

« Tu as mangé quelque chose ? s'enquit Julia avec douceur.

— Non, rien. »

Il fut tenté d'ajouter qu'il était trop inquiet d'elle pour avaler quoi que ce soit. Mais il renonça à mentir. Son cœur ne l'aurait plus permis.

« Je vais te préparer une fricassée.

— Oh, oui ! Tu as du lard fumé ?

— Bien entendu, mon vieux coq ! »

Ce que Julia appelait « fricassée », c'était deux, parfois trois œufs sur le plat accompagnés de tranches de lard épaisses comme la main. Installé à la table, la serviette au cou déjà, le chanoine la regarda s'affairer. Ses gestes souples et précis conféraient une sorte d'évidence à tout ce qu'elle faisait. Pourtant, il en prenait conscience, sa présence même – une femme aimante auprès d'un prêtre – relevait du miracle. Elle lui avait tout sacrifié.

Veuve à trente-cinq ans, elle n'aurait eu qu'à se baisser pour qu'un autre fermier mette un couvercle à sa marmite. Sans être une beauté, elle avait le charme de la vigueur et de la simplicité si appréciées dans les campagnes. Elle avait préféré un petit curé crotté.

D'abord, ses deux filles n'en avaient rien su. C'est seulement quand elle s'était installée avec lui dans l'appartement du quai Roosevelt qu'elles avaient compris qu'elle était plus que sa gouvernante. Aussitôt, elles l'avaient boudée. Jamais elles ne lui auraient rendu visite dans sa « bonbonnière » selon l'expression de l'aînée. Elles venaient la voir de loin en loin au moulin lorsqu'elle les assurait qu'il n'était pas là. Ses petits-enfants la reconnaissaient à peine, ils fuyaient ses baisers. Après, elle broyait du noir des jours durant.

Elle lui servit les trois œufs avec un grand verre de Lupulus, sa bière préférée.

« Julia, Julia, je ne te dirai jamais assez merci.

— C'est juste une fricassée, tu sais.

— Il ne s'agit pas de ça, tu m'as compris. »

Le soir, quand ils furent dans leur chambre, sous la protection de sainte Marie-Madeleine, de sainte Thaïs la Pénitente et de sainte Marie l'Égyptienne, dans leurs magnifiques tableaux baroques accrochés aux murs, une fois entre les draps odorants que Mme Blanmont avait herbés après les avoir détachés du fil à linge, elle rapprocha son oreiller.

«Je peux te dire ce que j'ai en tête, Félix ?

— Bien sûr.

— Tu veux quitter l'évêché, c'est bien ça ?

— C'était mon projet en effet.

— Te retirer ici ?

— Oui.

— Eh bien, on pourrait inverser nos habitudes, le week-end à l'appartement et la semaine au moulin.

— Après tout…

— Je trouve que ce ne serait pas mal mais, ici, je ne veux pas t'avoir dans mes jambes du matin au soir. Il faut que tu reprennes du service.

— Quoi ? À la campagne ?

— Oui, auprès des gens.

— Tu es sûre ?

— Tout à fait.

— Franchement, ça demande réflexion. Je ne sais plus trop où j'en suis. Même la foi…

— Ne t'occupe pas de la foi. Le pape aussi se demande tous les matins s'il a encore la foi. Sinon, ce serait un idiot. Il fait comme tout le monde, il reporte la question au lendemain, puis il se met au travail. Quand mon mari est décédé, je ne me suis pas demandé si tu avais la foi. Tu m'as aidée, tu m'as sortie du chagrin. Tu as été tellement bon. Les gens n'ont pas besoin d'un discours sur la foi, Félix, seulement qu'on les tire un peu vers le haut. Ensuite, c'est à eux de voir. Tu crois que tu pourrais ?

— Eh bien, je peux toujours essayer. »

Le chanoine rapprocha son visage, il l'embrassa, passa sa main de l'autre côté de l'oreiller et caressa ses cheveux à peine parsemés de fils blancs.

« Tu es vraiment une sainte pour moi, Julia.

— Et encore, tu ne sais pas tout ce que j'ai fait pour toi depuis hier, pendant ton absence. »

20.

Quand on rapporte ces histoires somme toute banales de personnes qui s'évertuent à s'empoisonner l'existence en lâchant la bride à leurs médiocres passions, ceux à qui l'on pense le moins, en général, ce sont les enfants. Car ces gens la plupart du temps ont aussi des enfants qui assistent impuissants et navrés à la programmation du malheur de la famille. Les enfants accueillent la vie comme elle se présente, ils n'essaient pas d'en contrarier le cours naturel. Comment comprendraient-ils la rage destructrice des adultes ? Ils restent là, étonnés et muets. Les parents ne s'aperçoivent pas qu'ils sont blessés pour toujours et, s'ils s'en aperçoivent, à la souffrance des petits ils opposent à regret les intérêts supérieurs des grands.

Depuis le jour où ils avaient profité de l'absence d'Élise pour griller quelques cigarettes au salon, les enfants de Marie-Rose et Édouard avaient bien compris que quelque chose ne tournait plus rond dans la famille. Un soir, les trois garçons en avaient débattu dans la chambre de l'aîné.

Marc, avec l'assurance de sa toute nouvelle voix mâle, avait émis l'hypothèse que leur tante Élise traversait la « crise de la quarantaine ». L'expression, il l'avait pêchée dans un roman – *Le Jeune Sauvage* – qui avait séduit sa prof de français, elle-même âgée de quarante ans, et qui, pour ce motif hautement littéraire, l'avait imposé à ses élèves.

Après l'avis autorisé de Marc, une certaine méfiance s'était insinuée dans l'affection que les garçons portaient depuis toujours à leur tante. Tati Lise avait cessé d'être totalement prévisible. Impossible de savoir désormais à quoi ils devaient s'en tenir à son sujet. Dans l'incertitude, le cœur prend ses précautions, il se met à distance.

Bien qu'en tant que fille et cadette de la famille Marie fût exclue des conciliabules des garçons, elle n'en était pas moins perturbée par les absences d'Élise. Le soir, en particulier, elle avait l'habitude que sa tante vienne la border et lui raconter une histoire. Sans elle, elle avait du mal à s'endormir.

Le jeudi soir, elle fut prise d'une angoisse soudaine dans le noir, comme en connaissent les enfants, si proches encore du mystère de leur présence au monde. La gorge serrée, elle quitta son lit. Elle avait besoin des bras de sa mère à défaut de ceux de tati Lise. Elle allait poser son pied nu sur la première marche de l'escalier pour descendre au salon quand des éclats de voix lui parvinrent. Elle s'arrêta, effrayée.

C'était Marie-Rose et en même temps ce n'était plus elle. Ses paroles, que Marie ne percevait pas clairement, étaient emportées par une intonation aiguë, ininterrompue, pleine de fureur qu'elle ne lui avait jamais entendue. Le flot n'était entrecoupé que par quelques balbutiements à peine perceptibles de son père. Puis il reprenait toujours aussi impétueux jusqu'au moment où il fut brisé par des sanglots.

Jamais, jamais Marie n'avait assisté à un pareil orage. Elle était bouleversée au point d'en oublier sa propre angoisse. Elle rebroussa chemin jusqu'à sa chambre et se recoucha. Le monde s'effondrait. Sa mère, si douce, était devenue un ogre ; son père, si fort, n'était plus qu'un gnome. Elle était aussi épouvantée que le chaperon rouge quand il comprend qu'il n'est pas couché avec sa mère-grand mais avec le loup.

Elle attendit dans le noir, suppliant en pensée Élise de revenir au plus vite, jusqu'à ce que Marie-Rose, montée se coucher, passe dans sa chambre.

« Maman, maman ! implora-t-elle, tremblant que Marie-Rose ne soit pas redevenue elle-même.

— Qu'est-ce qui t'arrive, mon petit chat ? Tu ne dors pas ? »

Elle se pencha, Marie s'agrippa à son cou, mais aucune explication ne put sortir de sa gorge.

« Allons, allons, il faut dormir. Tu as un peu de fièvre, c'est tout. Demain, tu resteras ici avec moi.

— Tati va revenir ?

— Oui, demain elle sera là, promis. »

Le vendredi, à dix heures, en effet, Élise rentra à la maison. Marie-Rose était à son cabinet, occupée par ses consultations privées de la matinée, les garçons à l'école, Édouard à l'agence probablement. C'est Marie, en pyjama dans le salon, qui l'accueillit. Elle se précipita vers elle. Élise la garda contre sa poitrine un long moment sur le canapé. Marie pleurait. Cependant, les consolations d'Élise qui l'embrassait, la caressait pourtant, lui murmurait les petits mots qu'elle connaissait si bien, n'étaient plus les mêmes, elle le sentait. Élise était là, mais pas comme avant. Quelque chose d'elle restait absent qu'elle rapportait instinctivement à la voix déconcertante de Marie-Rose la veille.

« On va défaire ma valise ?

— Tu ne pars plus, hein ?

— Plus maintenant, n'aie pas peur. »

Élise fourra ses vêtements dans le lave-linge, puis constata que le réfrigérateur était presque vide. Les courses du mercredi, personne ne s'en était chargé.

« Allez, on file au Delhaize. Habille-toi, tu viens avec moi, après je te dépose à l'école.

— Mais, tati, je suis malade, j'ai de la fièvre, je reste avec toi.

— Tu n'es pas malade. Tu carottes. »

À midi, quand elle rentra, Marie-Rose l'attendait à la cuisine, dos à l'évier, un verre de vin blanc à la main.

« Alors, tu es revenue.

— Comme tu vois, je t'avais dit vendredi, je suis là. »

Élise déposa sur la table les deux sachets en papier d'où ses achats débordaient et commença à les ranger dans le frigo.

« Comment ça s'est passé avec ton type ?

— Très bien.

— Tant mieux... Et avec Édou ?

— Très mal, je suppose qu'il t'a raconté. Et, tant qu'on y est, très mal aussi avec l'aumônier. Franchement, tu aurais pu m'épargner cet ayatollah.

— Excuse-moi, j'étais inquiète, très inquiète pour toi. Et je le suis toujours autant.

— Pourquoi ?

— Quelle mouche t'a piquée de donner de l'argent à ce gigolo ? Édou m'a parlé de deux cent mille euros, c'est vrai ?

— Ça me regarde. Cet argent est à moi, non ? Du moins il sera à moi quand Édouard me l'aura rendu. Il t'a parlé de ça aussi ? Entre deux visites hier matin, je suis passée à la banque, figure-toi. Édouard m'a tout piqué. Tant que j'avais l'entremetteur maison sous la main, ton curé, je le lui ai même envoyé. Mais, cette fois, je l'ai missionné pour mes intérêts, pas pour les vôtres. »

Marie-Rose s'assit à la table, où se trouvait la bouteille de chablis. Elle se resservit un demi-verre et attendit qu'Élise ait terminé ses rangements.

« Assieds-toi une minute, dit-elle une fois que les deux sacs en papier furent repliés. Tu veux boire quelque chose avec moi ?

— Non, merci, pas d'alcool.

— Assieds-toi tout de même. Il faut qu'on parle. »

Élise prit place, les avant-bras posés à plat devant elle, brunis par les heures passées au soleil au parc de la Boverie dans sa robe printanière que Marie-Rose avait reconnue. Elle sortait de la malle de ses vieux vêtements. Mais Marie-Rose avait tout autre chose en tête. Élise le voyait bien. Sa sœur était au pied du mur, elle ne savait par quel bout commencer.

« Bon, Lili, pour ton argent, il y a un problème.

— Quel problème ? Édouard n'a qu'à me rembourser, on n'en parle plus.

— Édou s'est servi de ton argent pour jouer en Bourse.

— Hein ?

— Oui, et il a tout perdu.

— Quoi ? Qu'est-ce que tu racontes ?

— Il me l'a avoué hier soir. La culbute totale. Tout y est passé.

— Tout ? Tout mon argent ?

— J'en ai bien peur. Il ne doit pas rester grand-chose, en tout cas. Quel manche, je ne te le fais pas dire ! Je lui ai passé un de ces savons. J'étais hors de moi, je lui aurais arraché les yeux.

— C'est insensé...

— Oui...

— Il y avait combien ?

— Je ne sais pas. Beaucoup. Je t'assure que je lui ai volé dans les plumes. »

Marie-Rose se tortillait sur sa chaise comme si elle essayait de la convaincre de l'intensité de sa colère. Élise tourna la tête, elle préférait s'épargner ces singeries. Une mouche venait de se poser devant ses bras. De sa petite trompe, elle ponctionnait soigneusement le formica.

On aurait pu croire qu'Élise s'était plongée dans l'étude de son comportement. Puis, tout à coup, quand la mouche s'envola : « Et alors, qu'est-ce qu'il va faire, Édouard ? demanda-t-elle.

— Je l'ignore. Que veux-tu qu'il fasse ?

— Que ce soit bien clair, Marie-Rose : je veux mon argent. Qu'il se débrouille comme il voudra. Et dans l'immédiat, il faut qu'il me verse deux cent trente mille euros.

— Calme-toi ! Je suis sûre qu'il te rendra tout ce qu'il te doit. Maintenant, c'est évident, ça va prendre un peu de temps. Quelques années sans doute, quatre, cinq ans, d'après lui. En attendant, tu ne manqueras quand même de rien ici. Et, pour t'avouer le fond de ma pensée, je trouve que ce n'est pas plus mal. Comme ça, tu ne claqueras pas cette somme faramineuse avec ton bonhomme.

— Je le lui ai promis, Mirose. Il l'aura, il doit l'avoir tout de suite.

— Mais bon sang, c'est quoi, ce business ? Explique-toi une bonne fois pour toutes ! Qu'est-ce que tu fabriques avec cet escroc ? »

Élise leva un sourcil plein d'ironie. En fait d'escroc, est-ce qu'elles n'étaient pas toutes les deux dans le même bateau ? Fauvol, Élise en aurait convenu sans réserve, était un escroc, mais néanmoins un escroc sympathique à tout prendre, qui s'apprêtait à étriller le chanoine – bien fait pour lui –, alors qu'Édouard dévalisait sournoisement la sœur de sa femme. Elle vit bien que Marie-Rose se mordait la langue.

« Tu veux savoir ce que je fabrique avec mon escroc à moi ? reprit-elle avec assurance.

— Ben, oui, naturellement.

— Eh bien, je fabrique un enfant.

— Un enfant ? Tu es folle ? Qu'est-ce que tu me chantes là ?

— Je te dis que je couche avec lui pour avoir un enfant.

— Hier encore, tu m'as affirmé que tu prenais tes précautions !

— Oui, mais tu ne m'as pas demandé quelles précautions. J'ai pris le maximum de précautions pour mettre toutes les chances de mon côté et avoir un enfant. J'ai bien étudié le manuel *La Contraception par la méthode des températures* que tu mets à la disposition de tes patientes dans la salle d'attente. Ça sert aussi bien à éviter les enfants qu'à en faire. Je relève ma température tous les matins. Là, tu vois, ces derniers jours, j'étais à mon plateau de fertilité. Le mois dernier, j'y étais déjà pour la croisière. Malheureusement, le vilain play-boy que tu as imaginé a mis un peu trop de temps à conclure. Par délicatesse. C'était raté. Mais ces trois nuits à l'hôtel, on s'est vraiment appliqués. Je suis sûre que l'affaire est dans le sac.

— Je tombe des nues… Qu'est-ce que tu as à faire d'un enfant, tu en as déjà quatre ? Combien de fois je ne t'ai pas dit que pour eux leur mère, c'est toi ?

— Ce n'est pas une raison pour oublier que ce sont quand même tes gosses. J'ai bien le droit d'avoir un enfant qui soit vraiment à moi, un qui sorte de mon ventre, Marie-Rose ! »

Devait-elle vraiment expliquer cela à sa sœur ? À quelqu'un qui l'aimait – elle n'en aurait jamais douté –, qui était censé la comprendre mieux que quiconque au monde ? Mais aussi à un médecin dont la profession justement était dédiée tout entière au désir d'enfant. Le dévouement de Marie-Rose à ses parturientes lui avait acquis une véritable vénération. Elle les choyait comme personne, toutes les mères le répétaient. La seule qu'elle ne soutiendrait pas, ce serait sa propre sœur ?

Les femmes veulent un enfant, quoi de plus naturel ? Leur corps est fait pour cela. Il faudrait se crever les yeux pour prétendre le contraire. Une femme qui ne veut pas d'enfant, c'est comme un violon qui ne veut pas l'archet, il n'en sort aucun son. Tout seul, le violon est beau sans doute, on peut l'exhiber, on peut même en tirer de virils pizzicati. Ce n'est pas pour cela qu'il existe.

Cette idée, Élise la portait en elle depuis toujours, même si elle n'avait pris conscience de son besoin d'enfant que tardivement. Elle l'avait trompé des années avec les rejetons de Marie-Rose. Mais le besoin était là, aux aguets, tapi au creux de ses entrailles.

Ce qui l'avait retenue aussi, c'était qu'elle était convaincue qu'elle ne pourrait plaire à un homme. Le seul qu'elle avait connu – une nuit en tout et pour tout – était un étudiant des Arts plastiques, complètement beurré, qui l'avait traitée comme une paillasse. Elle n'avait pas attendu cette dévastation pour se payer un caractère difficile. Elle passait déjà pour une pelote d'aiguilles. Ça s'était aggravé. Ensuite, le drame de l'hôpital n'avait rien arrangé.

Abattue, elle avait échoué rue Ortsmans où elle vivait pareille à un oiseau en cage destiné à amuser la progéniture de Marie-Rose.

Finalement, c'était cet abruti d'Édouard qui lui avait rendu l'envie de se servir de ses ailes. Personne, depuis une éternité, ne l'avait regardée comme une femme. Et voilà qu'Édouard tout à coup brûlait pour ses jambes, pour ses seins et le reste. Sans le faire exprès, comme un pyromane, il avait communiqué le feu à son instinct maternel. Le désir d'enfant qui couvait en elle s'était embrasé.

Alors, elle avait cherché un homme, un géniteur plus exactement. Pas question de céder à Édouard, à ce goujat, ça frôlait l'inceste. Il fallait faire vite, elle allait avoir quarante ans. C'était sa dernière chance.

Bien sûr, elle aurait pu se confier à Marie-Rose. L'idée l'avait effleurée un moment. Marie-Rose pratiquait des inséminations artificielles. Mais la perspective de se faire injecter le sperme d'un inconnu lui levait le cœur. Il y avait dans cette technique un côté vétérinaire qui lui répugnait. Et, le jour venu, comment annoncer à l'enfant qu'il était issu d'elle et d'une seringue ?

Elle était résolue à concevoir selon la méthode d'origine, avec un individu mâle en chair et en os. Pas nécessaire qu'elle en soit amoureuse. L'amour n'est que le piège de la nature pour assurer la propagation de l'espèce. Il lui suffirait d'un brave type qui sache faire ce qu'il fallait, gentiment, pas comme le barbouilleur barbouillé de l'école des Arts, dans un moment de plaisir, de tendresse, même s'il était bref. C'est ainsi qu'elle avait pêché Fauvol sur Internet. Un escroc professionnel sans doute, mais tous les êtres humains ne sont-ils pas des escrocs, au moins amateurs ?

Il lui sembla que Marie-Rose se radoucissait. De fait, elle lui sourit et lui prit les mains.

« Oui, Lili, tu as le droit d'avoir un enfant, d'accord, bien qu'à mes yeux un enfant soit plutôt une faveur qu'un droit. Mais admettons… N'oublie pas cependant que, lorsqu'on revendique un droit, il faut tenir compte des devoirs qui vont avec. Cet enfant, comment l'élèveras-tu ?

— Comme j'ai élevé les tiens.

— Ah ? Tu imagines la situation ? Un bébé ici ! Quel micmac ! Et nos quatre laissés-pour-compte, comment vont-ils le prendre ? La jalousie, tu y as pensé ?

— Si ça pose un problème, je me tire, c'est simple.

— Quoi ? Tu nous quitterais pour cet individu ?

— Je peux m'installer seule, je n'ai besoin de personne. J'arriverai à me débrouiller à l'aise dès qu'Édouard m'aura rendu ce qu'il m'a volé. »

Marie-Rose quitta sa place. Elle vint se placer derrière Élise, posa ses bras autour de son cou et colla sa joue contre la sienne.

« Je t'adore, ma Lili ! Franchement, tu m'épates. Une vraie aventurière ! Je ne t'aurais jamais crue capable de tout ça ! La fille de l'air ! Coucher avec une espèce de flibustier ! Il est beau au moins ?

— Non, pas spécialement.

— Suis-je bête ! Il doit avoir la tête de l'emploi. Patibulaire, je suppose ?

— Tu as trop d'imagination.

— Tu n'en manques pas non plus, mon petit bouchon ! J'ai l'impression que tu vis sur un nuage. Déjà tu as décidé que tu étais enceinte, mais tu ne peux pas le savoir comme ça, tout de suite.

— Ma température ne redescend pas, Marie-Rose. Elle reste au même niveau. Production de progestérone d'après ton manuel. Et, en plus, je n'ai même pas besoin de ça : je le sens. Mon instinct me le dit que c'est fait.

— Ton instinct ! Ha, ha ! Tu es impayable, ma Lili ! »

Marie-Rose lui plaqua un baiser et se redressa, un œil sur l'horloge de la cuisine.

« Si on mangeait un bout ? Il faut que je sois à Saint-Jean pour treize heures. Fais-nous du pain perdu, tu veux bien ? J'en rêve depuis trois jours. »

Cinq minutes plus tard, les tranches de pain dorées fumaient dans les assiettes. Marie-Rose se régalait. À présent, semblait-il, elle avait décidé de se la jouer relax. La dernière lichette avalée, elle soupira d'aise.

« Ah, ton pain perdu ! Inégalable ! Il n'y a que toi pour le faire comme ça. Qu'est-ce que je suis contente que tu sois revenue ! Tout va rentrer dans l'ordre, j'en suis sûre. Tes escapades, c'était très bien. Je te donne raison. Dans la vie, un peu de folie, pourquoi pas ? *La Chèvre de Monsieur Seguin* ! Tu te souviens quand papa nous lisait cette histoire avant qu'on s'endorme ? “Plus de corde, plus de pieu… rien qui l'empêchât de gambader, de brouter à sa guise…” Seulement, il ne faudrait pas te faire attraper par la bête du Gévaudan, hein, ma Blanquette ! Si ces petits écarts ne vont pas plus loin, ils ne te laisseront que de beaux souvenirs. Il faut être raisonnable. C'est fini maintenant.

— Et mon enfant, qu'est-ce que tu en fais ?

— Ne te tracasse pas ! Nous allons vraiment prendre nos précautions. Ce soir, je te rapporte la pilule du lendemain. Tu l'avaleras avec un grand verre d'eau et on n'en parle plus.

— Ah bon… Pour mon argent, idem ? Je l'oublie ?

— Édouard te restituera tout, je te l'ai dit. Donne-lui un peu de temps. À l'impossible nul n'est tenu. En attendant, tu peux toujours puiser autant que tu veux dans la boîte à biscuits. Ce que tu as promis à un charlatan, ça compte pour du beurre. Si jamais il se montre, on te défendra.

— Sûrement, j'ai bien compris. Tu me défendras ? Je connais ça !

— Quoi ? Pourquoi tu ricanes ?

— Tu me défendras comme tu m'as défendue à l'hôpital, c'est-à-dire que tu te défendras toi d'abord. Ce que tu veux, c'est que je reste ici à ta botte, à m'occuper des gosses à ta place, à te mitonner mon "inégalable" pain perdu. Et toi, tu continueras tranquillement ta carrière de bienfaitrice de l'humanité. Je n'ai qu'à me sacrifier une nouvelle fois.

— Comment ça, une nouvelle fois ? À l'époque, on était bien d'accord toutes les deux.

— Oui, et pour cause, je n'étais qu'une gamine, une petite infirmière débutante face à toi et à l'aumônier, deux grosses légumes. Qu'est-ce que je pouvais faire ? J'ai dit oui à tout parce que j'étais paniquée. Je l'ai fait pour toi, parce que je t'aimais si tu veux tout savoir, que je voulais te tirer d'affaire, vu que tu étais aussi responsable que moi de la mort de mon malade. Mais ce temps-là est fini, Marie-Rose, bien fini ! Tu peux te l'enfoncer dans le crâne. Tu ne disposeras plus de ma vie ! »

Élise repoussa brusquement sa chaise. Elle se mit à rassembler les verres, les assiettes, les couverts. Elle les transporta à l'évier, ouvrit l'eau chaude, les y plongea.

Cette fois, Marie-Rose avait avalé sa langue. Sûrement, elle était retournée quinze ans en arrière à l'hôpital pendant la nuit du drame. Bien entendu, Élise avait commis une erreur en injectant de l'adrénaline au lieu d'atropine mais, si elle était restée au service de médecine interne toute la nuit comme elle le devait, elle s'en serait aperçue en veillant son malade. Il avait certainement montré des signes de malaise. Il avait appelé peut-être, on l'aurait sauvé. Mais Élise n'était plus là.

Marie-Rose était venue la chercher. Elle avait besoin d'une infirmière en maternité. Elle aurait dû rappeler son maître de stage, mais elle était dévorée de l'envie d'accoucher toute seule les deux femmes qui se préparaient dans la salle de travail. Élise l'avait secondée. Tout s'était merveilleusement passé. Au petit matin, elle avait rejoint son service. Son malade était mort.

Elle avait appelé Marie-Rose qui, elle-même, avait cherché du secours auprès de l'aumônier car elle redoutait sœur Thérèse, qui ne pouvait pas la voir en peinture. Pour ne pas nuire à la carrière de sa sœur – la plus importante naturellement –, l'abbé Grimaux avait suggéré à Élise de ne pas faire état de son abandon de poste. Il se faisait fort de convaincre sœur Thérèse de fermer les yeux sur sa bévue. Bien sûr, Élise devrait abandonner l'hôpital. Elle avait accepté.

Ainsi l'affaire avait été enterrée. Jamais plus, il n'en avait été question entre elle et Marie-Rose jusqu'à ce moment précis.

Marie-Rose quitta la table. Elle était déjà en retard pour Saint-Jean.

« Bon, dit-elle, réfléchis tout de même. Je dois y aller. On reparlera de tout ça ce soir. Avec Édouard. »

Elle voulut embrasser Élise, mais Élise secoua les épaules et se détourna.

21.

« Il reprendra du café ? » interrogeait la mère de Marie-Rose et Élise. Elle s'adressait à Marie-Rose sans regarder Édouard.

« Tu reprends du café, chéri ? demandait Marie-Rose.

— Oui, volontiers. »

La scène se passait des années auparavant dans la salle à manger de la mère. Autour de la table, la mère, Marie-Rose, Édouard et Élise. Nappe festonnée, service Royal Limoges, serviettes brodées. Sur un plateau à pied, les derniers morceaux d'une tarte au riz. Marie-Rose venait présenter son ami, ils avaient le projet de se marier.

Pas une seule fois la mère ne s'était adressée directement à Édouard. Elle passait par Marie-Rose.

« Encore un peu de tarte ? Il ne l'aime pas ? »

Si Édouard lui répondait sans intermédiaire, elle baissait les yeux, évitait son regard. Il ne s'en était pas formalisé. Marie-Rose l'avait prévenu que maman était un peu bizarre.

Après, lorsqu'ils furent repartis – ils habitaient déjà ensemble dans un minuscule studio près de l'hôpital –, maman avait déclaré à Élise : «Je me demande bien ce qu'elle lui trouve.

— Il est gentil.

— C'est ça, gentil ! Dis plutôt mou. Il ne lui amènera que des ennuis.

— Maman, tu vois toujours tout en noir.»

Maintenant, tandis qu'Élise rangeait la vaisselle et la poêle qui avait servi au pain perdu, sans doute parce qu'à l'époque elle remisait le service à café quand maman l'avait prononcée, sa prédiction lui était revenue. Elle avait vu juste. Et, en outre, à la question de savoir ce que Marie-Rose trouvait à Édouard, Élise aurait pu répondre désormais. Édouard n'était qu'une utilité dans la mise en scène de la vie de Marie-Rose. Marie-Rose allait avoir bientôt une profession en vue, il était temps de songer à se pourvoir en plus d'une famille, d'une demeure, d'un rang dans la société. Pour cela, un mari capable de mettre du beurre dans les épinards est indispensable. Elle en avait dégoté un qui ne lui ferait pas d'ombre.

Il était exclu, en effet, qu'elle devienne une de ces épouses dont le seul titre est d'être la femme de quelqu'un. C'était l'inverse qu'il lui fallait, et qu'elle avait obtenu. La réussite de Gayet Immo avait quelque chose de vulgaire à côté de sa noble fonction. S'ils se trouvaient à un cocktail, les invités la saluaient toujours en premier et, avant qu'ils s'éloignent, elle devait bien souvent leur désigner Édouard à ses côtés – «Mon mari...» –, qu'ils allaient oublier. Ils lui consentaient un regard comme chez les Turcs, sans doute, celui qu'on accordait jadis au chasse-mouche de la sultane.

Évidemment, la veille au soir, quand il lui avait avoué qu'il avait claqué l'héritage d'Élise, Marie-Rose lui avait tapé sur les doigts. Pour autant, elle n'allait pas mettre en péril l'édifice qu'elle avait érigé avec tant de soin. Édouard avait promis de rembourser, l'incident était clos.

Le seul élément qui aurait pu la déstabiliser, c'était le harcèlement auquel Édouard se livrait depuis des mois pour obtenir les faveurs d'Élise. Cela, Marie-Rose l'ignorait et Élise n'avait pas l'intention de le lui révéler. Elle aimait trop Marie-Rose pour lui infliger ce coup. Une fois qu'elle serait enceinte, certainement le pervers lui ficherait la paix.

En fait, elle n'avait guère réfléchi à ce que serait sa vie avec son enfant. Elle avait paré au plus urgent, mettre en route le bébé. Quand elle se projetait dans l'avenir, elle se voyait avec son poupon dans les bras et, toujours près d'elle, Marie-Rose penchée sur le tableau avec ravissement. Elle avait besoin de l'approbation et de l'amour intacts de sa sœur.

Aussi, le soir, quand elle se retrouva au salon avec Marie-Rose et Édouard, eux sur le canapé et elle en face dans un fauteuil, elle aurait juré qu'elle aurait la force de garder le silence sur le minable manège d'Édouard depuis Rimini. Les enfants étaient montés dans leurs chambres sans discuter. Ils sentaient bien que le climat était à l'orage. Édouard avait avalé sa langue. Au souper, Marie-Rose avait tenté de plaisanter, ce qui n'avait eu pour résultat que d'accentuer le malaise car, d'ordinaire, elle passait plus de temps à gendarmer qu'à détendre l'atmosphère.

Et maintenant, l'heure de vérité était arrivée. Tout ce que voulait Élise, c'étaient les deux cent trente mille euros pour Fauvol. Édouard allait-il comprendre que c'était le prix de son silence ?

« Eh bien, eh bien, nous y voilà ! commença Marie-Rose. On a toujours formé une belle équipe à nous trois. Bon, là, on traverse une passe un peu difficile, ça arrive dans les meilleures familles. Le mieux, c'est de mettre les problèmes sur la table. On tire tout au clair et, après ça, on repart du bon pied. Édouard, toi d'abord ! Tu vas expliquer à Élise ce qui s'est passé avec ses sous. »

Le dos voûté, Édouard semblait examiner ses vieilles chaussures d'intérieur. Une légère contraction avait plissé sa joue quand Marie-Rose l'avait interpellé. Il était mortifié, certainement, mais peut-être un peu réticent déjà, tel un garnement qui a avoué ses bêtises, que la maîtresse, comme si cela ne suffisait pas, oblige à une confession publique. Il opposa à Élise un faciès où se mêlaient l'embarras et le défi.

« Marie-Rose t'a expliqué. J'ai perdu ton argent. J'ai voulu bien agir en le plaçant en Bourse. Tout le monde le conseillait. J'ai fait la culbute. Je… je te demande de m'excuser. OK?

— OK? Et c'est tout? Que tu m'aies traité de malade, que tu m'aies fait passer pour une dangereuse psychopathe, ça, ce n'est rien ?

— Excuse-moi.

— Tu ne trouves pas que c'est un peu court ? "Excuse-moi, n'en parlons plus" ! Du blabla ! Je vais t'indiquer comment t'excuser pour de vrai. Et alors on n'en parlera plus. Tu vas me rendre tout ce que tu as jeté par les fenêtres. Et, pour commencer, je veux tout de suite les deux cent trente mille que tu sais. Ils seront sur mon compte lundi au plus tard, d'accord ?

— Je ne saurais pas.

— Il va falloir essayer. Tu m'as spoliée, tu rembourses.

— Tout ce que j'ai fait était légal. J'avais ta procuration.

— Pour gérer mes biens en bon père de famille, pas pour les dilapider ! Si je n'obtiens pas réparation immédiatement, je vais en justice.

— Allons, allons ! tempéra Marie-Rose. Ne nous emballons pas. Édouard s'est planté, il s'est fait des illusions. Mais toi aussi, Élise, tu t'en es fait.

— Moi ? Qu'est-ce que tu veux dire ?

— Je peux mettre Édouard au courant de ce que tu m'as confié ce matin ?

— Si tu veux.

— Figure-toi, Édou, qu'Élise s'est fourré en tête d'avoir un enfant.

— Comment ça un enfant ? Quel enfant ?

— Eh bien un enfant à elle, un petit, un bébé.

— Quoi ! ?

— Ce type qu'elle fréquente, c'était pour qu'il lui fasse un enfant. Il serait même déjà en route, n'est-ce pas Élise ? À ce propos, je t'ai apporté la pilule dont je t'ai parlé.

— Merci bien, tu peux te la garder.

— Un enfant, répétait Édouard, abasourdi. Tu as perdu la raison ! Tu déraillles ! Enfin, c'est inconcevable !

— Non seulement c'est tout à fait concevable, mais c'est conçu. Tu peux toujours courir, il faudra te faire une raison. C'est pour ça que je veux mon argent. »

Édouard hochait la tête, incrédule. Il se retourna vers Marie-Rose, qui haussa les épaules en signe d'impuissance, si bien qu'il en conclut qu'il avait quitté son emploi de coupable pour se poser en plaignant aux côtés de sa femme. Ils allaient faire front ensemble contre les extravagances d'Élise.

Un moment, il rumina les sentiments qui se bousculaient en lui puis, après avoir cherché d'une œillade l'approbation de Marie-Rose, il demanda d'un air faussement dubitatif : « Ne me dis pas que les deux cent mille euros, ce serait le prix pour les services de Fauvol ? Je veux dire pour te faire un enfant ?

— Est-ce que ça te regarde ?

— Dis donc, ce ne serait pas un peu chérot ? Il t'a promis Einstein ?

— Ce ne sont pas tes affaires, Édouard.

— Je le savais que c'était une fripouille. Mais alors cette transaction, quelle ordure ! Un maquereau ! Et c'est toi qui me menaces de la justice ! Tu sais ce que je vais faire demain à la première heure ? Je vais le dénoncer à la police. J'aimerais bien que les flics aillent jeter un coup d'œil à toutes les bricoles que j'ai vues dans sa boutique. Je serais curieux de savoir d'où elles sortent.

— Tu n'oserais pas. Tu te dégonfleras avant de sortir de ta voiture.

— Tu verras si je n'oserai pas ! C'est fini de me prendre pour ton joujou, Élise. Ton argent ? Ton argent ? Tu oublies que je t'héberge depuis quinze ans, nourrie, logée, blanchie. Tu oublies ton appartement, ta salle de bains privée, que tu as exigée et que j'ai payée rubis sur l'ongle pour satisfaire tes caprices. Une petite conne, voilà ce que tu es !

— Édouard ! » s'exclama Marie-Rose.

À ce cri, puis à la lueur féroce qui passa dans les yeux d'Élise, Édouard dut comprendre qu'il était allé trop loin. Une fois de plus, il avait dérapé. Élise, c'était sûr, n'allait plus se contenter de lui balancer son café à la figure. D'ailleurs, il n'y avait rien d'éjectable sur la table basse devant eux, Marie-Rose elle-même s'était passée de vin, elle le réservait pour l'heureuse conclusion qu'elle espérait. Élise n'allait pas se lever non plus, les planter là, mettre un terme à la discussion. Comme un idiot, il avait bazardé la chance qu'elle lui laissait depuis le début de passer sous silence ses tentatives de séduction. Il baissa la tête, résigné à recevoir la volée de bois vert qu'il avait bien cherchée.

Contrairement à ce qu'il pensait, cependant, ce n'est pas lui qu'Élise entreprit, mais Marie-Rose.

« Tu veux vraiment savoir pourquoi j'ai tellement insisté pour un aménagement de ma chambre, Marie-Rose ?

— Tu me l'as dit, tu voulais être tranquille à cause des enfants, des garçons qui font irruption partout sans avertir.

— Oui, les pauvres, je leur ai mis mon prétexte sur le dos. En fait, ils sont très bien élevés, ils frappent avant d'entrer, comme je le leur ai appris. Ce qui n'est pas le cas de tout le monde. Ton mari par exemple.

— Qui ? Édou ? Tu veux rire ?

— Oui, Édouard, le parfait gentleman, et ça ne me fait pas rire. J'ai toujours essayé de t'épargner, Mirose. La dernière chose que je voudrais, ce serait te faire de la peine. Mais trop c'est trop. Je n'en puis plus de ces mensonges, de cette comédie répugnante. Il faut que tu saches la vérité.

— Quelle vérité ? Explique-toi !

— Ton mari me harcèle depuis des mois. Har-cèle, tu comprends ce que ça veut dire ? Il veut coucher avec moi.

— Arrête !

— Tout a commencé aux dernières vacances en Italie. Un jour, je me suis réveillée sur la plage avec sa grosse patte sous mes jupes. Pas besoin de te faire un dessin, je suppose. Et ensuite, après les vacances, plus moyen de le retenir. Il ne me lâchait plus. Je ne pouvais pas rester au calme cinq minutes dans la salle de bains. Il passait la tête par la porte, il voulait s'introduire, me mater. Un vrai obsédé. Il fallait que je le menace de crier pour qu'il sorte. À longueur de journée, il m'assiégeait. Voilà pourquoi j'ai voulu qu'on m'aménage une douche, qu'on pose une serrure Yale à ma porte. Pour échapper à cette espèce de bonobo en rut. Tu ne l'intéresses plus, Marie-Rose. Il me l'a seriné cent fois. Tu n'es plus qu'une vieille chaussette pour lui. Il brame après une nouvelle femelle. À l'aise, bien sûr, à domicile, sur son divan. »

À mesure qu'Élise lui mettait le linge sale sous les yeux, le visage de Marie-Rose se décomposait. Elle était pâle comme la mort.

« Ce n'est pas vrai, murmura-t-elle.

— Demande-le-lui ! Vas-y, Édouard, ose dire que ce n'est pas vrai ! »

Édouard s'était rencogné tout au bord du canapé. Il n'osait pas se tourner vers Marie-Rose et Marie-Rose non plus n'osait découvrir un homme qu'elle ne connaissait pas.

« Je ne veux pas mêler les enfants à cette saleté, Édouard, mais, si tu ne craches pas le morceau, je vais chercher Marc. Tu sais ce qu'il m'a demandé, il n'y a pas longtemps, Marc ? "Pourquoi il vient gratter à ta porte la nuit, papa ?" J'y vais ?

— Non ! Non, c'est bon ! »

Édouard la fusilla des yeux, puis essaya de capter le regard de Marie-Rose.

« Oui, c'est vrai, Marie-Rose, je... j'ai... D'abord, il ne s'est rien passé, je te donne ma parole.

— Parce que je t'ai résisté pied à pied.

— Je l'avoue, j'ai perdu la tête, articula-t-il en se tordant les mains. Ça m'est tombé dessus d'un seul coup. Je ne m'y attendais pas. Je suis devenu fou. Je ne pensais plus qu'à ça. J'en étais malade. Mais c'est fini, tu peux me croire. J'ai compris, je suis vacciné.

— Il est bien temps », railla Élise.

De son coin, Édouard scrutait le profil de Marie-Rose, il béait après sa réaction. Au bout d'un moment, sans lui avoir accordé un seul regard, elle ouvrit la bouche avec effort.

« Jamais, jamais je n'aurais cru ça de toi, Édouard, dit-elle, la voix lente et brisée. Après tout ce que j'ai sacrifié pour toi… Quand je pense que j'aurais pu épouser… Soit… Passons… »

Cette fois, Édouard pivota de trois quarts vers elle. Il se rendait compte de l'ampleur du désastre. Il était pris à la gorge, il fallait qu'il trouve n'importe quoi pour sauver des apparences ce qui pouvait encore l'être. Il avança la main pour saisir le bras de Marie-Rose, mais elle fit un écart et se pencha de côté comme si elle avait voulu esquiver un coup de poing.

« Écoute, écoute, Marie-Rose, implora-t-il. C'est ma faute, je le reconnais, mais… mais pas seulement. C'est la faute d'Élise aussi.

— Comment ça ? se récria Élise. Quel culot ! »

Édouard redressa la tête, il s'efforçait de reprendre haleine – jusque-là, il soufflait comme un phoque –, il pinça les lèvres avant de se lancer. Tout à coup, il venait d'entrevoir une échappatoire.

« C'est elle qui m'a provoqué, oui, elle, je le jure. C'est vrai, comme elle l'a dit, que tout a commencé en Italie sur la plage. Mais pourquoi est-ce que cette lubie m'aurait pris là, subitement, à l'improviste, hein ? Avant ça, je n'avais jamais fait attention à elle. Dix, quinze ans comme si elle n'existait pas, puis patatras ! C'est elle qui a tout manigancé. D'abord, elle ne dormait pas, elle faisait semblant.

— Quoi ?

— Oui, tu faisais semblant, je l'ai bien vu, va ! Elle a retroussé sa jupe, elle avait déboutonné son chemisier jusque... jusqu'au nombril. Et, dessous, rien, elle ne portait rien. C'était pis que si elle avait été toute nue. Elle avait tout prémédité pour m'émoustiller.

— Mais tu es tombé sur la tête ! s'écria Élise. Il n'y a pas un seul mot de vrai dans ce qu'il raconte, Marie-Rose.

— Puis, quand on est rentrés, poursuivit Édouard, emporté par son élan, il suffisait que tu sois retenue à l'hôpital pour qu'elle squatte la salle de bains. Elle faisait couler des déluges d'eau pour que je l'entende, elle aurait continué des heures si je n'étais pas allé lui demander d'arrêter. Les aménagements de sa chambre, qu'est-ce que tu crois ? C'était pour m'aguicher, elle me faisait comprendre avec des clins d'œil qu'on pourrait s'y retrancher sans risquer que les enfants nous surprennent.

— Marie-Rose, ne l'écoute pas ! C'est un ramassis de mensonges. Tu vois bien que ça ne tient pas debout.

— Marie-Rose ! geignait Édouard de son côté, tentant désespérément de capter son regard, tu sais bien qu'elle est détraquée. Toi-même, depuis le début, quand elle s'est mise à courir à Liège, tu as pensé qu'elle était malade, qu'elle allait voir un médecin, tu me l'as dit, rappelle-toi ! Est-ce que quelqu'un qui a son bon sens ficherait le camp dare-dare pour se faire baiser par un sale type ? un salopard qui se fait payer en plus pour la sauter ? Est-ce qu'une femme normale veut un enfant soudain à trente-neuf ans ? Il y a quelque chose de fêlé chez elle. Elle est devenue nymphomane, ou un truc de ce genre. C'est dû aux hormones, la ménopause ? Ça doit porter un nom, je ne sais pas moi, c'est toi le médecin.

— Mirose, insista Élise avec une extrême douceur subitement, dis-moi que tu ne le crois pas, dis-le-moi, c'est tout ce que je te demande. »

Marie-Rose leva les yeux vers elle. Ils étaient brouillés de larmes. Elle secouait la tête. Essayait-elle d'écarter les accusations d'Édouard ou la supplication de sa sœur ? Élise attendait, les yeux écarquillés, prête à quitter aussitôt sa place si Marie-Rose amorçait un signe pour qu'elle vienne se serrer contre elle. Elles allaient se retrouver toutes les deux ainsi qu'elles l'avaient toujours fait dans les coups durs, le divorce de leurs parents, l'accident de leur père en Lituanie, le cancer foudroyant de leur mère, le drame de l'hôpital. Comme les doigts de la main, depuis toujours, pour toujours.

Mais Marie-Rose hésitait. Elle baissa de nouveau les paupières, se tourna enfin avec lenteur vers Édouard et lui concéda un regard pas indulgent, mais pas vraiment hostile non plus. Élise sentit que quelque chose se déchirait en elle, quelque chose qui ne se recollerait plus, qu'il valait mieux laisser derrière elle désormais.

Elle se mit debout. Elle les dominait tous les deux de sa petite personne bien droite. Son visage exprimait plus de pitié que de mépris.

« C'est bon, dit-elle, très calme, je n'ai plus rien à faire ici. Je m'en vais.

— Tu t'en vas ? Où vas-tu ? demanda Marie-Rose, comme si elle se réveillait d'un cauchemar.

— Je vous laisse entre vous. Je t'emprunte la Volvo jusqu'à demain. Je la laisserai au parking Saint-Paul.

— Élise ! Élise, attends ! » bafouilla Marie-Rose.

Mais Élise se dirigeait déjà vers le hall. Marie-Rose enfin s'arracha au canapé.

« Ne pars pas, je t'en supplie ! »

Elle criait, elle hurlait presque, comme une bête blessée.

Alors, brusquement, un léger frou-frou leur fit tourner la tête vers l'autre côté du salon et ils virent Marie, échevelée, qui accourait de toutes ses frêles jambes dans sa chemise de nuit. Elle se précipita vers Élise qui, par réflexe, s'accroupit pour la recevoir dans ses bras. Elle enfonça son visage entre l'épaule et la joue de sa tati adorée, qui la garda ainsi un moment blottie contre elle, sans un mot.

Puis elle murmura en caressant ses cheveux : « Va voir maman maintenant, ma chérie. »

Elle se releva, laissa un instant encore ses mains sur les épaules de l'enfant, puis se détourna avec un sourire désolé. On entendit la porte extérieure qui se refermait en claquant.

« Viens, Marie, viens ! » dit Marie-Rose à la petite restée clouée sur place. Mais Marie, ruisselante de larmes silencieuses, passa à côté d'elle et repartit d'où elle était venue. Avant de reprendre la porte vers l'escalier, elle se retourna et, avec toute la faible force de sa voix minuscule, elle cria : « Vous êtes méchants ! Je vous déteste. »

22.

C'est le samedi 9 mai 2009, lendemain de la terrible altercation à Verviers entre Élise et le couple Gayet, que le drame commencé quarante jours plus tôt, le 30 mars, deuxième journée à l'heure d'été, atteignit le point culminant qui le fit basculer de la sphère privée de quelques personnes à la notoriété publique sans laquelle nous n'aurions pu l'aborder et chercher à le comprendre.

L'action se déroula à Liège, dans la si paisible rue des Clarisses, où était établi le commerce de Pierre Fauvol.

Huit heures et demie venaient de sonner à la cathédrale Saint-Paul. Dans la kitchenette de son appartement à l'étage, Fauvol en jean flottant et veste de pyjama était occupé à servir le petit déjeuner à Élise. Elle-même n'était vêtue que d'une chemise canadienne à grands pans, style grand-père, qui sortait sans doute des tiroirs de Fauvol. Elle en était à sa troisième tasse de café, à l'aide de laquelle elle s'efforçait de faire descendre les morceaux de gaufre qu'elle déchiquetait au-dessus de l'assiette que Fauvol venait de regarnir. Les gaufres étaient pourtant réussies et même appétissantes, c'était la recette de sa mère, qui tenait à ce qu'il en ingère une pile tous les matins, avec une couche de chocolat par-dessus, dans l'espoir de rembourrer un peu sa bobine et ses jambes de gringalet.

Si Élise pignochait du bout des dents, c'est qu'après l'exaltation des dernières heures, elle commençait à prendre la mesure de la situation où la mettait sa fuite chez Fauvol. La veille au soir, lorsqu'elle était accourue après avoir laissé la Volvo au parking Saint-Paul, le rideau métallique de Fauvol Antiquités était baissé. Elle n'avait pas trouvé la sonnette, peu visible, il faut bien le dire, dans le jambage gauche de la devanture. Alors, elle avait cogné de ses poings sur le volet jusqu'à ce qu'une fenêtre s'ouvre à l'étage. Fauvol était descendu, il avait ouvert. Il n'en croyait pas ses yeux. Il ne savait s'il devait se réjouir ou s'inquiéter.

« Pierre, tu peux m'héberger ? Juste cette nuit.

— Mais bien sûr… évidemment. Si je m'attendais ! »

En effet, comment aurait-il pu s'attendre à la trouver devant sa porte après la dernière nuit qu'ils avaient passée à l'hôtel du Faubourg ? Non qu'elle se fût mal passée, au contraire, ç'avait été la plus heureuse de toutes celles qu'ils avaient connues depuis la croisière sur le Rhin.

D'abord, Élise avait voulu qu'ils retournent aux Deux Faisans. Vu qu'elle l'avait laissé jeûner le soir précédent, il s'était précautionné d'un solide casse-croûte avant de la rejoindre. Il n'avait pas osé le lui avouer et s'était contraint, l'air ravi, à se caler les joues une seconde fois.

Il avait commandé une simple frisée aux lardons dont il n'avait même pas pu venir à bout.

«J'essaie de perdre un peu de poids», avait-il plaidé tandis qu'Élise de son côté dévorait à belles dents.

Dans la chambre, ils s'étaient retrouvés sur l'oreiller sans les réticences et les arrière-pensées de leurs précédentes étreintes. Et, après, il lui avait semblé qu'Élise était non seulement rassasiée de corps, mais que son cœur aussi avait son content. Bien sûr, il n'espérait pas son amour, il comprenait tout à fait qu'elle ne croie même pas à celui qu'il lui avait déclaré et qu'il avait roulé dans sa tête toute la journée. Mais, tout de même, à la façon dont elle s'était blottie contre son épaule pour reprendre son calme d'abord puis comme ça, sans raison, au lieu de basculer sur son versant du lit pour s'abîmer dans le sommeil, il avait perçu un abandon inédit et il l'avait embrassée en répétant : «Élise, Élise, je t'aime !»

Elle avait reçu ses petits baisers sur les paupières sans s'esquiver, avec quelques tressaillements amusés, semblait-il. Après un long moment, elle avait saisi son bras.

«Pierre, il faut que je te dise à propos des deux cent trente mille euros, je ne pourrai pas te les donner aujourd'hui. J'avais espéré pouvoir t'apporter un chèque ce soir, mais mon beau-frère, qui s'occupe de mon argent, l'a fait passer sur son compte. Il me remboursera, je te ferai verser la somme lundi.

— Parfait ! Ça me fait vraiment plaisir, tu sais, cette opération ensemble tous les deux. Dès que le chanoine m'aura payé le tableau, je te rends ton avance avec un boni de cent dix mille.

— Si tu veux. Après tout, une affaire sur le dos de ce bondieusard, il ne l'aurait pas volé !

— Tu ne m'as pas expliqué comment tu le connaissais.

— Il était aumônier à l'hôpital où j'ai travaillé autrefois. Je n'ai pas envie de déterrer cette vieille histoire, excuse-moi. Ce curé, je l'avais rayé de ma vie. Tu sais qu'il est venu me relancer ?

— Non !

— Il avait peur que je te lâche. Évidemment, il a fait l'impasse sur le volet financier de notre relation. Sa seule préoccupation, c'était soi-disant notre mariage. Il y tient absolument pour le salut de ton âme !

— Je sais… Et toi, le mariage, qu'est-ce que tu en penses ?

— Je ne veux pas me marier, Pierre.

— Parce que j'ai essayé de te piéger ?

— Non. Pour te dire la vérité, je n'en ai jamais eu l'intention.

— Est-ce que ça veut dire que c'est bientôt fini entre nous ? On ne se verra plus ?

— Pas tout de suite en tout cas. Je voudrais attendre un peu. Quinze jours, trois semaines. Ne cherche pas à me contacter pendant ce temps-là. J'ai besoin de… de me concentrer sur moi-même. Je ne peux pas t'expliquer, en tout cas pas maintenant. Je dois observer ce qui se passe en moi-même. Je t'appellerai, je te le promets. Je te dirai si on doit encore se rencontrer, où et quand. »

Tout cela avait l'air assez mystérieux. Mais il n'avait pas insisté, ni sur ses liens avec le chanoine ni sur la curieuse retraite qu'elle lui annonçait. La promesse qu'elle reviendrait vers lui déjà lui procurait une joie quasi inattendue. Ils avaient dormi jusqu'à l'aube avant de s'étreindre une dernière fois. Elle l'avait laissé partir après le petit déjeuner. Longuement, elle l'avait enlacé en murmurant à plusieurs reprises : « Merci, Pierre, merci. » Puis, en se dégageant : « Je t'appelle bientôt. »

Son arrivée le soir même, préludée par une volée de coups de poing contre le volet, avait donc de quoi surprendre Fauvol.

Il l'avait fait monter à l'appartement, asseoir au salon dans l'unique fauteuil près de la fenêtre. Elle était bouleversée, c'était évident. Il lui avait proposé de boire quelque chose, elle avait refusé d'un geste évasif. Malgré tout, il lui avait apporté un fond de Belgian Owl.

« Bois une gorgée, ça te fera du bien. »

Le peu qu'elle avait humé lui avait arraché une grimace. Il avait tiré une chaise pour s'asseoir en face d'elle, s'était emparé doucement de ses mains.

« Qu'est-ce qui t'arrive, Élise ?

— C'est Édouard, mon beau-frère. Il vient de m'accuser de… des pires horreurs devant ma sœur. Il prétend que je lui fais des avances, alors que lui… si tu savais, depuis des mois…

— C'est un pauvre type, Élise, ne fais pas attention, il n'en vaut pas la peine.

— Tout ça pour se tirer d'embarras. Il s'est servi de mon argent. Je suis ruinée.

— Qu'est-ce que tu veux dire ?

— Il a joué mon héritage à la Bourse. Il n'en reste rien ou presque. »

Prise d'appréhension, elle avait levé les yeux vers lui. Allait-il s'offusquer, repousser ses mains, la renvoyer peut-être ? Il continuait à lui sourire. Est-ce qu'il avait bien compris ?

« Je ne pourrai pas te donner les deux cent trente mille euros, Pierre, je ne les ai plus.

— Ça n'a plus aucune importance, je t'assure.

— C'est vrai ? »

Elle était si soulagée brusquement qu'elle avait levé ses mains jusqu'à ses lèvres et les avait embrassées.

« Ce n'est pas tout, reprit-elle en les reposant, Édouard veut te dénoncer à la police. Il demandera une enquête sur tes activités d'antiquaire.

— Cela non plus, ça n'a plus le moindre intérêt, ne te fais aucun souci. »

Du bout des doigts, il avait glissé une caresse sur sa joue et était reparti à la kitchenette se chercher un verre. De retour, il l'avait levé et avait prononcé tranquillement : « À nous deux ! » Il avait avalé une rasade.

« Cet après-midi, commença-t-il aussi calme que s'il se lançait dans une histoire plaisante, j'ai reçu un coup de fil de notre bon chanoine. Très embêté. Il vit avec une femme depuis des années, Mme Blanmont. Il m'appelait de chez elle, à la campagne. Ils se sont disputés à propos du tableau. Elle ne veut pas qu'il l'achète. Trop cher. Elle a menacé de le quitter. C'est une personne très intelligente. Comme elle n'était pas assurée que son ultimatum suffirait à faire battre son bonhomme en retraite, elle a ouvert un second front. Une manœuvre d'encerclement en passant par moi. Elle a très bien compris que si elle parvenait à me mettre hors-jeu, moi, l'intermédiaire, le brave homme capitulerait. Mercredi, elle a donc porté à la police un reliquaire que j'ai fourgué au chanoine récemment. Le commissaire l'a transmis à la cellule fédérale Arts et Antiquités. Conclusion : je suis cuit. Je l'avais acheté à un receleur allemand de mes amis. Le temps que l'expertise soit effectuée, les inspecteurs sonneront à ma porte. Demain dans la journée sans doute. Ton beau-frère peut se passer de me balancer, c'est déjà fait. Tu penses bien que le chanoine a intérêt à se faire discret maintenant. Il renonce au tableau. Pour le reliquaire, il plaidera la bonne foi, pour un Piero della Francesca, ce serait plus difficile. Nous n'avons plus besoin d'argent, Élise, et c'est tant mieux ! »

L'attention puis, peu à peu, la compassion avaient adouci les traits d'Élise contractés par ses propres malheurs.

« Mon pauvre Pierre, murmura-t-elle avec un sourire désolé.

— Ne me plains pas, Élise. Je suis convaincu que c'est ce qui pouvait nous arriver de mieux. Nous sommes quittes de ce tripatouillage avec ton argent. Maintenant au moins c'est clair, il ne nous reste que nos sentiments. Les miens, tu les connais. Tu ne peux pas savoir comme ça me soulage de te redire à présent que je t'aime. Je ne t'aime pas malgré tout, je t'aime, le cœur mille fois, non, deux cent trente mille fois plus léger. »

Elle n'avait pas répliqué, elle l'avait seulement regardé avec, lui semblait-il, une tendresse qu'il ne lui connaissait pas.

Elle était épuisée. Il lui avait offert sa chambre à coucher pour la nuit, en s'excusant, comme on l'imagine, de son désordre de célibataire. Il n'avait pas été question qu'ils dorment ensemble. Il lui avait désigné la commode qui contenait des draps et du linge. Il avait emporté son pyjama et était descendu dormir dans la réserve, où se trouvait une méridienne Empire.

À présent, il s'apprêtait à verser une nouvelle louche de pâte dans le gaufrier, mais Élise l'arrêta.

« Merci, Pierre, pas pour moi ! C'est trop, je n'ai plus faim. »

Elle repoussa son assiette, sur laquelle il restait la moitié de la gaufre qu'elle n'avait pas pu achever.

« Viens t'asseoir maintenant. »

Il prit place, s'empara de l'assiette d'Élise et, en deux bouchées, il engloutit le morceau qu'elle y avait laissé. Malgré l'épée de Damoclès des agents de la section Arts et Antiquités suspendue au-dessus de sa tête, il semblait d'excellente humeur. Dans son regard, quand il avait fait un sort à sa gaufre, elle avait même perçu un éclair d'espièglerie.

Tant qu'il avait voulu l'enrôler dans l'arnaque au chanoine, elle n'avait eu aucun scrupule à lui cacher son projet secret à elle. Maintenant, devant l'innocence qu'il affichait si naïvement sous ses yeux, elle se sentait tout à coup fautive de le lui dissimuler plus longtemps. Comment allait-elle s'en tirer loin de Marie-Rose, elle ne le savait pas encore. Elle ne voulait pas compter sur Fauvol, mais elle ne pouvait pas non plus être en reste de sincérité avec lui.

« Pierre, dit-elle avec gravité, j'ai bien réfléchi cette nuit. Il faut que je t'avoue quelque chose moi aussi.

— Ah oui ? demanda-t-il gaiement, sûr qu'il ne s'agissait que d'une bagatelle.

— C'est sérieux, tu sais... Tu as cru que je voulais prendre du bon temps avec toi, me payer une petite folie, un caprice de vieille fille avant qu'il ne soit trop tard.

— Mais...

— Oh, ne proteste pas, c'est ce que j'aurais pensé à ta place. J'ai tout organisé d'ailleurs pour que tu le croies.

— Sincèrement, je l'ai pensé au début, mais maintenant je sais qu'il s'est passé autre chose entre nous.

— Oui, en effet, je l'espère, seulement ce n'est pas ce que tu imagines.

— Ah ?

— Ce que je voulais de toi depuis le premier jour, c'est que tu me fasses un enfant.

— Quoi ! ? »

Un peu plus il recrachait la nouvelle gaufre qu'il avait attaquée, il se tamponna la bouche avec sa serviette, expira comme un ballon crevé et absorba une gorgée de café.

« Tu veux que je te fasse un enfant ?

— Tu ne comprends pas, Pierre. Ce n'est plus une chose à faire, c'est chose faite. Nous nous y sommes employés depuis notre première nuit.

— Mais je t'avais demandé si tu prenais tes précautions !

— Je les prenais. Je prenais toutes celles qui permettent de tomber enceinte en suivant la méthode des températures, si ça te dit quelque chose. Nous ne nous sommes unis que pendant mes jours de fécondité.

— Et ne me dis pas que…

— Ce n'est pas sûr encore, mais je sens que ça y est. Je le saurai dans quelques jours. C'est pour cette raison que je t'ai dit que je te rappellerais.

— Pour m'annoncer la nouvelle ?

— Non, pas vraiment. Pour te fixer un nouveau rendez-vous si je n'étais pas enceinte.

— Et si c'est le cas ? Si tu l'es ?

— Mon intention était de te dire qu'on ne se verrait plus.

— … Rien d'autre ?

— Non, rien d'autre.

— Ça alors… »

Il quitta la table, alla jusqu'à la gazinière, déposa le saladier de pâte dans l'évier, ouvrit le robinet, puis le referma. Il ne savait plus ce qu'il faisait. Il aurait pu tout aussi bien mettre le saladier à la poubelle ou le gaufrier dans le frigo. N'importe quoi pour ne pas rester le bec dans l'eau devant elle.

« Je veux un enfant, Pierre, un petit à moi, un vrai, pas un enfant de laboratoire comme ma sœur aurait pu m'en bricoler un. C'est pour cette seule raison que j'avais besoin de trouver un homme, un être humain avec qui faire cela comme les êtres humains le font, tendrement, en s'abandonnant l'un à l'autre. Avec... amour... Tu comprends ?

— Tu aurais pu m'en parler au moins.

— Est-ce que tu aurais accepté ? »

Il ne répondit pas. Machinalement, il rouvrit le robinet, puis l'arrêta de nouveau.

« Je ne sais pas », dit-il mais, au fond, il savait qu'il aurait refusé.

Il voulut venir se rasseoir quand la sonnette qu'Élise n'avait pas trouvée la veille dans le noir tout à coup retentit. Il alla jusqu'à la fenêtre, un peu étonné que les policiers débarquent si tôt. Mais, dans la rue, devant le volet, ce n'était pas la police, c'était une autre visite, tout aussi lourde de menaces : Édouard.

« Ton beau-frère, dit-il en se retournant vers Élise.

— Quoi ? Édouard ?

— Ça m'en a tout l'air.

— Qu'est-ce qu'il veut encore ?

— Il te cherche sans doute.

— Pierre, je t'en supplie, ne lui dis pas que je suis ici.

— Ne t'inquiète pas. »

Il descendit dans la boutique et leva le volet. La lumière du matin envahit la pièce qui n'était éclairée que par les néons. Édouard entra. La tignasse en désordre, pas rasé, d'énormes valises brunes sous les yeux. Son pantalon était fripé, il avait boutonné sa veste à trois boutons comme pour faire passer l'absence de cravate.

Sans autre préambule, il demanda d'une voix rogue : « Où est Élise ?

— Élise ? Chez vous, je suppose, à Verviers.

— Non. Elle est repartie hier soir. Elle est ici, à Liège. Elle est venue vous voir.

— Pas du tout.

— Je suis sûr qu'elle est chez vous.

— Vous vous trompez. »

Tout en répliquant, Fauvol reculait pas à pas vers le comptoir par habitude commerciale – c'est de là qu'il suivait des yeux les clients quand ils examinaient les articles exposés –, mais aussi dans l'intention instinctive de mettre un meuble entre lui et Édouard qui, manifestement, n'était pas en pleine possession de soi.

« Écoutez, monsieur Gayet, dit-il dès qu'il fut à son poste, c'est la deuxième fois cette semaine que vous venez me réclamer Élise. Mercredi, je vous ai dit qu'elle n'était pas chez moi et vous l'avez constaté vous-même alors que vous étiez certain du contraire. Nous n'allons pas recommencer cette comédie.

— Je dois la retrouver absolument.

— Je pense, moi, que vous devriez plutôt la laisser tranquille maintenant. »

Furtivement, la pensée qu'Élise était peut-être enceinte lui remonta à l'esprit. Ce qu'entraînait pour lui cette nouvelle renversante, il ne pouvait se le représenter encore, mais qu'il dût d'autant plus protéger Élise, cela s'imposait sans qu'il ait besoin de réfléchir davantage.

« Vos conseils, je m'en passe, gronda Édouard.

— Vous la harcelez depuis des mois.

— Qu'est-ce que vous en savez ? Mêlez-vous de ce qui vous regarde.

— C'est exactement ce que je fais. C'est moi qui veille sur Élise désormais. Vous lui avez fait assez de mal.

— Et sa sœur, qu'est-ce que vous en faites ? Elle est désespérée.

— À cause de qui ? Si Élise veut voir sa sœur, je suis sûr qu'elle en trouvera le moyen, mais vous, je doute qu'elle ait la moindre envie de vous trouver encore sur sa route.

— C'est pourtant sa sœur qui m'envoie. »

Retranché à l'abri de son comptoir, Fauvol se sentait en position de force. Édouard était devant lui contraint et forcé par sa femme, il avait l'épée dans les reins.

Effectivement, après le départ d'Élise, Marie-Rose s'était précipitée derrière la petite Marie, le cœur brisé. Sèchement, elle avait ordonné à Édouard qui faisait mine de l'accompagner : « Toi, reste là ! » Il avait passé la nuit sur le canapé du salon. Le matin, Marie-Rose lui avait annoncé qu'elle ne croyait pas un traître mot des accusations répugnantes qu'il avait portées contre Élise. Ils allaient se rendre à Liège avec la BMW récupérer sa voiture. Ensuite, il chercherait Élise. Inutile de reparaître en sa présence avant qu'il l'ait trouvée. Elle voulait Élise auprès d'elle, et lui, dès qu'il l'aurait ramenée, elle le priait de s'installer à demeure dans ses bureaux jusqu'à ce qu'elle lui fasse signe de revenir, si elle en trouvait un jour la force et à condition qu'Élise soit d'accord.

Fauvol ne pouvait connaître ces détails mais, au travers de l'aversion qu'il éprouvait pour Édouard, il sentit se glisser malgré tout un peu de pitié. Édouard n'était plus que l'instrument périmé dont Marie-Rose se servait une dernière fois avant de s'en débarrasser définitivement. Il allait l'éconduire vite fait, il pourrait remonter près d'Élise, il brûlait de revenir sur la révélation qui risquait de mettre toute sa vie sens dessus dessous.

Il reprit sur le mode apaisant : « Élise reverra sa sœur, monsieur Gayet. Il faut lui laisser un peu de temps. Vous savez bien que le problème n'est pas entre Élise et sa sœur. Soyez chic, le mieux que vous ayez à faire à présent, c'est vous effacer.

— M'effacer ? grommela Édouard par un brusque retour de flamme. Ah, ben oui ! Pour vous céder la place ! La place à un escroc.

— Un escroc ? Un avis d'orfèvre en la matière !

— Je ne vous permets pas !

— Vous avez fait main basse sur la fortune de votre belle-sœur.

— Et vous, vous vouliez lui extorquer deux cent trente mille euros simplement pour envoyer cette pauvre frustrée au septième ciel.

— Mesurez vos propos, Gayet ! dit Fauvol qui sentait fondre ses bonnes dispositions. Cette somme était une affaire entre Élise et moi, et pas du tout pour ce que vous fantasmez dans votre cervelle malade. D'ailleurs, j'y ai renoncé. Je l'ai dit à Élise, il n'est plus question du moindre centime entre nous.

— Vous lui avez dit ? Quand ? Hier soir encore, elle réclamait votre addition. Quand vous l'a-t-elle dit ? Quand, hein ?

— Peu importe... Je... je le lui ai dit... »

Édouard s'aperçut que Fauvol perdait les pédales. Il recula d'un pas puis se dirigea vers l'escalier. D'un bond, Fauvol abandonna le comptoir, il courut se planter devant la première marche.

« Elle est là-haut, articula Édouard d'une voix blanche.

— Vous n'irez pas, Gayet. Je suis chez moi. Je vous ordonne de quitter ma boutique. Vous êtes fini, mon vieux, n'insistez pas. Allez au diable !

— Comment oses-tu, espèce de crapule ? »

Édouard était livide. Il ouvrit sa veste en arrachant presque les boutons et brandit le Luger qu'il avait plus adroitement cette fois passé à sa taille car, en plus de ses bretelles, il s'était muni d'une ceinture.

« Ah non ! s'exclama Fauvol. Vous n'allez pas recommencer votre cinéma avec ce pétard de brocante ! Allez, fichez-moi le camp ! »

Édouard suffoquait, parfaitement ridicule avec son pistolet tremblant à bout de bras. Il pivota lentement sur ses talons, puis s'éloigna vers la sortie.

« Eh bien, voilà ! À la bonne heure ! Et que je ne vous revoie plus ! » cria Fauvol.

Hélas, il avait mis dans son triomphe une goutte d'ironie de trop. Sur le seuil, Édouard se retourna, il tira. Fauvol ouvrit la bouche, aucun son n'en sortit. Les deux mains sur la poitrine, il bascula en arrière et s'écroula derrière le comptoir.

À l'instant même, Élise dégringola l'escalier en hurlant. Elle se jeta sur le corps inanimé, lui prit la tête, la pressa contre sa chemise canadienne en gémissant : « Oh non, oh non, Pierre, mon Pierre, non… »

Édouard avait jeté le Luger par terre. Il fit quelques pas dans la rue en direction de la place du Vingt-Août où, comme à sa première visite, il avait laissé la BMW. Deux clients de la boucherie voisine qui avaient entendu le coup de feu le regardaient prudemment derrière la vitrine. Justement une voiture de police arrivait. Elle se dirigeait vers la boutique Fauvol Antiquités pour une perquisition dans le cadre d'une dénonciation émanant d'une certaine Blanmont Julia sur un trafic d'objets d'art sacré. Quand il vit les feux bleus du véhicule, Édouard se plaça au milieu de la chaussée. Du côté passager, un inspecteur descendit, il croyait avoir affaire à un poivrot.

« Ça ne va pas, monsieur ? demanda-t-il, rigolard.

— Je viens de tuer un homme », déclara Édouard, et il tomba à genoux sur le bitume.

23.

Pour conclure, il pourrait suffire de reprendre les derniers paragraphes du chapitre des *Récits des bas-côtés* consacré à notre affaire que nous citions en commençant notre récit, occasion d'ailleurs de rendre hommage à l'enquête de Benoît Michiels à laquelle nous avons emprunté de nombreux éléments factuels. Voici ce qu'il écrit page 135 de l'édition Weyrich :

Édouard Gayet a été condamné par la 18e chambre correctionnelle du tribunal de première instance de Liège à une peine de six mois de prison avec sursis. Le tribunal n'a pas retenu la préméditation ni même l'intention d'attenter à la vie de la victime à la suite du témoignage d'Élise Dubois, laquelle, ayant assisté à la scène, a confirmé que Gayet était convaincu que le pistolet n'était pas en état de fonctionnement, Fauvol, fort de ses connaissances des armes anciennes, l'ayant lui-même signalé à son agresseur.

Fauvol, blessé au poumon gauche, a comparu après sa convalescence et a été condamné à un an avec sursis et à une amende de cinq mille euros en faveur de l'évêché qui s'était constitué partie civile.

Les époux Gayet ont divorcé.

Élise Dubois vit chez sa sœur. Malgré mes instances, il m'a été impossible d'en obtenir la moindre déclaration. C'est donc au pied de son droit à la vie privée que mes investigations s'achèvent. Puisse ce fait divers donner matière à réflexion aux personnes qui sont tentées par les rencontres sur Internet.

Le côté moralisateur de la péroraison de Michiels peut faire sourire. Saluons néanmoins la réserve de l'enquêteur qui ne chercha pas à importuner Élise davantage qu'il n'avait insisté pour tirer les vers du nez à Fred, comme nous l'avons mentionné dans nos premières pages. Michiels est donc excusable d'avoir pris pour argent comptant le témoignage d'Élise devant le tribunal. Elle n'avait pas assisté au coup de feu, nous le savons. C'est Fauvol qui l'incita à dédouaner Édouard parce qu'il regrettait de l'avoir poussé à bout et parce que, sans doute, il comprenait mieux que quiconque ce que cet homme avait ressenti pour Élise.

Il y a bien des éléments que les journalistes ne peuvent savoir, car ils n'ont d'autres sources que les déclarations des témoins et l'apparence des événements. C'est aux romanciers qu'il revient, comme un devoir, de les faire connaître. Cette ultime séquence, par exemple, pour laquelle nous pourrions prendre discrètement un dernier verre au Belle-Vue.

Le temps a passé. C'est l'hiver maintenant. Il fait très froid. Fred, avec son éternelle élégance de *cavaleiro* portugais, et deux collègues accueillent les clients qui affluent en se frottant les mains. Ils servent des cafés, des chocolats chauds, des bouillons Oxo au sel de céleri.

Un homme entre, accroche son manteau à la patère près de la porte, où sont également suspendus les journaux du jour, et il fait un signe à Fred. Fred lui sourit, il ne l'a pas vu depuis le printemps mais, bien sûr, il le reconnaît. L'homme porte un costume anthracite qui aurait pu habiller Humphrey Bogart. Il a dû maigrir récemment, car le pantalon flotte autour de sa taille. Il s'installe dans l'angle du café qui donne sur la place Verte. C'est là que, sans attendre sa commande, Fred lui apporte une Jupiler et un ravier de cacahuètes.

Et voilà qu'une jeune femme pénètre à son tour dans le café, emmitouflée dans un manteau démodé sous lequel elle a placé un gros paquet qu'elle soutient des deux mains contre sa poitrine. Elle s'assoit à la table du monsieur maigre, sort son fardeau qui est lui-même enveloppé dans un épais châle en laine. Elle déplie le châle délicatement, dévoilant la petite frimousse étonnée d'un nouveau-né.

Fauvol le reçoit dans ses bras sous le regard attendri d'Élise. Il le soulève jusqu'à ses lèvres. Avec une ferveur qu'il n'aurait jamais imaginée, il embrasse cette nouvelle vie qui le considère de ses grands yeux innocents. Et il ne peut contenir plus longtemps des larmes de joie.

La photocomposition de cet ouvrage
a été réalisée par
GRAPHIC HAINAUT
30, rue Pierre Mathieu
59410 Anzin

MIXTE
Papier
FSC FSC® C003309

L'éditeur de cet ouvrage s'engage dans une démarche
de certification FSC® qui contribue à la préservation
des forêts pour les générations futures.

Pour en savoir plus :
www.editis.com/engagement-rse/

Imprimé en France par EPAC Technologies
N° d'impression : 4550414307821
Dépôt légal : février 2021